265 / Menniot (Melle)

La Petite concierge

LA

PETITE CONCIERGE

MÊME LIBRAIRIE

Rue Saint-Sulpice, 38, à Paris

ŒUVRES DE Mlle MONNIOT

LE JOURNAL DE MARGUERITE, ou les Deux Années préparatoires à la première communion. 16e édit. 2 beaux volumes in-12, br. . . . . 5 »

— *Le même*, illustré de magnifiques gravures. 1 beau volume in-8 . . . . 12 »

MARGUERITE A VINGT ANS, suite et fin du *Journal de Marguerite*. 10e édit. 2 vol. in-12, ornés de gravures, br.   5 »

MADAME ROSÉLY, ou la Marâtre chrétienne. 6e édition. 2 beaux volumes in-1?, papier glacé. . . . .   6 »

RAPHAELA DE MÉRANS. 4e édition. 1 vol. in-12. . .   3 »

SIMPLES TABLEAUX D'ÉDUCATION maternelle et chrétienne 2e édit. 2 vol. in-12. . . . .   7 »

DÉLASSEMENTS AVEC MES JEUNES LECTRICES. Récits et nouvelles. 1 vol. in-18 . . . .   3 50

LA CHAMBRE DE LA GRAND'MÈRE. 1 volume in-12. 3e éd. 2 50

NINA L'INCORRIGIBLE, ou la Première Confession. 3e édit. 1 joli vol. in-12, gros caractère. 2 50

CORALIE DELMONT, ou l'Orgueil vaincu par la Charité. 1 vol. in-12. . . . .   2 50

APPEL AUX JEUNES FILLES ET AUX FEMMES FRANÇAISES. 1 vol. in-18, piq . . . .   » 20

CORBEIL. — Typ. et stér. de CRÉTE FILS.

LA
PETITE CONCIERGE

PAR

Mlle MONNIOT

Auteur du *Journal de Marguerite*, de *Raphaëla de Mérans*,
de *Coralie Delmont*, etc.

« Je suis la servante du Seigneur. »
Év. saint Luc, ch. 1, *v.* 38.

« Faites tout ce qu'il vous dira. »
Év. saint Jean, ch. 11, *v.* 5.

PARIS
LIBRAIRIE CATHOLIQUE ET CLASSIQUE
RÉGIS RUFFET
Nouvelle Maison PÉRISSE FRÈRES de Paris
BOURGUET, CALAS ET Cie, SUCC{rs}
38, RUE SAINT-SULPICE
1873

A MES LECTRICES HABITUELLES

C'est aux âmes qui, depuis bien des années déjà, accueillent avec indulgence et
sympathie mes humbles ouvrages, que j'offre celui-ci.

Au premier abord, cependant, il ne
semble pas fait pour elles. Peut-être se
le diront-elles, en voyant le titre.

Je les supplie néanmoins de l'accepter
et d'en faire non-seulement leur livre,
mais *leur œuvre*; — c'est-à-dire, de s'unir
à moi et de me seconder dans le but que

je poursuis et qu'elles reconnaîtront vite.

Hélas! les circonstances douloureuses que nous venons de traverser, font une actualité de ce qui n'était qu'une prévision!

Nous savions que la société était minée lentement, sourdement, dans ses bases... Qu'avec une adresse infernale, Satan, se servant à la fois de tous les ennemis conjurés de l'Église, travaillait dans l'ombre à détruire la vigne du Seigneur... Qu'il s'efforçait d'arracher peu à peu du cœur des pauvres la foi dans le monde meilleur, où toutes les peines seront changées en oies...

Qu'il semait, sans trêve ni merci, les soupçons et la haine contre le Prêtre, le plus sincère et le plus dévoué des amis du peuple!

Mais ce que nous ignorions, c'est que le mauvais grain produirait ses fruits de mort si facilement et si vite.. C'est qu'ils seraient si nombreux, les esprits ignorants ou aveuglés qui se laisseraient tromper!

Semons donc, nous aussi... Semons le bon grain tout autour de nous, dans la mesure de nos facultés et de nos forces!

Combattons le mal par le bien...

Si mes chères lectrices jugent en conscience que ce petit livre, répandu dans la classe ouvrière, y serait d'une utilité réelle, je leur demande en toute humilité et avec la plus entière confiance, d'aider à sa propagation.

Car il est plus que probable que ceux pour qui je l'ai écrit ne seront pas ceux qui l'achèteront.

Beaucoup ne le pourraient pas quelle que soit la modicité du prix que me permettront d'établir les frais d'impression.

C'est pourquoi je l'adresse aux cœurs dont la bienveillance m'a toujours soutenue.

C'est aussi pourquoi je leur renouvelle ici l'expression, plus chaleureuse que jamais, de ma reconnaissance et de mon affectueux dévouement.

Vne MONNIOT

19 juillet, 1871.
Fête de saint Vincent de Paul.

LA

PETITE CONCIERGE

CHAPITRE PREMIER

Le ménage Pigard.

Comme vous avez repoussé **brusquement** cette enfant, mademoiselle Pélagie! Encore un peu, vous lui faisiez redescendre plus vite qu'elle ne les avait montées toutes les marches de l'escalier...

— Vous voulez dire que c'est elle qui m'a poussée, mademoiselle Augustine! Sous prétexte de ne pas perdre une minute pour porter les lettres que lui remet le facteur, cette petite fille nous fait un tapage assourdissant. Parce que la jeune mademoiselle de Chambelle et tous les autres enfants de la maison l'appellent *la petite concierge*, ça

1

vous prend des airs d'importance qui m'agacent les nerfs! Ça vous coudoie et ça vous renverserait, si l'on n'y mettait ordre !

— Vous plaisantez, mademoiselle Pélagie ! Une pauvre petite fille dont la tête n'arrive seulement pas à la hauteur de la rampe, et dont le maigre corps est si chétif qu'on la jetterait par terre avec une chiquenaude, renverserait une femme haute et large comme vous... Allons donc! Vous ne le craignez pas...

— Il est de fait, reprit mademoiselle Pélagie, en se regardant d'un air de complaisance, qu'on pourrait lui souhaiter ma taille et ma force, à la pauvre créature! Mais je doute qu'elle y atteigne jamais! »

Les deux personnes qui causaient de la sorte en montant lentement l'escalier conduisant au cinquième étage étaient l'une et l'autre domestiques dans cette maison, mais non chez les mêmes maîtres.

Mademoiselle Pélagie, celle qui avait parlé d'un ton si aigre, avait pris en grippe, on ne sait pourquoi, la petite Anne, fille des concierges.

Mademoiselle Augustine, au contraire,

s'intéressait beaucoup à cette enfant maladive et malheureuse, qui avait probablement des défauts, mais qui annonçait aussi des qualités réelles.

Anne Pigard avait huit ans; elle n'en paraissait guère plus de six, tant sa croissance avait été retardée par la misère et par les souffrances qui en résultent presque toujours. Son visage allongé, d'une blancheur de cire, n'avait d'animation que par l'éclat et la vivacité de ses grands yeux noirs. Sa physionomie intelligente n'exprimait que très-rarement la gaieté habituelle aux enfants de cet âge. On devinait en la voyant qu'elle avait déjà souffert, dans sa santé et même dans son cœur.

Son père et sa mère n'avaient pas toujours connu la pauvreté. Dans le joli village où ils étaient nés et qu'ils avaient quitté peu après leur mariage, l'un et l'autre gagnaient sans peine ce dont ils avaient besoin pour leur subsistance. Ils y jouissaient même d'une espèce d'aisance, parce que leurs goûts, très-modestes alors, réduisaient leurs dépenses au strict nécessaire.

Mais ils avaient voulu voir Paris, eux

aussi... De bons cultivateurs, qui avaient pro-
fité d'un train de plaisir pour visiter la capitale, en avaient fait à leur retour une si brillante description !

« Tout le monde est riche à Paris, avaient
déclaré ces braves gens, prenant l'apparence
pour la réalité. On n'y aperçoit que de magnifiques équipages ; on n'y rencontre que des
messieurs mis comme des princes, et des
dames qui ont l'air de duchesses. Les femmes
des ouvriers s'habillent elles-mêmes en
grandes dames ; ce qui n'est pas très-surpre-
nant, puisque les salaires sont trois à quatre
fois plus élevés là-bas que dans nos cam-
pagnes ! »

Depuis lors, François Pigard n'avait plus
rêvé que des salaires impossibles... Et sa
femme Manette, si sage et si simple jusque-là, avait souri à l'idée de se parer un jour
comme une riche fermière.

« Pourquoi n'irions-nous pas chercher
fortune à Paris, tandis que nous sommes jeunes et forts ? En quelques années, nous amas-
serons certainement ce que nous userions
toute notre vie à gagner péniblement ici... »

Ils partirent vraiment.

En les regardant s'éloigner, leur mince bagage sur leurs épaules, une vieille femme, amie de leurs défunts parents, sourit tristement, hocha la tête et murmura :

« Seigneur mon Dieu, n'est-ce pas grand' pitié de voir ces beaux enfants aller ainsi s'enterrer tout vivants ! Car de ce superbe Paris, l'on ne revient guère... »

La vieille femme avait dit juste, ou peu s'en faut. François et Manette n'étaient pas morts ; mais ils n'étaient pas revenus ; et personne au village ne les eût reconnus.

Ils avaient rapidement perdu dans la capitale, et les petites économies laborieusement amassées, et leur bonheur et leur santé...

Ils n'étaient plus que l'ombre d'eux-mêmes : — lui, courbé, vieilli, le teint jauni, les cheveux grisonnant avant l'âge ; — elle, maigrie, changée, grisonnant aussi !

C'est que l'affreuse pauvreté les avait seule accueillis dans l'opulente capitale, où ils arrivaient avec si peu de ressources et des besoins de tous les jours.

Que de fois le désir leur était venu de retourner au plus vite dans leur pays natal, où ils étaient connus, aimés, où chacun accourrait à leur secours !

Mais la honte d'avouer qu'ils s'étaient trompés et le manque absolu d'argent pour entreprendre le voyage, les avaient retenus.

Leur petite Anne était née peu après leur arrivée à Paris, et cette naissance, qui eût dû faire la joie de ses parents, avait grandement ajouté à leurs cruelles inquiétudes.

Le père, ne pouvant se procurer d'ouvrage, en était réduit à solliciter comme une immense faveur un emploi de balayeur des rues. La mère, couturière de son état, mais ne trouvant pas une pratique, avait été obligée de se mettre à piquer des bottines, que lui cédait par compassion une charitable ouvrière.

Manette songeait avec amertume à la nombreuse clientèle qu'elle s'était créée au pays. — Qui donc à Paris eût voulu d'une couturière de village ? Et là-bas, elle ne suffisait point à la besogne...

Quel chagrin pour François et quelle humiliation de recevoir et d'apprendre à sa femme

les refus hautains des maîtres carrossiers chez
lesquels il se présentait timidement ; — lui
qui jadis avait caressé l'espérance de succéder
comme chef à son patron, dont il était estimé
à bon droit !

Découragé bientôt et tombant dans le désespoir, il avait honteusement cherché dans
la boisson l'oubli de ses maux. Sa santé se
dérangea avec sa conduite. Malade de corps
et d'esprit, il devint irritable et colère.

Sa femme, qui aurait dû s'efforcer de le
ramener au bien par beaucoup de patience et
de bonté, s'irrita comme lui et contre lui.

Oubliant que plus on est malheureux, plus
on doit recourir à Celui qui peut seul nous soulager, François et Manette abandonnèrent le
bon Dieu. Ils ne pensèrent plus à lui que pour
l'accuser... Et leur conscience troublée ne
connut plus la paix.

Eux qui s'étaient tendrement aimés l'un
l'autre n'eurent plus l'un pour l'autre que des
regards, des paroles et des actes de mauvaise
humeur.

Leur petite fille, élevée au milieu de ces
disputes et de ces cris, nourrie d'abord d'un

lait aigri par la souffrance, puis d'un pain in-
suffisant ; obtenant à peine de temps à autre
une bonne parole d'un père habituellement
brutal et d'une mère toujours triste ; — leur
petite fille était devenue elle-même taciturne
et sombre, autant que souffreteuse.

On ne l'entendait ni causer ni rire avec les
autres enfants. Elle ne courait ni ne jouait ; à
peine répondait-elle, quand on lui adressait la
parole. On eût dit qu'elle craignait continuellement d'être grondée ou punie.

Les voisins ne pouvaient l'accuser de troubler par aucun bruit la tranquillité de la
maison ; mais ils la déclaraient très-peu aimable et même fort désagréable. Ils prétendaient
qu'elle était hypocrite et sournoise.

« Ce n'est pas naturel, disaient-ils, qu'une
enfant soit si calme. Elle cache ses défauts,
voilà tout ! »

Hélas ! il n'est pas naturel non plus qu'une
pauvre petite fille ne reçoive jamais ni baisers
ni caresses de parents qu'elle aime...

François et Manette chérissaient leur enfant
à leur manière ; — c'est-à-dire qu'ils se consumaient d'inquiétude pour son avenir.

Elle était le sujet principal de leur chagrin de se trouver si pauvres. C'était à cause d'elle surtout qu'ils regrettaient amèrement d'avoir quitté la campagne, où la petite Anne eût respiré un air pur ; où elle eût pris un exercice journalier qui l'aurait rendue forte et fraîche.

Ils lui faisaient toujours la première part dans le peu de nourriture qu'ils réussissaient à se procurer.

Mais tandis qu'ils enviaient sans cesse pour leur fille les gâteries que prodiguent les parents riches à leurs heureux enfants, ils ne s'apercevaient point qu'ils lui refusaient ce qu'il était en leur pouvoir de lui donner ; ce qui l'aurait rendue plus joyeuse que ne l'eussent fait les plus magnifiques cadeaux... — Je veux parler des témoignages de leur tendresse pour elle !

Lorsqu'une enfant lit dans les regards de son père et de sa mère, quand elle entend de leur bouche l'assurance qu'elle en est chérie, elle ne songe à désirer rien de plus.. Elle est heureuse dans leur société ! Elle ne regrette ni les gâteaux ni les joujoux qu'elle n'a pas.

La pauvre petite Anne, ne recevant presque

jamais que de grossières paroles, ne voyant
pas de regards affectueux et satisfaits s'arrêter
sur elle ; étant souvent renvoyée de la mansarde dans la cour, parce que son air maladif
irritait son père et désolait sa mère, — la pauvre petite Anne se prit à croire que ses parents ne l'aimaient point...

Dès que cette affligeante pensée fut entrée
dans son esprit, il n'y eut plus un seul plaisir
possible pour elle.

Un jour, une voisine compatissante lui
ayant acheté un gâteau, l'enfant courut joyeusement en offrir la moitié à sa mère ; mais
celle-ci, au lieu de l'accueillir avec affection,
se fâcha, parce que la petite fille trébuchait à
chaque pas, ses pieds sortant sans cesse de ses
souliers éculés. Détournant la tête et repoussant
brusquement la main d'Anne, Manette s'écria :

« Quand on n'a pas de souliers à ses pieds,
il est ridicule de manger des gâteaux ! »

L'enfant s'en retourna la tête basse, ne
comprenant pas que c'était par tendresse pour
elle — une tendresse mal entendue ! — que sa
mère lui avait parlé avec dureté. Elle ne sentit
que le chagrin d'être ainsi brusquée, et le gâteau

qui l'avait tant réjouie ne lui sembla plus bon.

Il en était de même de presque toutes ses rares satisfactions.

Une enfant aimante et douce pouvait-elle se trouver heureuse dans de semblables conditions ?

Ainsi François et Manette, en permettant à leur mauvais caractère de l'emporter sur leur cœur, faisaient le malheur de leur enfant, en même temps que le leur.

Cet intérieur, qui aurait pu être calme, tranquille et même gai parfois, malgré la misère, — car on n'est jamais tout à fait malheureux quand on s'aime les uns les autres et que l'on se conduit bien ; — cet intérieur ressemblait à l'enfer, où ne se font entendre que des plaintes et des cris ; où ne se voient que des visages abattus et désespérés.

CHAPITRE II

___

Secours providentiel.

François et Manette avaient oublié Dieu, le bon et tendre père que nous avons au Ciel. Au lieu d'accepter sa volonté dans tous les événements de leur vie et de travailler à mériter ses bienfaits en accomplissant leurs devoirs envers lui, ils l'avaient offensé chaque jour davantage.

Cependant Dieu, dans sa bonté, ne les avait pas abandonnés. Il veillait sur la petite fille souffrante et triste.

Un matin, Anne s'était installée, ainsi que cela lui arrivait souvent, sur les marches de l'escalier, à quelques pas de la mansarde de ses parents. Il faisait là plus froid encore que dans la pièce sans feu ; mais elle s'y plaisait, parce que personne ne la grondait.

François était rentré, la veille au soir, à moitié mort d'ivresse ; il avait été très-malade toute la nuit.

Sa femme qui l'avait bien soigné, malgré l'irritation que lui causait ce déplorable état, se sentait extrêmement fatiguée. A peine avait-elle le courage de se mettre au travail, si nécessaire pourtant puisque François, incapable de se lever, allait perdre encore cette journée !

La présence de leur enfant achevait de les troubler tous les deux, parce qu'ils prévoyaient avec terreur qu'elle n'aurait pas à dîner ce jour-là....

Elle avait déjeuné d'un morceau du pain dur resté de l'avant-veille...

Manette lui avait crié :

« Va t'amuser ailleurs ! »

Et la petite avait emporté sur le haut de l'escalier la vieille poupée qu'elle tenait de la générosité d'une enfant de la maison. Engourdie par le froid, elle s'était endormie en berçant sa fille.

Une voix douce la réveilla :

« Que faites-vous là, ma chère petite ? Savez-vous que vous risquez de tomber et de vous faire beaucoup de mal ? »

Anne ne répondit rien. Elle regardait, en se frottant les yeux et croyant rêver, la dame qui lui parlait avec tant de bonté. A côté de cette dame se tenait une petite fille de onze à douze ans, dont la physionomie était aussi aimable que celle de sa maman et qui souriait à Anne.

« Pourriez-vous m'indiquer, ma chère petite, demanda la dame, la chambre où demeurent M. et Mme Pigard ? »

Anne resta muette. Sa surprise augmentait, et la crainte lui arrivait. — Que dirait sa maman si elle lui conduisait cette belle dame et cette gentille demoiselle, tandis que son papa... quelle honte pour tous !

« Pourquoi ne répondez-vous pas à maman ? demanda la jeune demoiselle. Est-ce que vous ne connaissez pas M. et Mme Pigard ?

— On m'a bien dit que c'était au cinquième à droite, reprit la maman ; — mais j'aperçois tant de portes !

— C'est ici tout près, madame, balbutia Anne. Mais...

— Eh ! bien ? — Achevez, ma chère enfant.

— Je n'ose pas...

— Pourquoi? Indiquez-moi seulement du doigt...

— C'est que... papa est couché.

— Votre papa est donc M. Pigard? » s'écria la jeune demoiselle.

Anne baissa la tête sans répondre.

« Votre maman est-elle auprès de lui?

— Oui, madame.

— Je vous prie alors d'aller l'appeler. Je n'ai qu'un mot à lui dire; je ne la retiendrai pas longtemps. »

Anne se décida enfin. Elle courut avertir sa mère qui, après s'être fait répéter la chose trois fois, la suivit auprès de l'inconnue.

« Votre mari est donc bien souffrant, ma pauvre femme? lui dit la dame. Est-ce une indisposition grave? Si vous avez besoin de conseils, permettez-moi d'entrer. Je me connais un peu à soigner les malades, et je pourrais peut-être vous aider...

— Oh! non, madame, je vous remercie bien, répondit Manette d'un ton suppliant; mais je n'oserais vous faire entrer. — Nous sommes bien malheureux!

— J'ai entendu parler de vous et de votre position difficile par la femme de mon cordonnier. Ayant appris, je ne sais comment, que notre propriétaire a donné congé aux concierges de la maison habitée par nous depuis longtemps, elle est venue me trouver à ce propos. Elle m'a demandé si je ne pourrais pas obtenir cette place pour un ménage auquel son mari et elle s'intéressent extrêmement. Elle m'a raconté votre histoire. — Comme bien d'autres, vous avez eu le tort de quitter votre village, sans savoir si vous trouveriez de l'ouvrage à **Paris. Vous** avez chèrement expié cette faute par des années de souffrances et de tourments.. Maintenant votre mari a une place de balayeur et vous travaillez activement à piquer des bottines ; mais cela ne suffit point à vous faire vivre à l'aise avec votre enfant ; le loyer vous écrase. Si vous n'en aviez plus à payer, vous seriez bien heureux, n'est-ce pas ?

— Oh ! madame ! s'écria Manette en joignant les mains ; c'est tout ce que nous souhaiterions !

— Alors, je puis adresser pour vous une

demande à mon propriétaire ? Je ne suis pas
sûre de réussir, mais je l'espère. Il faut cependant que vous réfléchissiez bien, d'abord.
La place en question n'est guère payée ; elle
n'est, je le crois, que de *deux cents francs* par
an. Pensez-vous que votre mari l'acceptera ?
J'aurais voulu lui parler à lui-même ; l'interroger et l'entendre. La recommandation de
nos bons cordonniers m'inspire toute confiance, parce je les sais honnêtes. Néanmoins,
vous pensez bien que mon propriétaire voudra
des renseignements sûrs.

— Soyez tranquille, madame ; nous sommes honnêtes , nous aussi. Nous n'avons
jamais fait de tort à personne. Tout le monde
pourra vous le dire. Et quant à cette place que
vous trouvez peu payée, ce serait une fortune
pour nous. Pas de loyer et deux cents francs !
Mon mari sera trop heureux...

— Je suis aise que ma proposition vous
sourie. Mais il faudra toujours que je vous
revoie avant de tenter une démarche. Sup-
posez-vous que votre mari sera demain en
état de se lever ?

— Oh ! oui, madame ; il ira chez vous, si

vous le permettez. Nous irons ensemble. »

Mme de Chambelle donna son adresse. Cependant il lui était venu à l'esprit quelques soupçons, en remarquant l'embarras de Mme Pigard chaque fois qu'il avait été question de son mari.

En redescendant, elle interrogea sur ce ménage le concierge de la maison. Celui-ci, en brave homme qu'il était, craignit de nuire aux pauvres Pigard si cette dame, qu'il supposait être une dame de charité, avait l'intention de les secourir. Il ne dit que du bien de ses locataires.

Mme de Chambelle alla revoir la cordonnière et son mari, qui achevèrent d'exciter son intérêt en faveur de leurs protégés et se donnèrent bien de garde de parler de l'inconduite de François.

Il est vrai qu'ils ne savaient pas tout, car Manette cachait le plus que cela lui était possible les torts de son mari.

Ce qui touchait surtout la sensible Mme de Chambelle et ce dont elle causa beaucoup avec sa fille, c'était ce qu'on lui avait raconté de la triste enfance d'Anne.

« Pauvre petite ! disait-elle. Connaître, si jeune, les souffrances de la misère... — Vois, ma Camille, comme nous devons remercier le bon Dieu, toi et moi, de t'avoir fait naître dans une position où ton pain t'est assuré tous les jours ; où tu jouis, sinon de la richesse, du moins d'une sorte d'aisance... — Si son père et sa mère étaient plus heureux, ils la traiteraient plus doucement. Elle n'aurait plus cet air craintif, qui t'a frappée. Elle pourrait aller à l'école, s'instruire....

— Et puis, maman, s'écria Camille ; si elle venait dans notre maison, tout le monde s'intéresserait à elle. Nous la gâterions, n'est-ce pas ? Oh ! je vais prier le bon Dieu pour que M. et M\ᵐᵉ Pigard deviennent nos concierges. Chère petite Anne ! Elle est si pâle !. Je suis sûre qu'elle est malade. Chez nous elle se porterait mieux que dans sa vilaine mansarde, où l'on ne doit jamais apercevoir le soleil. »

Le bon Dieu fit réussir l'affaire en dépit de beaucoup d'obstacles. — On avait offert au propriétaire plusieurs concierges qui lui plaisaient mieux que M. et M\ᵐᵉ Pigard, dont l'aspect était fort misérable. Il avait toujours déclaré qu'il ne voudrait jamais d'enfants à la loge, etc., etc.

Mme de Chambelle eut réponse à tout : — Plus les Pigard étaient pauvres, plus sûrement la reconnaissance leur inspirerait du zèle pour leurs nouveaux devoirs. Ils n'avaient qu'une enfant ; et cette petite fille intelligente serait une aide plutôt qu'un embarras, etc., etc.

L'excellente dame obtint la place, — en échange de laquelle son mari rendit un éminent service à leur propriétaire. — Il s'agissait d'un neveu de celui-ci, que M. de Chambelle parvint, à force de démarches, à faire entrer dans une administration de chemin de fer.

François Pigard et sa femme passèrent subitement de l'indigence la plus complète à une position comparativement aisée, tranquille et douce. Avec de l'ordre et du travail, ils pourraient être vraiment heureux. Combien donc ne devaient-ils pas bénir la Providence !

CHAPITRE III

Le n° 202 de la rue de la Félicité.

Chaque chose, en ce monde, a ses bons et ses mauvais côtés. La nouvelle situation de M. et de Mme Pigard était bien meilleure, nous l'avons dit, que celle où ils avaient si longtemps gémi. Cependant, ils devaient rencontrer encore des difficultés et des peines; c'est le lot de chacun de nous, sur la terre, de souffrir et de lútter. Au ciel seulement, nous goûterons le repos, avec le bonheur complet.

François et Manette oubliaient, comme beaucoup de gens, cette grande vérité. Ils s'étaient attendus à ne trouver, rue de la Félicité, que des satisfactions; et dès qu'une contrariété se présentait, ils s'impatientaient.

Or, les contrariétés ne manquent jamais à quiconque est obligé d'avoir des rapports avec

un certain nombre de personnes ; et les concierges en reçoivent de leurs locataires plus
souvent encore peut-être que ceux-ci n'ont
d'ennuis par leurs concierges.

La maison peu considérable qui portait le
n° 202, dans la rue de la Félicité, se composait de quatre étages dont chacun formait un
seul appartement, et d'un 5e où étaient les
chambres de domestiques. Le rez-de-chaussée
contenait, en plus de la loge, un petit appartement qu'habitait un vieux militaire re-
traité. Cet officier était servi par une vieille
bonne que nous avons entrevue au début de
cette histoire, — mademoiselle Pélagie.

Au premier, demeuraient M. et Mme de
Chambelle, que des pertes de fortune avaient
conduits dans ce quartier retiré.

M. de Chambelle, s'étant vu obligé d'entrer
dans une administration de chemin de fer,
avait tenu à se rapprocher de son bureau. Sa
femme, bonne, pieuse et dévouée, avait très-
volontiers renoncé aux habitudes et au voisinage du monde élégant qui avait toujours été
le leur. Elle s'était vouée à l'éducation de sa
fille, ce qui ne l'empêchait pas de trouver

des loisirs à consacrer aux œuvres de charité : — visites de pauvres, de malades, services à rendre aux uns et aux autres. Tous les malheureux des environs la connaissaient.

Le deuxième étage était habité par une dame âgée, — *fort riche*, — assuraient les commères de l'endroit ; — *très-gênée*, — répétait-elle à qui voulait l'entendre.

Si l'on en jugeait par son beau mobilier, par le soin et la recherche de ses toilettes, on pouvait croire en effet qu'elle possédait de la fortune. Mais elle expliquait cette apparence d'aisance par les prodiges d'ordre et d'économie qu'elle accomplissait depuis le premier jour de l'année jusqu'au dernier. Aussi s'efforçait-elle de ployer à ces efforts d'une *indispensable nécessité* les bonnes qui se succédaient chez elle avec une rapidité dont s'amusait le quartier. Elle n'avait jamais le temps de former personne, parce qu'elle ne trouvait pas une domestique qui voulût continuer un service aussi minutieux et fatigant. A peine y demeurait-on les huit jours de rigueur ; le maximum était un mois pour les pauvres filles arrivées de la province, et ne sachant où se caser en sortant de chez M⁻ᵉ Balaret.

Le troisième étage était resté inoccupé plusieurs mois. Il venait enfin de s'y installer un ménage composé d'un père, d'une mère et de deux petites filles, l'une de neuf ans, l'autre de cinq. La mère était toute jeune et plaisait par son air de douceur et de bonté. On trouvait difficile de donner un âge au père. Les uns parlaient de trente ans; d'autres ne craignaient pas de prononcer le mot de *cinquantaine.* — Ce qui produisait ces impressions si différentes, c'est que, quoique son visage fût réellement encore jeune, sa physionomie, sa tenue et sa démarche étaient celles d'un homme âgé. Une gravité poussée jusqu'à la raideur, une parole lente, des manières cérémonieuses; jamais un sourire; — l'air contraint d'une personne qui semble toujours occupée de ce que l'on dira d'elle. Sa femme et ses enfants lui témoignaient un respect profond qui ne paraissait pas exempt de crainte. Dans le voisinage on cherchait à deviner quelle pouvait être la profession de ce M. Jacob; et l'on blâmait le concierge de ne

s'en être point informé avant d'avoir accepté
le *denier à Dieu*.

Le fait est que François s'était senti si fier
de louer enfin *son appartement*, — le premier
pour lequel il eût eu l'occasion de déployer
toutes les ressources de son esprit; — qu'il
avait déclaré inutile la précaution ordinaire
d'aller aux renseignements. La mine honnête de M. et de Mme Jacob lui avait suffi;
et ces locataires agréés par lui étaient devenus tout aussitôt ses favoris.

Au quatrième étage vivait une famille
nombreuse, mais si modeste et si tranquille
qu'elle ne faisait jamais parler d'elle. Un père
et une mère fort âgés entourés de deux filles
non mariées, qui ne les avaient jamais quittés,
et d'une troisième restée veuve sans aucuns
moyens de subsistance. Ses parents l'avaient
recueillie avec ses trois enfants; avaient placé
dans une bonne pension les deux aînés qui
étaient des fils. Les deux bonnes tantes s'occu-
paient de l'éducation de la petite Sophie, tandis que la jeune veuve (à qui l'on avait abandonné
le salon pour qu'elle en fît sa chambre), travaillait tout le jour à des ouvrages peu lucratifs, mais

dont le produit néanmoins aidait à son entretien et à celui de ses enfants. Il n'y avait pas
de bonne dans cet intérieur, dont les dépenses
avaient considérablement augmenté depuis le
retour de la pauvre veuve. Les deux sœurs
aînées et la vieille mère elle-même se char-
geaient tour à tour du ménage et de la cuisine.

Au cinquième se trouvaient, ainsi que nous
le savons déjà, les chambres de domes-
tiques, occupées : par Melle Augustine, femme
de chambre de Mme de Chambelle ; par Melle
Pélagie, cuisinière chez M. le capitaine Blot ;
par les bonnes qui entraient les unes après
les autres chez Mme Balaret ; enfin, par une
vieille femme de chambre retirée, qui s'appelait Mme Joseph.

La plus petite de ces petites chambres avait
été concédée aux concierges, sur la prière
instante de Mme de Chambelle. C'était une
pièce que le propriétaire ne réussissait jamais
à louer, tant on y étouffait en été, et l'on
y gelait en hiver. Mme de Chambelle pensait
avec raison que, faute de mieux, ce serait
un endroit plus convenable que la loge
pour y faire coucher Anne, quand elle serait

plus grande. En attendant, l'enfant l'appelait déjà *sa chambre*, et cela avec une fierté, une joie indescriptibles !

Nous connaissons maintenant aussi bien que possible le nombre et la composition des habitants de la maison ; il nous est facile de comprendre qu'ayant affaire non-seulement à quelques-uns d'entre eux, mais *à tous*, M. et Mme Pigard devaient nécessairement avoir des moments d'embarras, d'ennui et de fatigue.

Autant de personnes, autant de caractères différents. Les humeurs sont plus ou moins aimables ; les exigences plus ou moins grandes. On a, soi aussi, des défauts ; ni François ni Manette n'en manquaient.

La mauvaise humeur que l'on ne combat point en soi éveille ou augmente celle du prochain. Il en résulte que les rapports deviennent aigres et désagréables.

Si, au contraire, on conservait toujours la patience et la douceur, on maintiendrait la paix dans la famille et dans une maison tout entière !

François et Manette n'y travaillaient guère..

Ils se croyaient devenus de très-hauts personnages, parce que tout le monde dans la maison avait besoin d'eux.

Mais eux, n'avaient-ils donc pas besoin de tout le monde ? D'où leur venait l'aisance dont ils jouissaient, si ce n'est de la quantité de petits profits qu'ils prélevaient sur chacun de leurs locataires ?

Certainement ils entretenaient la propreté dans la cour, dans le jardin, dans l'escalier ; et ce n'était pas sans se donner du mal. Ils montaient les lettres (ou plutôt, ils les faisaient monter par Anne) ; ils répondaient à tous les visiteurs. Ils étaient condamnés à ne sortir que rarement, et jamais ensemble, ce qui affligeait le mari et surtout la femme.

Ils avaient bien d'autres obligations pénibles. Mais ils ne servaient personne *gratuitement*. Tout le monde leur rendait avec plus ou moins de générosité des avantages réels en échange de leurs soins.

S'ils ouvraient la porte cochère aux charretées de bois ou aux camions apportant une pièce de vin, ne recevaient-ils pas leur petite part de bûches ou de bouteilles ? — Et ainsi des autres choses.

Comment se faisait-il alors qu'ils eussent toujours l'air d'accorder une faveur, quand ils consentaient à se déranger un instant?

Leurs manières et leur langage, si humbles au début, avaient acquis une assurance, une arrogance très-ridicules en vérité.

En qualité de représentants du maître, ils prétendaient imposer des lois et tout gouverner du rez-de-chaussée au cinquième étage ; dans le jardin et dans la cour.

Ils ne supportaient pas qu'on leur fît la moindre observation ; tandis qu'ils se permettaient le ton du commandement et même quelquefois de la menace, selon qu'ils soutenaient avoir à se plaindre de tel ou tel locataire !

Nous parlons principalement de M. Pigard. Manette se souvenait mieux de la situation, si récente encore, d'où les avait arrachés la bienfaisante Mme de Chambelle. Elle comprenait mieux aussi que leur position actuelle n'était pas établie tellement solidement que rien ne pût l'ébranler.

Deux ou trois fois déjà François, malgré le serment solennel qu'il avait fait à sa femme de renoncer à l'ivrognerie, avait donné des signes non équivoques d'une excitation peu rassurante...

Ces jours-là, Manette, épouvantée, l'avait forcé à se coucher et à se taire... Elle répondait aux questions curieuses : que son mari était sujet à de terribles maux de tête, pendant lesquels la solitude lui était indispensable.

Anne faisait le guet à la porte de la loge, attendant tous ceux qui se présenteraient afin de les empêcher d'entrer, et recevant des mains du facteur les lettres qu'elle se hâtait de porter à leur destination.

Heureusement, M. Pigard n'avait jamais encore perdu toute prudence. Jusque dans ses paroles incohérentes et dans le demi-sommeil qui succédait à cette demi-ivresse, il s'était souvenu de *sa dignité de concierge ;* et, pour se mettre à l'abri des railleries malignes, il permettait à sa femme les précautions...

Il profitait de ses leçons pour observer la tempérance quelque temps ensuite, et pour mettre aussi, selon que le lui recommandait sa femme, *de l'eau dans son vin* dans ses rapports avec ses locataires. Cela nous explique comment il ne perdit pas sa place dès les *premières fautes qu'il commit.*

CHAPITRE IV

Quelques mots sur Anne.

Mme de Chambelle n'était pas sans inquiétude sur le sort à venir d'une famille pour
qui elle avait tant fait, et dont elle ne se dissi-
mulait pas les imprudences et les torts. Elle se
préoccupait surtout de la petite Anne, qu'elle
avait réellement prise en affection et qu'aimait
beaucoup la gentille Camille.

Sans doute, l'intéressante enfant était plus
heureuse aujourd'hui qu'autrefois. Son père et
sa mère éprouvaient de la joie à lui donner
régulièrement son nécessaire, et de temps à
autre même de petites gâteries. Mais ils n'a-
vaient pas perdu leur rudesse apparente dans
leur manière de lui parler.

Au contraire, l'habitude qu'ils prenaient

de jour en jour davantage de commander et de
réprimander entretenait chez eux un air et des
paroles de mécontentement qui la terrifiaient
encore trop souvent.

Quelques personnes de la maison lui témoignaient de l'intérêt, à l'exemple de Mme de
Chambelle. D'autres étendaient à l'enfant l'espèce de répulsion que leur inspiraient des
concierges si maussades.

Mlle Pélagie était de ce nombre. Toutes les
fois qu'elle rencontrait la petite fille en l'absence de M. et de Mme Pigard, elle lui adressait des paroles railleuses, dont Anne n'osait
pas se plaindre à ses parents ; car ils se seraient mis en colère, ou contre elle, ou
contre Mlle Pélagie.

La grande consolation de l'enfant, ce qui
lui faisait supporter patiemment tous ses ennuis, c'était le bonheur de vivre si près de
Mme de Chambelle et de l'aimable Camille.
Un mot affectueux de cette excellente dame
ou de sa fille suffisait à rendre Anne joyeuse
toute une journée !

Mais Mme de Chambelle ne bornait pas
ses bontés à de bienveillantes paroles. Com-

prenant combien il était important pour l'avenir de la petite fille de lui donner un peu
d'instruction, elle avait souvent engagé M. et
Mme Pigard à l'envoyer en classe tous les
jours quelques heures, chez les Sœurs du
quartier. Ils avaient répondu « *qu'ils ne pourraient jamais se passer de leur fille.* »

Ce qui leur faisait repousser ainsi cette pensée, ce n'était pas tant leur affection très-vraie
pour Anne, que l'embarras dans lequel les eût
jetés son absence. Un père et une mère qui aiment leurs enfants devraient savoir se priver
d'eux chaque fois qu'il s'agit des intérêts de
ceux-ci. Mais M. et Mme Pigard sentaient bien
qu'Anne rendait à la loge des services dont pro-
fitaient tous les locataires.

Ayant à cœur de mériter son surnom *de petite concierge*, elle secondait sa mère avec une
intelligence remarquable, ce qui permettait à
celle-ci de se livrer aux travaux d'aiguille. —
Manette les avait joyeusement repris dès que
quelques personnes de la maison, apprenant
qu'elle avait exercé l'état de couturière, avaient
bien voulu lui donner de l'ouvrage.

M. Pigard, de son côté, conservait ainsi

la faculté, — dont il usait, ou dont il n'usait
pas, — d'aller travailler au dehors une partie de la journée. Sa femme n'était pas seule
à la loge; — ou plutôt, la loge n'était jamais
seule, — cela était une condition expressément
imposée par le propriétaire.

Donc, ils ne *voulaient* pas envoyer Anne à l'é-
cole. — *Ils ne le pouvaient pas !* — disaient-ils.

Alors Mme de Chambelle les pria de laisser
monter Anne chez elle tous les jours, une
demi-heure au moins; et ce fut cette charitable dame elle-même qui entreprit de lui
apprendre à lire et à écrire.

La maîtresse était si habile et la petite fille
s'appliquait tant, que, très-rapidement, les
leçons furent couronnées de succès. En quelques mois, Anne sut lire à peu près couram-
ment et déjà elle réussissait à copier de faciles
modèles d'écriture.

Pour l'encourager, Camille lui prêtait des
livres de sa bibliothèque d'enfant et lui en promettait d'autres, à mesure qu'elle deviendrait
plus savante.

Mme de Chambelle lui remettait parfois
une petite pièce de monnaie. Elle l'avait ha-

billée de neuf, du travail de ses mains et de celles de sa fille.

Mais là ne s'arrêta point l'infatigable charité de cette âme pieuse. L'année suivante, elle donna à l'enfant les premières notions de l'Histoire sainte et du Catéchisme; lui inculquant sur Dieu, sur notre âme et sur nos destinées futures les connaissances qui portent à fuir le mal et à pratiquer la vertu.

Anne reçut ces précieux enseignements avec une avidité que nous ne saurions exprimer. Il lui semblait que ses yeux s'ouvraient à une lumière splendide, qui la réjouissait en la réchauffant!

Elle sentait descendre dans son cœur, que la souffrance avait visité si jeune, une rosée bienfaisante... « *Le bon Dieu m'aime! Il est mon père... Il me promet le ciel, si je fais tout ce qu'il me commande...* » Voilà ce qu'elle se répétait souvent, avec des larmes de joie dans les yeux et le sourire sur les lèvres.

Tout à fait à l'aise maintenant avec sa chère bienfaitrice, elle lui exprimait naïvement ce qu'elle éprouvait:

« Comme j'étais malheureuse quand *j'étais*

petite ! car je ne savais rien de ces belles choses!
disait-elle avec émotion, un jour que Mme de
Chambelle venait de lui raconter la mort de
notre divin Sauveur.—Je croyais que personne
ne m'aimait ; alors, moi aussi je n'aimais personne.

— Vous avez toujours aimé votre père et
votre mère, ma chère enfant ; j'en suis bien
sûre.

— Oh! oui, madame ; beaucoup! Mais ils
me grondaient toujours ; j'avais peur d'eux,
et *je ne sentais pas*, dans ces moments-là, que
je les aimais vraiment... Je pleurais, et voilà
tout ! — Maintenant, ils ne se fâchent plus
aussi souvent contre moi, parce que je tâche
de faire ce que vous me dites pour les contenter.

— Vous verrez, ma chère petite, qu'à force
de douceur et de soumission ; par vos prévenances et votre tendresse, vous en arriverez à
les rendre plus patients ; c'est parce qu'ils
ont beaucoup souffert, qu'ils sont devenus
facilement irritables. — Ils remarquent déjà
votre bonne volonté ; ils sont heureux des
petits services que vous leur rendez.

— Je crois, madame, qu'ils seraient plus contents encore si je leur gagnais de l'argent; car, lorsque je leur porte les petites pièces que vous avez la bonté de me donner, ils m'embrassent. Mais je suis trop jeune, n'est-ce pas? pour apprendre un état, puisque je n'ai que neuf ans! D'ailleurs, papa et maman ne me permettraient pas d'entrer en apprentissage, eux qui ne veulent pas même m'envoyer chez les sœurs, ici tout près!

— Avant tout, il faudra que vous fassiez votre première communion, mon enfant; et, pour vous y bien préparer, il sera indispensable que vous commenciez l'année prochaine à suivre les catéchismes de la paroisse.

— Papa ne le voudra jamais, madame; balbutia Anne en rougissant.

— Pourquoi donc? Cela ne vous éloignerait ni souvent, ni longtemps de la maison.

— Oh! non, madame; je vois passer, pour aller au catéchisme, la petite demoiselle du quatrième, et je sais qu'elle ne reste pas très-longtemps dehors. Mais je crains que papa... — Malheureusement, il n'aime pas les prêtres...

— En connaît-il beaucoup, ma chère enfant?

— Je n'en ai jamais vu venir chez nous, madame; et maman m'a raconté qu'à son village, il y a un vieux curé qui avait toujours été très-bon pour elle et pour papa. Mais ils disent qu'à Paris, ce n'est plus la même chose.

— A Paris, les prêtres sont encore meilleurs! s'écria Camille; car nous en connaissons plusieurs, nous, et nous savons tout le bien qu'ils font...

— La petite demoiselle du quatrième aime bien aussi les prêtres qui lui font le catéchisme, mademoiselle. Mais cela n'empêche pas que papa... — Si vous saviez tout le mal qu'on dit d'eux dans le journal!

— Ton papa lit probablement de mauvais journaux; des journaux menteurs, qui trompent les pauvres gens, s'écria Camille. Tu as grand tort de les écouter.

— Anne ne les écoute pas, ma fille, reprit Mme de Chambelle; elle entend forcément ce qui est dit devant elle! Mais elle ne se laissera pas tromper par ces mensonges, puisque le bon Dieu permet qu'elle reçoive assez d'instruction religieuse pour reconnaître la

vérité. Elle comprendra qu'il est mal et très-
mal de parler sans respect de la Religion; de
calomnier les ministres de Dieu, et de leur
enlever la confiance et l'estime de ceux
auxquels ils voudraient faire du bien. Elle
devinera facilement que les gens qui s'expri-
ment de la sorte ne sont ni religieux, ni vertueux. Elle priera pour que son père re-
devienne un bon chrétien! »

CHAPITRE V.

Monsieur Pigard libre-penseur.

Qu'est-ce qu'un *libre penseur*, maman?
demanda Camille, un soir, à Mme de Chambelle. Sophie Valdès (la petite fille du quatrième) m'a raconté tout bas qu'elle a entendu son grand-père dire à sa grand'mère :
« *Eh bien, ma chère, voilà notre concierge
qui devient libre penseur ; cela promet...* »
Elle désirait des explications, mais on lui
a répondu que cela ne la regardait pas. J'ai
aussi envie qu'elle de savoir ce que signifie
ce mot-là, et surtout ce qu'il nous promet de
M. Pigard!

— On appelle de ce nom, ma chère enfant,
les individus qui s'arrogent le droit de décider
à leur gré sur tout ce qui regarde Dieu et
la Religion. Ils admettent, ou plutôt ils rejet-

tent *ceci* ou *cela*, selon que les choses leur conviennent ou les gênent. Ils ne veulent plus de prêtres, de Religion révélée, d'autorité : ils entendent être absolument *libres* de *penser* à leur manière.

— Belle liberté ! s'écria Camille. N'est-ce pas une révolte contre Dieu, puisque Lui-même nous a fait connaître la vérité? Mais comment M. Pigard, qui n'a pas d'instruction, pourrait-il se prononcer sur des choses aussi élevées? Est-ce qu'il les comprend?

— On n'a pas besoin d'instruction quand il ne s'agit que de nier, ma chère enfant. L'orgueil ne demande qu'à se révolter contre toute espèce de dépendance, et il y a beaucoup plus d'orgueilleux chez les ignorants que chez les gens instruits.

— De quoi cependant les ignorants peuvent-ils être orgueilleux?

— Ils ne s'aperçoivent pas, pour la plupart, de leur ignorance. Ceux qui ont reçu un commencement d'instruction, se comparant avec ceux qui n'en ont pas du tout, se croient très-savants; tandis que, s'ils regardaient au-dessus d'eux, ils comprendraient que leur prétendue science n'est rien. — Ainsi M. Pigard sait lire (et à qui le doit-il? — Au curé de son village; madame Pigard me l'a raconté). Comme les gens qui fréquentent la loge n'en savent pas autant, c'est lui qui leur fait la lecture du journal....

— Et il est très-fier de cela! interrompit Camille. Je l'aperçois quelquefois le soir, quand nous rentrons de chez ma grand'mère. Il se redresse, il parle fort; il gesticule... Sa femme a l'air de le regarder avec respect et sa fille n'ose pas remuer; même pour nous dire *bonsoir*, la pauvre petite! — Si, du moins, il lisait de bons journaux!

— Les personnes pauvres achètent de préférence les journaux qui ne coûtent pas cher; et les écrivains qui en rédigent de mauvais ont grand soin de les donner à bon marché.

— Les gouvernements devraient condamner les mauvais journaux à être vendus très-cher!

— Il y a malheureusement des gouvernements qui ne s'inquiètent guère de ce qui s'imprime contre le bon Dieu. Ils ne s'aperçoivent pas qu'en laissant attaquer et détruire

les croyances religieuses, ils préparent à leur
pays comme aux individus le plus triste
avenir.

— Comment cela, maman?

— Les hommes qui ne sont plus retenus dans
leurs passions par la crainte des jugements de
Dieu, deviendront nécessairement coupables
de fautes graves et peut-être même de crimes,
le jour où leurs passions les y pousseront.

— Oh! maman, voilà donc ce que nous
promet M. Pigard!

— Prenons bien garde, ma fille, à ne jamais prononcer légèrement sur des choses de
cette importance. Je t'ai dit, parce que mon
devoir est de t'éclairer, qu'en reniant les vérités et les principes de la Religion, on s'expose
à commettre le mal. Cela se conçoit. On a déjà
fait une action coupable en refusant de se
soumettre à la parole de Dieu et à celle de
l'Eglise; on a cédé à l'orgueil, qui ne consent
jamais à obéir; on en arrive presque inévitablement à suivre sa volonté propre et ses désirs,
même lorsqu'ils se tournent vers un but condamnable. — Mais nous ne devons pas conclure de là que tous les libres-penseurs et M.

Pigard en particulier, deviendront des crimi-
nels.

— Pourtant, s'ils n'ont rien qui les arrête ?

— Il leur reste, à leur insu même, des notions et des habitudes qui les préservent de tomber tout d'un coup dans ces excès. Les passions
ne sont pas aussi fortes chez tous les hommes.
Il y a des caractères naturellement honnêtes qui
ne sortent pas de la bonne voie, s'il ne se présente point d'obstacles trop difficiles.

— C'est égal, maman; cela n'est pas ras-
surant d'avoir un concierge libre penseur ?

— Monsieur Pigard, je l'espère, n'en est
pas arrivé encore à être un libre penseur dans
toute la vérité effrayante de ce mot. Il a été
élevé chrétiennement; ces souvenirs-là ne se
perdent jamais complétement. De plus, sa
femme conserve un fonds de sentiments pieux,
et je compte bien qu'elle reviendra, avant qu'il
soit longtemps, aux pratiques de notre sainte
Religion. Fixée alors dans la vérité, elle y ra-
mènera son mari. — Enfin, notre bonne petite
Anne sera pieuse; elle l'est déjà ! Tu ne sais
pas, ma Camille, — toi qui es assez heureuse
pour avoir un père vraiment chrétien, — tout

ce que peut une enfant, pour rendre la foi à des parents qui l'avaient perdue ! — Ne désespérons de rien ; surtout, prions pour ce pauvre M. Pigard ! »

A l'heure même où la mère et la fille s'entretenaient ainsi, tandis qu'elles travaillaient à la lueur de la lampe, il y avait nombreuse réunion à la loge.

Un petit journal, que l'on s'était passé de main en main et de porte en porte rue de la Félicité, avait fait son entrée triomphale chez M. Pigard, tout fier de cette aubaine.

Il s'agissait d'un *horrible scandale*, — tel était le titre donné au récit que plusieurs voisins étaient venus curieusement entendre. — Un enfant volé à ses parents par une Communauté religieuse, séquestré, presque torturé pour qu'il renonçât à la religion de ses parents... — Cela faisait dresser les cheveux sur la tête ; M. Pigard le déclara, en regrettant sans doute de n'en avoir plus assez pour qu'il fût possible à l'assemblée de constater cet effet d'une vive émotion.

Tous les auditeurs partageaient son indignation. Personne ne songeait à se demander si le fait n'avait pas été inventé, ainsi que cela arrive journellement; — ainsi que cela avait eu lieu cette fois encore, on le sut plus tard.

On était trop heureux d'avoir cette belle occasion de recommencer contre les couvents, les prêtres, l'Église, les accusations et les insultes accoutumées!

M. Pigard qui, pour s'éclaircir la voix et les idées, arrosait de fréquents verres de vin sa lecture pathétique, montrait une animation superbe. Ayant achevé de lire les déclamations violentes dont le journaliste accompagnait le récit de l'horrible scandale, et qui lui avaient paru sublimes parce qu'il n'y avait rien compris, le concierge haletant s'écria :

« Ce qu'il y a de plus clair, c'est qu'on n'en dira jamais assez contre ces gens-là! N'est-ce pas honteux de voir des prêtres riches, un pape riche et qui plus est *roi!*... des églises regorgeant d'or et de pierreries, pendant que des milliers de nos frères souffrent du froid et de la faim dans toutes les parties du monde!

— Tu deviens bien savant, mon homme; dit Manette avec une admiration qui n'était

pas sans malice. — Où donc en connais-tu
des prêtres si riches? Autrefois, tu ne les dé-
testais pas autant, et tu jurais de ne jamais
oublier la bonté de notre vieux Curé, qui
nous a mariés sans argent et qui n'a pas accepté un centime pour avoir célébré un service pour ma pauvre mère.

— Tais-toi, ma femme ! Tu ne connais rien
à tout cela. D'ailleurs, ce que tu dis confirme
parfaitement mes paroles. Quand les prêtres
n'acceptent pas d'argent, c'est qu'ils en ont de
reste... — Parlez-moi des ministres protestants ! En voilà qui ne sont pas toujours occupés à gruger le pauvre monde... Ils font
tout gratis, eux; et même ils offrent de l'argent à qui en veut.

— Est-ce possible, M. Pigard ? demandè-
rent, surpris, quelques voisins. Connaîtriez-
vous, par hasard?

— Chut ! répondit avec suffisance M. Pigard, charmé de l'attention générale. J'en ai
un dans ma maison... Mais je crois qu'il ne
désire pas être connu pour le quart d'heure.
Une pauvre femme était venue, l'autre jour,
me demander *M. le Ministre...* Je ne de-

vinais pas. Elle s'est expliquée, et j'ai tout compris.

— C'est probablement monsieur ?...

— Je ne me permettrai pas de vous le nommer. Je ne suis pas bavard, vous le savez. Tout ce que je puis vous dire, c'est qu'il est d'une politesse ! Toujours son chapeau à la main quand il m'aperçoit ; — très-bon aussi pour ma petite fille. Regardez ce qu'il lui a donné tantôt. Anne, où donc as-tu serré le livre ? »

Anne se leva, toute rouge :

« C'est que Mme de Chambelle dit... que ça n'est pas très-bon.

— Pas très-bon !... Et pourquoi ?

— Parce que, dit Manette, prenant bravement la parole ; les catholiques n'ont que faire de livres protestants.

— Silence ! Et donnez-moi celui-là, reprit majestueusement M. Pigard.

— Je l'ai jeté au feu, cria Manette sachant bien que son mari n'oserait se fâcher tout à fait devant tant de monde.

François Pigard eut un geste de dédain : « Mme de Chambelle n'est qu'une femme ! dit-

il ; je ne veux pas que vous vous laissiez conduire par ses conseils. Le bien est le bien, et
le mal est le mal, chez les protestants comme
chez les catholiques ! Toutes les religions sont
bonnes ; — ou peut-être mauvaises !... N'é-
coutons que notre conscience. La nature est le
seul maître. Moi, je ne me laisse pas mener
comme un esclave : je suis libre-penseur ! »

M. Pigard, qui n'avait certes pas puisé dans
la nature les théories qu'il débitait avec tant
d'éloquence, étendit la main pour reprendre
le journal. Mais sa femme l'avait prudemment
fait disparaître, inquiète de l'exaltation qui
allait toujours croissant.

Elle réussit non sans peine à congédier la
société, à faire taire et à faire coucher M. Pigard, qui à moitié ivre, à moitié endormi,
murmurait encore : — *Je suis libre penseur,
moi !*

CHAPITRE VI.

***

Anne, femme de ménage.

La vieille Mme Balaret (la locataire du 2e étage) se trouvait une fois de plus sans bonne. Dans son embarras, elle eut la pensée de recourir à la *petite concierge* pour quelques commissions :— lettres à porter à la poste ; achats de peu d'importance chez l'épicier, le fruitier, etc.

Anne s'acquitta de ces différentes missions avec une intelligence, une activité, surtout une bonne volonté, qui enchantèrent la vieille dame et la portèrent à demander davantage :

« Voyons, ma petite, ne serais-tu pas capable aussi d'allumer mon fourneau ?

— J'allume souvent celui de maman, madame.

— Bien. Maintenant, si je te montrais à mettre mon couvert ? Quand nous aurons fait chauffer mon déjeuner et que j'aurai terminé mon repas, tu donneras un coup de balai à la salle à manger, n'est-ce pas ? »

Anne, enchantée de se rendre utile, écouta avec beaucoup d'attention les avis et les recommandations de Mme Balaret :

« Tu t'y prends bien, lui disait cette dame ; voilà que la braise s'allume. — Verse tout doucement dans cette casserole le bouillon, que nous mettrons ensuite sur le feu. — Tu n'es ni grande ni forte, mais tu es adroite. Puis, tu ne me parais ni curieuse ni bavarde, et j'abhorre, vois-tu, ces deux défauts-là. — Sais-tu pourquoi je ne conserve aucune domestique ? C'est que je n'en ai pas encore rencontré une seule qui ait voulu faire ce que je lui commandais ! — On n'entre pas en service quand on prétend ne point obéir. Je suis sûre que tu comprends cela, ma petite ? — Pourtant, on me fait la réputation d'être difficile... Ce que c'est que de juger les gens sans les connaître ! »

Anne pensa qu'après tout, Mme Balaret ne semblait vraiment pas si sévère. Elle la trouva bonne et généreuse, quand cette dame eut ajouté :

« Je veux récompenser les petits services
que tu m'as rendus ce matin. Voilà pour toi,
ma fille ! »

En disant cela, elle présentait à notre petite
Anne... *cinq centimes* !

« Grand merci, madame ! s'écria l'enfant,
les yeux brillants de joie.

— Tu es bien contente, n'est-il pas vrai ?

— Oh ! oui, madame !

— Alors, prie tes parents, de ma part, de te
permettre de remonter chez moi demain et les
jours suivants, à l'heure de mon déjeuner et à
celle de mon dîner. En attendant que je me
sois procuré une bonne, tu m'aideras pour
mon ménage ; et si je continue à être satisfaite
de toi, je te donnerai cinq centimes par heure,
c'est-à-dire dix centimes par jour. »

Anne n'en pouvait croire ses oreilles. —
Dix centimes par jour, à elle, Anne... — quelle
fortune !

Ce n'était pas qu'elle n'eût jamais eu d'argent
en sa possession, puisque la bonne madame
de Chambelle lui avait plusieurs fois donné
de petites pièces.

Mais jamais encore Anne n'avait gagné

quelque chose par son travail. Aussi comme elle se sentait fière à l'idée d'aider enfin son père et sa mère ! Eux qui avaient si joyeusement accueilli déjà les petites pièces que leur avait abandonnées leur fille, combien ils seraient plus touchés quand ce serait le salaire de ses fatigues qu'elle leur remettrait !

Certainement, ils la caresseraient, ils l'embrasseraient...

Il fallait d'abord obtenir la permission de servir la généreuse madame Balaret. Anne se préoccupait, non de la crainte qu'une telle proposition ne fût point accueillie, mais de la manière dont elle en ferait part à son père, — elle qui osait si rarement lui dire quelques mots !

Rassurée pourtant par la conviction qu'elle allait enchanter M. Pigard, elle lui exposa assez courageusement la chose.

« Dix centimes ! s'écria M. Pigard en bondissant sur sa chaise. — Elle t'offre *dix centimes* !

— Oui, papa ; parce que je lui ai promis de travailler de mon mieux.

— En voilà une générosité ! Dix centimes

pour une heure le matin et une heure le soir ;
ce qui signifie, si je ne me trompe, *trois francs
par mois* ! Certes non, je ne te permettrai pas
de retourner chez elle !

— Vous trouvez que c'est trop pour moi,
papa ? hasarda Anne timidement.

— Je trouve... Je trouve... que Mme Balaret n'est qu'une avare ! Si tu lui fais l'ouvrage d'une domestique ou d'une femme de
ménage, elle doit te payer en conséquence.

— Il est vrai qu'on pourrait donner davantage, dit Manette ; mais Anne ne fera pas
autant d'ouvrage qu'une femme. Pour payer
plus cher, Mme Balaret aimera mieux prendre
une personne forte et habile.

— Et je ne gagnerai rien du tout alors ! ajouta
la petite fille toute triste.

— Mme Balaret ne trouverait plus dans le
quartier une seule femme de ménage qui con-
sentit à la servir. Elle ne veut de toi, Anne,
que parce qu'elle ne rencontre plus personne
qni veuille d'elle ! s'écria François.

— N'importe ! reprit Manette. Nous ne
souffririons pas qu'Anne quittât un travail
plus lucratif pour ce pauvre petit gain ; mais

puisque jusqu'ici elle ne nous a jamais rien rapporté, nous n'avons pas à être très-difficiles. D'ailleurs, elle y gagnera de se former au service.

— Il faut savoir profiter des circonstances, prononça solennellement M. Pigard. — Que madame Balaret consente à payer Anne *cinq francs* par mois, et je consentirai, moi, à lui donner ma fille deux heures par jour.

— Mme Balaret n'y consentira point, et nous perdrons tout pour avoir trop demandé! dit Manette.

— Je n'oserais jamais demander plus de dix centimes, ajouta Anne. J'étais si contente quand elle m'a parlé de cela!

— Et tu lui as montré ta joie, petite sotte? Reprit brutalement M. Pigard. D'ailleurs, pourquoi étais-tu si contente? Crois-tu naïvement que tu garderas dans ta poche les trois francs, tandis que ton père et ta mère travaillent pour toi depuis que tu es au monde! »

Anne ne répondit rien; mais son pauvre petit cœur se gonfla. Elle se sentait accusée injustement, et elle aurait bien voulu avoir la force de répondre:

« C'était pour vous, mon père et ma mère, que je me réjouissais ! »

Si elle l'avait dit en effet, elle eût probablement ému ses parents. Malheureusement, un peu d'orgueil se mêlait à ses bons sentiments. Elle eût rougi de s'excuser, quand on la blâmait ; et dans ces circonstances elle conservait un silence boudeur qui achevait d'irriter son père.

Une explication humble et douce est souvent un devoir.

Son père, mécontent d'elle autant que de Mme Balaret, eut un accès de colère dans lequel il s'oublia jusqu'à frapper la pauvre petite.

Manette alors prit le parti de l'enfant ; et, se fâchant à son tour, elle fit peur à son mari, qui ne voulait pas être entendu de *ses locataires*.

Il fut convenu que Manette monterait chez Mme Balaret, pour tâcher d'obtenir les cinq francs par mois.

La vieille dame se fit beaucoup prier. Elle necéda qu'après avoir obtenu d'essayer Anne pendant huit jours, au prix d'abord proposé.

Anne, enchantée, commença le lendemain son service en règle.

Elle trouva pourtant le loisir d'aller raconter l'affaire à Mme de Chambelle. Sa bonne protectrice lui donna de sages avis, — tant pour la conduite à tenir chez Mme Balaret, que sur la manière de calmer et de satisfaire un père si violent...

La petite fille prit les meilleures résolutions ; elle était pleine d'espérance.

« Je suis sûre, dit-elle, de contenter Mme Balaret. Ce qui lui déplaît, c'est que l'on ne fasse pas ce qu'elle demande ; mais puisque je lui obéirai toujours, tout ira bien ! — Pour papa, c'est plus difficile, malheureusement ; mais vous me promettez, madame, que le bon Dieu m'aidera si je L'en supplie ; et je Le prierai tant ! — Oh ! je suis bien heureuse !»

Madame de Chambelle n'était pas aussi confiante dans le succès de la petite fille. Elle savait que Mme Balaret avait vraiment ce que l'on appelle un caractère *difficile ;* — ne trouvant jamais bien ce que l'on faisait pour elle et criant encore par habitude, même lorsqu'elle était satisfaite au fond.   .

Avec cela, beaucoup de manies et une avarice que l'on ne pouvait mettre en doute, tant les preuves en étaient évidentes.

Comment une enfant aussi jeune qu'Anne aurait-elle assez de patience, d'intelligence et de charité pour supporter, sans jamais les mériter, les boutades d'une mauvaise humeur presque continuelle?

Mme de Chambelle pensa qu'il était prudent de mettre la petite fille en garde contre les chocs qui ne tarderaient pas à se présenter. Elle le fit sans manquer à l'indulgence que Dieu nous commande d'avoir pour notre prochain :

« Ma chère enfant , il ne faudrait pas vous figurer que parce que Mme Balaret se montre très-bienveillante pour vous pendant ces premiers jours, elle ne vous fera jamais aucun reproche. Même lorsque vous croirez avoir bien fait, il arrivera souvent que vous aurez omis quelque chose; ou que vous ne vous y serez pas bien prise; ou que vous n'aurez pas tout à fait saisi la pensée, le désir de Mme Balaret. Naturellement alors elle vous reprendra. Préparez-vous d'avance à supporter avec humilité ces observations, à vous efforcer d'en tirer avantage pour faire mieux une autre fois. Ne répondez pas avec impatience ; ne gardez pas non plus un silence orgueilleux. Dites tout doucement que vous regrettez de vous être trompée ; puis, avec calme et bonne volonté, appliquez-vous à réparer.

— J'ai pensé à une chose, madame. Me permettrez-vous de demander des conseils à Mlle Augustine ? Cela me serait très-utile, je le crois.

— J'aime à voir, ma chère enfant, que vous comprenez la nécessité pour vous de demander et de suivre des conseils. Augustine sera enchantée de vous aider. Seulement, je vous engage à ne parler à Mme Balaret de ce secours, que si elle vous questionnait. Elle supposerait peut-être que vous racontez ici ce qui se fait chez elle. Ne dites jamais rien d'elle à personne, pas même à Augustine, afin de ne point mériter ces soupçons. On ne se repent point d'avoir peu parlé, tandis que l'on regrette toujours d'avoir donné lieu à des caucans.

— Soyez tranquille, madame ! Je n'aurai
pas le temps de causer, d'ailleurs, puisque
vous avez la bonté de vouloir que je continue
à écrire et à apprendre mon catéchisme,
dans les moments où je ne serai pas occupée à
mon ménage. »

Anne s'éloigna en répétant tout bas :

« *Cinq francs par mois*, comme ce sera beau !
Papa et maman seront riches, enfin...»

CHAPITRE VII.

Confidence étrange.

La nouvelle s'était bien vite répandue dans la maison : que la petite Anne faisait le ménage de Mme Balaret. Chacun disait là-dessus son opinion, avec une malveillance générale pour la vieille dame et plus ou moins d'intérêt pour l'enfant.

«Il faut être bien aux abois, déclarait aigrement Mlle Pélagie, pour s'arranger de cette *petite péronnelle !*

— C'est cependant la *péronnelle* que je plains, répliqua son maître, le vieux capitaine Blot. — Ces Pigard n'ont donc pas le sou, qu'ils envoient leur unique enfant chez une telle mégère ?

— Bah ! cela lui fera le caractère. Elle avait

4

bon besoin, avec son petit air sournois, d'être un peu rudement secouée... »

Mme Joseph (l'ancienne femme de chambre qui habitait au 5e) demanda, — non par curiosité, mais par affection, — à Mlle Augustine ce que pensait Mme de Chambelle de cet arrangement?

« Madame trouve Anne beaucoup trop jeune pour travailler de la sorte. Nous aurions préféré qu'on l'envoyât à l'école chez les sœurs, et madame a fait inutilement ce qu'elle a pu pour y décider M. et Mme Pigard. Comme ils veulent avant tout que leur fille leur gagne de l'argent, ils sont ravis d'en faire une femme de ménage! Madame dit qu'il faut encourager la petite à satisfaire de son mieux la vieille Mme Balaret. Mais nous craignons bien que cela ne puisse aller.

— Pauvre enfant! Elle se donnera du mal, et nuira peut-être à sa santé, à son développement. Je ne comprends pas ses parents...» ~

Manette n'était pas aussi ravie que son mari. Mme de Chambelle avait longuement causé avec elle de ce parti, et lui avait affectueusement démontré les inconvénients qu'elle y découvrait.

La mère les voyait ; seulement, elle était séduite par la perspective des *cinq francs*, en attendant mieux...

Quant à M. Pigard, il avait été d'abord très-orgueilleux d'avoir fait céder Mme Balaret sur la question du prix. Il avait déclaré à sa femme que, dans quelque temps, il exigerait davantage si la vieille dame s'accoutumait au service d'Anne.

Mais, chose singulière! sa joie et son orgueil n'avaient pas duré plus de deux jours.. Malgré les merveilles qu'Anne, transformée par le contentement d'elle-même et de sa maîtresse, racontait de Mme Balaret et de ses bontés sans nombre, M. Pigard se montra, dès le lendemain soir, soucieux et sombre.

Par moments, il regardait sa femme comme s'il allait lui apprendre un événement important. En d'autres instants, il fuyait le regard interrogateur de Manette, — comme s'il craignait que l'annonce ne fût pas bien reçue par elle.

Tant qu'Anne n'eut pas quitté la loge pour

monter se coucher, Manette ne demanda rien.
Mais aussitôt que sa fille eut disparu, Mme Pigard s'élançant vers son mari qui allait s'esquiver aussi :

« Ah ! ça, François, lui cria-t-elle ; tu ne
t'en iras pas, s'il te plaît, avant de m'avoir
appris ce que tu me caches ! Pourquoi ne me
regardes-tu plus en face ? Pourquoi ne me
réponds-tu pas ?

— J'ai bien le droit, répondit M. Pigard
embarrassé, d'avoir mes secrets...

— Pour tout le monde, si cela t'arrange !
mais pas pour ta femme, — à moins que tu ne
veuilles lui enseigner à en avoir aussi pour toi !
Voyons, rentre de bonne grâce ; assieds-toi là ;
nous sommes seuls ; causons. »

M. Pigard prit un air souriant, de bon au-
gure :

« Eh ! bien, femme, sans t'en douter, tu
viens à mon aide ; car ce que j'ai à te dire est
un peu difficile... Tu seras enchantée aussi
pourtant.

— Je ne comprends pas comment ce qui
m'enchantera peut te paraître difficile à me
dire.

— C'est qu ıl y a le revers de la médaille...
Enfin ! — Que penserais-tu si l'on nous faisait pour Anne une proposition plus belle
que celle de Mme Balaret?

— Pour Anne! A son âge... Ce serait trop
de bonheur...

— Je pense comme toi, femme, et je me dıs
qu'il faut se résigner à quelques sacrifices,
dans un cas pareil.

— Quels sont ces sacrifices?

— Je te l'expliquerai tout à l'heure. Sache d'abord qu'on nous offre *dix francs* par
mois, au lieu de cinq.

— Dix francs pour une enfant qui n'est capable de rien faire de réellement utile! Cela
n'est pas possible...

— Encore est-ce pour lui apprendre tout
ce qu'elle ne sait pas... Quelqu'un qui s'intéresse à elle et à nous me propose ces dix
francs par mois, si je consens à la placer
dans une pension, un ouvroir, — j'ignore
comment cela s'appelle au juste; — mais
enfin, c'est un établissement quelconque où
elle sera élevée, nourrie, habillée sans que
nous ayons rien à débourser. Au contraire,

puisque nous serons indemnisés de la privation de son aide ! Il faudra seulement que
nous signions un engagement, par lequel nous
promettrons de ne pas la reprendre avant un
certain laps d'années... »

Manette avait écouté, dans une profonde
surprise, les explications que lui donnait son
mari avec volubilité. Mais à ces derniers
mots, elle l'arrêta court en s'écriant :

« Jamais ! — Jamais je ne m'engagerai à
donner ma fille à des étrangers, et cela pour
des années ! Qui donc a pu concevoir cette
espérance ? Tu ne m'as pas encore nommé
cette généreuse personne, et tu aurais dû
commencer par là.

— Cette personne, tu la devinerais facilement si tu réfléchissais un peu, Manette.
Est-ce qu'elle ne nous a pas obligés déjà plusieurs fois !

— Mme de Chambelle ! Est-ce bien elle ?

— Eh ! non... Qui te parle de Mme de
Chambelle ? Ne dirait-on pas qu'il n'y a qu'elle
au monde de charitable !

— C'est que je ne vois pas du tout... —
Ah !... Mais cela ne saurait être ; tu n'aurais

pas accepté ! — M. le Pasteur Jacob t'a donné
quelquefois de l'argent ; serait-ce lui, par hasard ?

— C'est lui-même, répondit gravement
M. Pigard, rougissant jusqu'aux oreilles, mais
sentant qu'il n'y avait plus à hésiter.

— Et d'où lui vient sa sollicitude pour notre fille ?

— D'où vient celle de Mme de Chambelle?
Tu appelles cela chez elle bonté, charité ;
n'est-ce pas ? Pourquoi veux-tu que je ne
trouve pas bon et charitable aussi un homme
qui, voyant ma gêne, me propose dix francs
par mois pour me rendre un service ?

—Cet excès-là m'inquiète... On ne paie pas
d ordinaire aux gens les services qu'on leur
rend. Quel est d'ailleurs cet établissement ?
M. Jacob ne doit guère connaître les ou-
vroirs et les pensions catholiques, et je ne
m'imagine pas que tu veuilles le laisser faire
de ta fille une *protestante*.

— Quel mal y aurait-il à cela ? »

Manette fut si saisie par cette réponse inattendue, qu'elle en pâlit. Certainement, elle
savait que son mari n'avait plus la foi qu'il

avait emportée de son village. Elle-même n'y
avait pas été très-fidèle, car elle n'en suivait
plus toutes les inspirations et n'en observait
point tous les commandements...

Mais renier cette foi, qu'elle avait reçue
de sa mère; qui avait fait le charme et l'espérance de sa jeunesse; qui, même aujour-
d'hui que ces souvenirs sacrés étaient presque
étouffés et les divines promesses à moitié ou-
bliées, se réveillait à de certains intervalles
avec une inconcevable force pour réchauffer
et consoler encore... — Trahir les engage-
ments du baptême, renouvelés solennellement
au jour béni de la première Communion, —
oh! jamais !

Et n'était-ce pas les trahir que de les laisser
fouler aux pieds par sa fille !...

François n'en était pas arrivé à ce degré
d'indifférence et d'ingratitude. Cela ne se pouvait pas... En vain affectait-il de mépriser
tout ce qu'il avait respecté jadis; de se poser
en oracle, lui qui n'en savait plus assez en fait
de Religion pour répondre à la plus simple
question d'un enfant des catéchismes; ce pré-
tendu libre penseur ne faisait que répéter ce

qu'il entendait dire à d'autres; il s'était fait
l'écho de son journal!

Mais dans son cœur devaient se trouver encore quelques bons sentiments; — une étincelle pouvait se rallumer...

Toutes ces pensées se pressaient dans l'esprit de Manette, tandis qu'immobile et silencieuse, elle s'était couvert le visage de ses deux
mains pour réfléchir à l'aise.

M. Pigard, de plus en plus embarrassé, attendait non sans anxiété que sa femme reprît
la parole. Le silence de celle-ci finit par l'irriter; — ou peut-être, il feignit de s'irriter,
afin d'effrayer Manette. Donnant un grand
coup de poing sur la table pour reprendre du
cœur, il s'écria :

« Que m'importe, à moi, que ma fille soit
d'une religion plutôt que d'une autre! — J'ai
l'air d'une femme, avec tous ces ménagements
Eh! bien, oui, j'ai donné ma parole à M. Jacob; crois-tu que j'aie peur de l'avouer? —
Peur! Et *de qui*, s'il te plaît? — Je suis un
homme; je te le ferai voir, Manette... —
Anne entrera en pension le mois prochain.
C'est décidé. — Je voudrais revenir là-dessus

que je ne le pourrais plus, du reste : mon honneur y est engagé... M. Jacob m'a remis un trimestre d'avance...

— Malheureux ! tu as accepté ces trente francs ! s'écria Manette, tremblante d'indignation. Donne-les-moi tout de suite, que je les rende !

— Cela me serait difficile, dit François en ricanant ; attendu que je ne les ai plus.

— Grand Dieu ! Tu les as bus !.. Et nous voilà liés... Comment nous procurer jamais une telle somme !... »

Manette retomba sur sa chaise, si faible et si pâle qu'elle semblait près de s'évanouir. François, ému malgré lui, mais toujours brusque, la secoua rudement par le bras pour la remettre :

« Allons ! Vas-tu te trouver mal ? Tu dois savoir que je n'aime pas les simagrées. »

Ce violent mouvement fit chanceler Manette. Elle serait tombée si son mari ne l'eût soutenue. Tandis qu'il l'entourait de ses bras, il vit que deux larmes coulaient lentement sur les joues de la pauvre femme.

Cette douleur muette fit plus pour le toucher que d'éloquentes paroles, car il se rappela soudain un incident des premiers jours de leur union :

Une semaine ne s'était pas écoulée après leur mariage, que Manette avait perdu sa mère, morte subitement en revenant des champs.

Manette s'était évanouie en apprenant cette affreuse nouvelle ; et son mari, bon et tendre alors, avait cherché par les plus consolants témoignages à lui faire du bien.

Il sembla tout à coup à François qu'il se retrouvait à ce moment et qu'il recevait les caresses de sa jeune femme, affectueuse et tendre aussi.

Avec un élan d'autrefois, il l'embrassa en lui disant comme jadis :

« Ne pleure plus, mignonne ; tu me fais de la peine ! »

Manette, reconnaissante, lui rendit ce baiser ; mais en même temps, elle murmurait à son oreille :

« Promets-moi que tu ne *vendras* pas notre fille ?

— Tu appelles cela vendre notre fille !...

— J'appelle cela *vendre son âme ;* car enfin,

François, tu dois comprendre que si M. Jacob te paie pour avoir Anne dans son école, c'est qu'il veut être maître de faire d'elle ce qui lui conviendra.

— Tu exagères les choses. M. Jacob est payé pour ouvrir une école, et ne trouvant pas d'enfants à y recevoir, il a imaginé ce moyen de s'en procurer.

— Merveilleuse invention vraiment ! — Quel avantage retirera-t-il de son école si ses appointements passent à acheter des enfants ?

— Ce n'est que pour commencer. Quand son école sera connue, les parents y enverront d'eux-mêmes leurs enfants.

— Et c'est nous qui aurons été chargés de la faire connaître ! — Non, non, François... »

Ici, la conversation des deux époux fut interrompue par l'entrée de quelqu'un dans la loge.

François Pigard, s'échappant, se hâta de noyer dans d'abondantes libations le souvenir importun du chagrin de sa femme

CHAPITRE VIII

M. le Pasteur Jacob

Il est temps de faire plus ample connaissance avec le personnage qui avait pris sur M. Pigard l'empire dont se désolait Manette.

M. le pasteur Jacob avait été envoyé dans le quartier, avec la mission d'y faire des prosélytes, par une société protestante et biblique qui l'avait chargé d'élever un temple et d'ouvrir une école.

Habile et prudent malgré sa jeunesse, il avait commencé par étudier les hommes et les choses; et, sans dévoiler brusquement ses desseins de propagande, il s'était appliqué d'abord à se poser devant tout le monde comme un *ami du peuple*. Très-poli pour tous les ouvriers qu'il rencontrait; donnant force poignées de main, accompagnées d'offres de

5

services selon les besoins qu'il pressentait, il
ne tarda pas à se faire une réputation qui lui
permit de concevoir de grandes espérances.

De timides suppliques lui arrivèrent ; il y
répondit par des largesses ; car la société qui lui
fournissait les sommes à distribuer était riche,
et M. Jacob promettait que ses obligés deviendraient vite ses disciples.

Encouragé par les respectueux coups de
chapeaux qu'il recevait maintenant sur son
passage, il se dit que le moment était arrivé de
se mettre à l'œuvre.

On vit alors mesdemoiselles Jacob,— aimables petites filles formées par leur père à
une générosité ressemblant à de la prodigalité,
— tendre à tous venants leurs blanches petites mains remplies de petits livres, de petits
traités, etc., etc...

Elles donnaient encore, elles donnaient
toujours, — à ceux qui acceptaient, — même
à ceux qui n'acceptaient point...

Les obligés de M. Jacob, ou ceux qui prétendaient à le devenir, n'osaient pas refuser,
on le comprend. Bientôt, cependant, ils ne
surent plus que faire d'une telle abondance.

Les uns avaient essayé de lire ces feuillets et les avaient trouvés ennuyeux. D'autres, c'était le petit nombre, l'instruction religieuse étant malheureusement trop rare, avaient découvert le piége caché contre la foi catholique et s'étaient indignés de cette tentative.

Bref, livres et traités, — qui par la porte et qui par la fenêtre, — s'envolèrent de tous côtés, soit dans les cours, soit dans la rue.

M. Jacob en dut fouler plusieurs sous ses pas attristés... Mais il n'était pas d'un caractère assez faible pour se rebuter au premier échec. D'ailleurs, il n'avait pas compté prendre tout d'un coup tout le quartier dans ses filets. Les petits livres n'avaient été qu'un ballon d'essai.

L'appui de M. François Pigard n'était point à dédaigner. Le concierge était beau parleur, quand la boisson lui déliait l'esprit. M. Jacob lui prêta des journaux ; puis, de l'argent, ce qui rendait les journaux et l'obligeant prêteur beaucoup plus influents sur les convictions de M. Pigard.

Ayant gagné complétement la confiance de celui-ci, qui montait tous les matins lui cirer ses bottes et lui brosser ses habits, il avait appris dans tous ses détails l'entrée d'Anne au service de Mme Balaret.

Cette nouvelle contraria le pasteur, qui avait toujours considéré la petite fille comme la première élève de l'école projetée. Ce fut alors qu'il fit à M. Pigard l'offre que nous savons, et que M. Pigard accepta, sans prendre le temps de la réflexion, — ébloui, fasciné par les trente francs en or qu'il voyait briller dans la main du pasteur.

Le honteux bonheur du père qui venait de *vendre son enfant*, comme l'avait dit énergiquement Manette, fut de courte durée et mélangé de cuisants remords.

Une soirée avait suffi pour gaspiller la somme, bue ou mangée avec d'indignes compagnons ; — volée peut-être en partie ! François se retrouvait aussi pauvre et plus coupable, en face d'une mère justement indignée.

Il n'était pas homme à convenir de ses torts; mais elle n'était pas femme non plus à se courber tranquille et résignée sous une volonté tyrannique. Elle se sentait d'autant plus forte pour résister, qu'elle comprenait que le devoir même, — son devoir de chrétienne et de mère, — lui imposait cette fois la lutte.

Seulement, *on a souvent tort par la manière dont on a raison...* Et Manette se mettait trop fréquemment dans ce cas, par l'impatience et la raideur de son caractère.

Quant au jeune ministre, il se frottait les mains... La première pierre de l'édifice étant trouvée, les autres viendraient d'elles-mêmes.

Les châteaux en Espagne, qu'en bon époux et en bon père, il se plaisait à construire pour madame et mesdemoiselles Jacob, s'élevaient plus facilement que l'église et que l'école, dont les devis seuls étaient achevés.

Puis, le pasteur pensait non sans raison que, pour avoir un bercail, il faut posséder des brebis, et l'incertitude sur la réalisation de ce point essentiel faisait souvent passer des ombres sur sa physionomie solennelle.

Les paisibles habitants de la rue de la Félicité avaient jusque-là vécu fort heureux sous la houlette respectée de leur bon et digne *curé*, — pasteur envoyé au plein jour de la vérité par son évêque, successeur direct des apôtres, et représentant dans son diocèse le Pasteur souverain, vicaire de Dieu sur la terre, notre saint-père le Pape.

Ne demanderaient-ils pas d'où venait cet inconnu, travaillant dans l'ombre à dérober des ouailles aux pasteurs légitimes ?

De quelle autorité *reconnue* et *sainte* avait-il reçu la mission d'enseigner et de conduire ?

Et qu'apportait-il de meilleur et de plus beau que la morale et les dogmes catholiques aux âmes dont il prétendait capter la confiance ? Allait-il révéler des vérités plus sublimes, donner l'exemple de plus admirables vertus ?

Non, certes ! — Mais M. Jacob avait de l'argent, beaucoup d'argent : on ne l'en laissait jamais manquer, et comme il était sincèrement honnête, il employait consciencieusement, selon l'usage indiqué, les sommes qui passaient entre ses mains.

Ajoutons aussi qu'il ne se rendait pas un compte exact du mal qu'il faisait, en essayant de détacher de pauvres âmes de la Religion catholique.

Profondément ignorant de nos saintes croyances, de notre doctrine et de notre culte ; nourri de préjugés, de préventions et d'erreurs

en tout ce qui nous concerne, il s'imaginait
volontiers qu'il allait donner la vue à des
aveugles et ressusciter des morts, en détruisant
les *superstitions* et les *idolâtries* papistes.

En ayant bien soin de ne s'adresser qu'à des
catholiques ignorants aussi, et qui, par conséquent, ne sauraient pas défendre leur religion,
M. Jacob espérait bien réussir.

Tant de gens, d'ailleurs, ont des sujets de
mécontentement contre l'Église, qui ne tolère
aucun vice et prêche incessamment la vertu, si
souvent difficile ! — Ce seraient autant d'auxi-
liaires.

Puis l'orgueil humain, toujours porté à la
révolte, toujours flatté de ce qui fait de lui son
juge et son seul maître, — l'orgueil adopterait
volontiers tout ce qui viendrait l'aider à se-
couer le joug, à braver Dieu et ses lois !...

M. Jacob savait tout cela ; aussi, à défaut des
feuillets qu'on ne lisait plus, mais qui n'en
avaient pas moins déposé en certains endroits
un ferment mauvais, prêta-t-il des journaux
et des livres adroitement choisis pour exalter
l'orgueil naturel.

A sa femme seule et à ses enfants M. Jacob

interdisait soigneusement toute lecture de ce genre. Il voulait devant lui l'humilité, la docilité, l'obéissance entière. Il ne permettait pas même un signe de mécontentement. Madame Jacob et ses petites filles ne devaient se regarder que comme les très-humbles servantes de M. le ministre...

Quand on annonce la vérité, a-t-on deux poids et deux mesures?

CHAPITRE IX

Grandes agitations.

Manette se demandait si elle ferait part à Mme Chambelle de la révélation de François.

Une semblable confidence serait-elle sans inconvénients?

En donnant de François la triste opinion qu'il méritait, on ôterait peut-être à l'excellente dame la force dont elle avait besoin pour continuer à défendre le concierge devant le propriétaire souvent mécontent.

On s'exposerait donc alors à retomber dans la misère, — l'affreuse misère, — au souvenir de laquelle Manette frissonnait encore...

D'un autre côté, Mme de Chambelle seule pouvait donner l'aide puissante qui sauverait Anne du parti redouté. Les colères et les cris, les menaces sans réalisation possible ne feraient qu'irriter les susceptibilités de M. Pigard.

Mme de Chambelle, si bonne, n'en voudrait pasà la femme et à l'enfant des torts du mari et du père. Elle ne leur retirerait point sa protection. Elle cesserait d'autant moins de défendre M. Pigard contre le propriétaire, que l'intérêt religieux de la petite Anne se trouvait attaché désormais au maintien de la situation des concierges. — M. Pigard, s'il perdait sa place, se livrerait plus complétement encore aux bons offices de M. le pasteur.

Pourtant, Manette n'eut pas le courage de confier elle-même à Mme de Chambelle l'affligeant secret. Elle prit un terme moyen et s'ouvrit à Mlle Augustine. Celle-ci atterrée, mais essayant de rassurer la pauvre femme, certifia que sa maîtresse saurait déjouer ces coupables projets !

Mme de Chambelle ne fut pas aussi étonnée que l'avait supposé Manette. Tant de fois elle avait vu des manœuvres de ce genre ! Elle en avait entendu raconter de toutes sortes. Il n'existe peut-être pas un quartier dans Paris qui n'ait été, et qui ne soit le théâtre de pareilles tentatives. Toutes les personnes qui s'occupent des pauvres savent de combien d'embûches les enveloppe la propagande protestante.

Ici, c'est l'admission gratuite dans les écoles. Mais cela ne suffit pas, car un plus grand nombre encore d'établissements catholiques présentent le même avantage.

Il faut attirer les indigents par un autre appât, et l'argent leur est offert avec une abondance qui surprendrait, si l'on ne savait de quelles énormes sommes disposent les sociétés évangéliques !

Ce sont des dons en nature : pain, vêtements, bois, toutes générosités qui seraient méritoires, sans le but intéressé qu'elles poursuivent.

Certes, nos associations charitables ne le cèdent à aucune en fait de sollicitude pour le pauvre et d'intelligente activité pour le secourir. Mais elles ne sont pas riches, et leurs ressources ne leur permettent pas la prodigalité.

D'ailleurs la quantité des misères qu'elles doivent soulager les force à donner peu, afin de donner à tous.

Les protestants, moins nombreux parmi

nous, ont moins de pauvres, et l'argent que leur envoient leurs coréligionnaires des autres pays, particulièrement de la riche Angleterre, sert à faire du prosélytisme.

Que dirait-on des catholiques, s'ils se conduisaient de la sorte !

Soulageons les malheureux, à quelque religion qu'ils appartiennent ; mais ne leur imposons pas la cruelle obligation de renier leur foi !

Tandis que Mme de Chambelle réfléchissait aux pieds de Dieu sur les moyens à employer pour sauver la chère petite Anne de l'engagement contracté par son père, Manette brusquait les choses d'une manière regrettable.

Elle s'était dit, contrairement au conseil que lui avait donné Mme de Chambelle, qu'en reprenant François sur ce chapitre, et lui témoignant la ferme volonté de ne pas céder, elle l'obligerait peut-être, par la peur d'un éclat, à rompre sa promesse au ministre.

Elle avait commencé l'entretien avec les meilleures résolutions de ne pas se laisser entraîner aux mouvements de colère qui lui étaient trop habituels ; elle sentait bien qu'une énergie calme et douce aurait plus d'action sur son mari que les emportements, auxquels il répondrait par de l'emportement.

Malheureusement, depuis qu'elle avait renoncé à la fréquentation des sacrements, qui entretiennent la vie de l'âme, la pauvre femme avait perdu tout empire sur elle-même. Elle n'était plus capable d'aucun persévérant effort. La contrariété, le reproche, l'affliction, la révoltaient. Toute parole qui froissait son amour-propre était une étincelle mettant le feu à la poudre.

François l'ayant arrêtée dès les premiers mots avec un geste et un regard de colère, elle lui adressa des invectives auxquelles il riposta grossièrement. Ni le mari ni la femme ne modérant plus le son de leur voix, cette désolante scène de ménage attira promptement au pied de l'escalier les plus curieux des locataires.

Mlle Pélagie y fut la première, ayant entendu de plus près les progrès de l'orage.

En vain, M. et Mme Pigard, apercevant du monde, tentèrent-ils, par un reste de pudeur, de dérober à ces oreilles attentives ce qui faisait le sujet de la querelle. Les passions déchaînées produisent un tel bouleversement que l'on ne sait plus ce que l'on dit, ni ce que l'on fait.

En vain, Mlle Augustine, appelée par Mme Pigard et arrêtée au passage par Mlle Pélagie, essaya-t-elle, d'une part, d'éloigner celle-ci; de l'autre, de s'interposer doucement entre les époux, sans laisser deviner qu'elle savait de quoi il s'agissait... le nom de M. Jacob, revenant plusieurs fois entre le feu roulant des aigres réparties, fut une révélation..... Une demi-heure ne s'était pas écoulée que du bas en haut de la maison se propageait la nouvelle « *que le ministre offrait une fortune aux concierges s'ils consentaient à se faire protestants !* »

Ce bruit, qui n'apprenait rien à Mme de Chambelle, l'affligea. Connaissant à merveille le caractère de M. Pigard, elle savait que plus on ferait de tapage à propos de sa décision, plus il se croirait un homme important, et moins il ferait de concessions.

Au deuxième étage, l'impression pénible

fut très-vive aussi, sans être causée par les
mêmes motifs. Mme Balaret à qui Mlle Pélagie avait jeté en passant ces mots : « Voilà
donc madame qui va manquer encore une
fois de quelqu'un qui fasse son service :
ce n'était vraiment pas la peine de se donner
tant de mal pour former une ingrate de
plus... » — Mme Balaret, alarmée, avait
questionné.

Mlle Pélagie avait répondu d'un air mys-
térieux : « que, puisque les concierges
allaient devenir riches en se faisant protestants, très-certainement leur fille ne continuerait pas un service à *cinq francs* par
mois. »

Tandis que Mlle Pélagie montait lentement
à sa chambre, guettant l'occasion d'apprendre l'histoire à quiconque ne la savait
pas encore, Anne descendait en courant de sa
mansarde qu'elle avait été balayer.

Elle se hâtait pour ne pas faire attendre
Mme Balaret, qui la voulait exactement de
neuf heures à dix.

Apercevant Mlle Pélagie dont elle devinait d'instinct l'aversion, elle s'arrêta court

en se rangeant contre la muraille et balbutiant un timide *bonjour*.

« Petite hypocrite, lui cria aigrement Mlle Pélagie ; tu as beau cacher ton jeu, on y voit clair, va ! Crois-tu que l'on ne t'ait pas entendue encore ce matin t'arrêter au troisième ? Que vas-tu faire, avoue-le, dans ce nid de prédicants ?

— Je montais une lettre à Mme Jacob ; répondit Anne, doucement.

— Combien te promettent-ils, ose le dire ! pour te faire lire dans leur école et prier dans leur temple ?

— Je ne sais pas ce que vous voulez dire, mademoiselle ; je ne peux pas aller à l'école, puisque je travaille chez Mme Balaret.

— Joli avenir, ma foi ! Mais je m'en lave les mains... — Quel malheur, grand Dieu ! de voir des enfants qui mettent la désunion chez leurs parents ! Avec son petit air tranquille, on s'aperçoit bien qu'elle ne se soucie pas le moins du monde d'entendre crier son père et pleurer sa mère !

— Maman pleure ! s'écria Anne ; où est-elle, et qui lui a fait du chagrin ?

— Qui ! *Ça* demande *qui*, comme si *ça* ne connaissait pas l'affaire ! — J'avais bien raison de me méfier de toi, depuis le premier moment que je t'ai vue, petite *sainte nitouche*..... »

Les yeux d'Anne eurent un éclair d'indignation contre Mlle Pélagie, qu'elle trouvait bien méchante ; mais la pensée du chagrin de Manette l'emporta sur tout autre sentiment.

Elle continuait de descendre en courant l'escalier pour aller chercher sa mère à la loge, lorsque la porte du deuxième s'ouvrit brusquement devant elle, et Mme Balaret l'appela d'un ton impératif :

« Il est neuf heures *trois minutes*, Anne ! Vous savez pourtant comme j'aime l'exactitude.... »

Anne entra, la tête basse, et commença sans mot dire son petit ménage.

Mme Balaret l'observait et se demandait si elle devait la questionner.

Enfin, n'y tenant plus, la vieille dame prit tout à coup la parole :

Est-il vrai, Anne, que vous pensez à me

quitter, vous aussi, après toutes les bontés que j'ai eues pour vous ?

— Vous quitter, madame ! Pas du tout. Vous savez bien que papa m'a permis de vous servir puisque vous avez bien voulu me donner cinq francs par mois.

— Oui, je me suis déterminée à ce sacrifice, quoique vous soyez si jeune et inexpérimentée, parce que je ne désespère pas d'en arriver à vous former, avec beaucoup de patience de ma part et de la bonne volonté de votre côté. C'est un grand service que je vous rends là, car vous apprenez ainsi tout ce qu'il vous est indispensable de savoir pour devenir une habile femme de ménage ; et cela sans vous donner beaucoup de mal, puisque votre peu de forces m'oblige à mettre moi-même la main à la besogne. Je ne demande pas mieux que de vous garder, ayant ainsi la paix dans mon intérieur. Mais vous seriez vraiment une ingrate si vous m'abandonniez après que j'ai montré tant d'indulgence à supporter vos maladresses involontaires ! — Que signifie cette ridicule histoire que vous allez changer de religion pour devenir riche ?

— Changer de religion ! — C'est donc de cela que parlait Mlle Pélagie? Je vous en supplie, madame, permettez-moi de descendre chez maman. Je lui demanderai ce que tout cela veut dire.

— Et vous me l'expliquerez? Descendez alors, mais ne restez que quelques minutes ; souvenez-vous que je vous attends.»

Anne ne trouva fort heureusement que Manette à la loge. François s'était laissé emmener par un voisin qui prétendait le calmer en se faisant initier par lui au fameux secret.

La mère fut émue de l'accent filial avec lequel Anne s'écria en entrant :

«Maman, maman, on dit que vous pleurez! Pourquoi donc avez-vous du chagrin ?

— Je ne puis te répondre à présent, mon enfant; plus tard, tu sauras tout. Mme de Chambelle doit t'en parler quand tu monteras chez elle, tantôt.

— Mme Balaret va me questionner. Elle ne m'a permis de descendre qu'à la condition de lui raconter ce que j'aurai appris. Figurez-vous, maman, qu'on lui a dit que nous allions changer de religion pour devenir riches ! »

Manette ne répondit pas ; une idée lumineuse lui traversait l'esprit : — si Mme Balaret pouvait consentir à donner *dix francs* au lieu de cinq, tout serait sauvé peut-être !..

Mais comment espérer ?

« Écoute, Anne, dit-elle soudain ; je ne te retiendrai pas longtemps puisque Mme Balaret est pressée ; mais voici l'affaire en deux mots : M. Jacob offre dix francs par mois à ton père pour t'avoir dans une école qu'il va ouvrir ; et moi, je crains qu'on ne cherche à faire de toi une protestante. Tu ne voudrais pour rien au monde, n'est-ce pas, ma fille, abandonner ta religion ?

— Oh ! non, maman. Je ne sais pas au juste ce que c'est que de se faire protestante ; mais je veux croire tout ce que croit Mme de Chambelle. Je veux surtout faire ma première communion !

— Eh bien, ma fille, je ne vois qu'un moyen d'obtenir de ton père qu'il retire sa promesse à M. Jacob ; c'est que tu gagnes dix francs au lieu de cinq par ton travail... — Penses-tu que Mme Balaret se résigne ?

— Jamais, maman ! interrompit Anne

tristement. Elle vient de me répéter qu'elle a fait un grand sacrifice en accordant cinq francs.

— Comment sortir de là ? s'écria Manette avec désespoir. Je ne découvrais que ce moyen... Essaie toujours, ma fille !

— Et si Mme Balaret me renvoie, pour me punir de ce que nous demandons trop !

— C'est vrai, mon Dieu, ce serait pire... Eh bien, raconte-lui la chose sans rien lui demander. Si elle tient à toi, elle offrira d'elle-même l'augmentation, qui est notre seule ressource. »

Anne remonta tristement chez la vieille dame.

CHAPITRE X

Intéressante conversation.

Mme de Chambelle fut frappée de la pâleur d'Anne, quand lui arriva la petite fille pour prendre comme à l'ordinaire sa leçon d'écriture. Son teint, qui avait beaucoup gagné depuis quelque temps, était redevenu blême ; ses lèvres étaient décolorées et ses yeux cernés retenaient avec peine de grosses larmes près de couler.

« Asseyez-vous ici, ma chère enfant, lui dit la bonne dame en l'attirant vers un petit tabouret placé à ses pieds. — Avant d'ouvrir votre cahier, causons quelques instants. »

Les larmes de la pauvre petite s'échappèrent avec abondance. Son cœur était si plein et les sanglots la suffoquaient tellement, qu'elle ne pouvait répondre à aucune question.

Mme de Chambelle imposa silence à Camille en lui faisant sentir que cette explosion soulageait l'enfant.

« Tout à l'heure, elle s'épanchera d'elle-même avec nous, ma fille. Elle comprendra que, pour lui venir en aide, nous avons besoin d'explications. »

Peu à peu le calme revint à la petite fille. Elle put raconter ce qui s'était passé chez Mme Balaret.

Au premier mot qu'Anne lui avait dit de la proposition du pasteur, la vieille dame s'était écriée :

« Il offre dix francs pour vous avoir ? — Eh bien ! qu'il vous prenne... J'en suis très-fâchée, Anne, mais je ne vous donnerai jamais semblable somme ; ne l'espérez pas ! — Dix francs ; c'est ce que me coûterait une femme entendue, si je ne la demandais qu'une heure par jour. — Est-ce que, par hasard, votre mère vous aurait chargée de me sonder à ce sujet ? — Répondez, je le veux. »

Quoique l'air de mécontentement de la vieille dame et son ton brusque terrifiassent la pauvre petite, elle avait répondu affirmativement. Son caractère était naturellement franc, et les instructions religieuses qu'elle recevait augmentaient en elle l'amour de la vérité.

Mme Balaret était entrée alors dans une grande colère. Devant Anne tremblante, elle s'était laissée aller à prononcer des paroles qui ne devraient jamais s'échapper de la bouche d'une femme bien élevée, — d'une vieille femme surtout ! Nous ne les répéterons pas toutes :

« Quelle sotte engeance que celle des concierges ! De l'argent, toujours de l'argent ; ces gens-là ne sont occupés qu'à nous en soutirer du matin au soir. Tous les moyens leur sont bons, mais celui-ci dépasse ce que l'on eû pu imaginer. Croient-ils que je serai leur dupe ? — Courez dire à votre mère qu'elle peut vous céder à ce ministre, si cela plaît à elle et à vous. Il ne me sera pas difficile de trouver quelqu'un qui vous vaille ! — Eh bien ! où allez-vous ?

— Mais, madame, balbutia Anne ; vous m'avez dit de courir chez maman...

— Ainsi, vous êtes de connivence avec elle ? Votre empressement le prouve. — Tant d'ingratitude et de malice chez une enfant que l'on a comblée!... — Expliquez-vous clairement; je déteste les détours, et je ne veux pas rester dans l'incertitude. — Comptez-vous, oui ou non, continuer à me servir?

— C'est tout ce que je désire, madame. Maman aussi le voudrait bien... Il n'y a que papa...

— Je lui parlerai, moi, à votre père. Je lui ferai sentir qu'il se conduit indignement à mon égard. Après m'avoir forcée à subir ses conditions, me replonger dans l'embarras! — Il cédera...

— Oh! non, madame, il ne cédera pas! Et si vous lui parlez, vous le fâcherez tout à fait; je vous en supplie, ne lui dites rien!

— Je ne céderai pas plus que lui, sachez-le. »

Mᵐᵉ Balaret conservant l'air irrité dont s'effrayait Anne, celle-ci troublée avait commis plusieurs maladresses à la suite desquelles la vieille dame s'était écriée :

«Après tout, je paie déjà trop cher cette enfant gauche et stupide! »

Bref, Anne, se remettant à pleurer après avoir achevé son récit, déclara qu'elle ne savait

6

même pas; à l'heure qu'il était, si elle serait reçue le soir chez Mme Balaret !

« A ta place, répliqua vivement Camille, je ne pleurerais pas à la pensée de quitter cette méchante femme ! »

Mme de Chambelle réprimanda sa fille, lui disant qu'elle manquait à la charité en s'exprimant de la sorte, et qu'elle exposait Anne à en manquer également.

« Ayons de l'indulgence pour les torts que peut avoir le prochain, nous qui sommes si faibles ; et prêchons cette vertu à tous ceux sur lesquels nous pouvons avoir quelque influence. Je vois avec plaisir que notre petite Anne tient beaucoup à ne point quitter le service de Mme Balaret.

— Oh ! madame, s'écria la petite fille ; ce que je crains par-dessus tout, c'est d'entrer dans l'école protestante ! Si je ne gagnais plus rien, papa m'y mettrait dès demain, peut-être.

— Et pourquoi, mon enfant, redoutez-vous autant d'entrer dans cette école ? »

Camille et Anne regardèrent Mme de Chambelle avec un même étonnement.

« Comment ! s'écria Camille. Vous avez

l'air, maman, de ne pas comprendre sa répugnance ? .

— Je veux, ma fille, que notre petite Anne
se rende compte à elle-même des motifs qui
lui inspirent, et qui doivent lui inspirer cette
répugnance. Elle la ressent d'instinct, parce
qu'elle voit sa mère affligée et parce que l'idée
d'un changement de religion *pour de l'argent*,
a quelque chose d'odieux, qui la révolte justement. Mais tout cela ne vient pas d'une conviction raisonnée, profonde, inébranlable. Je
n'avais jamais encore abordé avec la chère enfant la question du protestantisme. Or, je
tiens à l'instruire sur ce point important.

— Elle en sera plus malheureuse ensuite,
maman, s'il lui faut obéir à son père!

— Je ne lui prêcherai pas la désobéissance;
mais je ne l'abandonnerai certes pas dans une
circonstance aussi difficile, et j'espère que je
réussirai à la secourir.

— Vous donnerez pour elle les dix francs
par mois à M. Pigard, maman? s'écria Camille,
joyeuse.

— Je ne puis prendre un semblable engagement, ma fille chérie. Tu connais assez la

modicité de nos ressources pour comprendre que je n'oserais ajouter ainsi aux charges de ton père.

— Peut-être, maman, que d'autres personnes donneraient bien ces dix francs? Nous avons des amis riches.

— Nos amis ont, chacun, leurs protégés. Mais ne t'inquiète pas; prie seulement le bon Dieu de m'inspirer... »

Camille joignit les mains avec élan.

Mme de Chambelle commençait une explication très-simple et très-claire à la petite Anne sur les différences qui séparent le protestantisme du catholicisme, lorsqu'on lui annonça une visite.

C'était le respectable ménage qui habitait au quatrième. Tandis que Mme de Chambelle s'entretenait avec les grands-parents de la jeune Sophie, celle-ci, qui les avait accompagnés, s'échappa du salon pour aller trouver Camille.

La voyant causer avec Anne, dont les yeux étaient encore très-rouges, Sophie pensa aussitôt à la nouvelle dont s'occupait toute la maison.

« Est-ce bien vrai ? demanda-t-elle tristement. Anne va donc... »

Camille lui fit signe de ne point achever. Mais
Sophie qui se préparait, comme on le sait, à sa
première communion et qui était pleine
d'ardeur, ne pouvait contenir ses impressions.
Elle et Camille en vinrent tout naturellement
à continuer les explications commencées par
Mme de Chambelle.

Elles cherchèrent de leur mieux à les rendre
très-compréhensibles. Anne écoutait avidement leurs paroles.

« Tu te rappelles bien, lui demanda Camille,
ce que maman t'a raconté de la venue du Fils
de Dieu sur la terre ? Tu n'as pas oublié comment il a établi l'*Église*, c'est-à-dire la société
de ceux qui ont été baptisés et qui croient et
professent la doctrine de Jésus-Christ ?

— Oui, mademoiselle, je me rappelle tout
cela et je sais que nous nous appelons *chrétiens*,
du nom de Notre-Seigneur Jésus-Christ.

— Eh bien, dans l'Église il y a les simples
fidèles comme toi et moi, et les chefs que Dieu
a institués pour nous instruire et nous gouverner : — ce sont les *évêques*, successeurs

des apôtres. Comme l'Évêque de Rome est le successeur de saint Pierre, c'est lui qui est à la tête de toute l'Église, puisque Notre-Seigneur avait dit à Pierre qu'il l'établissait au-dessus de tous les autres apôtres.

— Mme de Chambelle m'a appris cela déjà.

— Ce que nous voulons te dire maintenant, c'est comment les protestants ont essayé de renverser cet ordre, en refusant de reconnaître l'autorité de notre saint-père le Pape.

— Est-ce que les protestants sont des chrétiens? demanda Anne.

— Oui, répondit Sophie. Ceux qui croient en Notre-Seigneur Jésus-Christ sont chrétiens. Mais ce qu'il y a d'extraordinaire, c'est que, tout en disant qu'ils croient à l'Évangile, les protestants rejettent beaucoup des paroles de Notre-Seigneur. Chacun d'eux les explique à sa manière.

— Ce qui est cause, ajouta Camille, qu'il y a des quantités d'explications différentes! Les protestants doivent être fort embarrassés pour découvrir laquelle est la bonne!

— Est-ce qu'il y a toujours eu des protestants? demanda Anne.

— Oh non ! répondit Camille ; il n'y a pas encore trois cents ans, le protestantisme n'existait pas. Voici comment il commença : un mauvais moine, appelé Luther, avait été mécontent de ses supérieurs et du Saint-Père qui ne lui avaient pas accordé une chose dont il avait envie. Il se révolta, protesta contre leurs ordres et entraîna dans sa révolte tous ceux qui étaient orgueilleux comme lui. Le nom de protestants leur vint de là. Quelques princes ne demandaient pas mieux que de détruire l'autorité du Pape qui les gênait, parce que comme catholiques ils étaient obligés à la respecter. Ils se firent protestants et introduisirent les nouvelles doctrines dans leurs États, afin de se rendre maîtres de la conscience de leurs sujets. Des personnes de bonne foi furent entraînées dans l'erreur, parce que les protestants déclaraient qu'ils voulaient seulement combattre les vices qui s'étaient glissés dans le clergé même.

— Ce n'était pas vrai, n'est-ce pas, mademoiselle? Il ne pouvait pas y avoir des vices dans le clergé !

— Si, malheureusement... Les prêtres sont

des hommes. Dieu veut qu'ils aient comme
nous la liberté de choisir entre le bien et le
mal, et c'est ce qui fait que les bons prêtres
ont tant de mérite ; car leurs devoirs sont bien
plus difficiles que les nôtres !

— Oui, ajouta Sophie ; les ennemis de la
Religion crient bien fort quand ils découvrent
un mauvais prêtre, mais ils se donnent bien
de garde de parler des bons.

— C'est, dit Anne, qu'il leur paraît tout naturel de voir de bons prêtres, tandis que cela doit
être si extraordinaire d'en trouver un mauvais !

— Je le crois, reprit Sophie. Mais ne t'imagine pas que Luther, Calvin, ni tous les autres
protestants qui ont suivi ces premiers-là aient
réellement corrigé les vices ! Ils en avaient
tant eux-mêmes, que leurs disciples en étaient
tout honteux ; grand-papa me l'a raconté.

— Pourquoi les écoutait-on, alors ?

— Parce qu'il y a des gens que l'obéissance
ennuie et qui trouvent bien plus commode de
faire tout ce qu'ils veulent. On leur disait : —
Vous êtes libres de croire ce que vous voudrez,
d'agir comme il vous conviendra.... Cela le
enchantait !

— Les protestants sont donc méchants?

— Non certainement, reprit Camille. Ceux des protestants qui se sont révoltés les premiers ont été très-coupables, parce qu'ils savaient bien qu'ils trompaient le peuple en soutenant certaines choses. Mais les personnes qui ont été élevées dans cette religion-là et qui ignorent qu'elles sont dans l'erreur, ne sont pas coupables.

— Alors M. et Mme Jacob ne le sont pas?

— Maman dit qu'ils sont probablement consciencieux et vertueux. Ce qui est condamnable chez M. Jacob, c'est de chercher à séduire des catholiques; mais nous devons penser qu'il ne croit pas faire mal.

— C'est égal, mademoiselle, je ne veux pas aller dans son école!

— Et tu as bien raison! Toi qui as le bonheur d'être catholique, tu dois tenir à ta religion plus qu'à la vie même. Si tu savais toutes les joies que nous avons, et que les protestants n'ont pas! Maman t'expliquerait cela mieux que moi. Je lui demanderai de t'en parler.

— Ils n'ont plus la confession! s'écria Sophie.

Ils ont renoncé à la communion... Ils ne prient plus la sainte Vierge...

—Tout cela est bien triste, n'est-ce pas? reprit Camille. Eh bien, ce qu'il y a de pis encore, c'est qu'ils ne peuvent jamais être sûrs de rien... Maman me l'a très-bien fait comprendre, mais moi je te l'explique très-mal. Quand nous sommes embarrassés par quelque difficulté dans ce que nous avons à faire ou à croire pour aller au ciel, nous nous adressons à l'Église. — L'Église nous répond par le prêtre que nous consultons, et puis nous voilà tranquilles et contents. Mais eux, que peuvent-ils? Un ministre leur dit une chose, et le lendemain un autre ministre soutient la chose contraire. Il n'y en a pas deux qui s'entendent !

— Pourquoi alors y a-t-il des ministres ?

— Je t'assure que je n'en sais rien! On se demande à quoi ils servent, puisque les protestants disent que chacun peut expliquer l'É-vangile à sa manière. — D'ailleurs, ces minis-tres-là, d'où viennent-ils? Qui est-ce qui les nomme? Ils ne descendent pas des apôtres comme nos prêtres, ni par conséquent de Notre-Seigneur Jésus-Christ.

— Je n'écouterai jamais M. Jacob, déclara Anne ; et je ne l'aime pas du tout.

— Comme maman te gronderait, si elle t'entendait! Est-ce qu'elle ne t'a pas appris que Dieu nous commande d'aimer notre prochain sans aucune exception? Moi, je trouve M. Jacob fort à plaindre, et je ne lui en veux pas.

— Alors, moi non plus, dit Anne; mais je resterai catholique...

— Sois tranquille! reprirent à la fois Sophie et Camille. Le bon Dieu aura pitié de toi ; il te secourra. »

Mme de Chambelle, qui revint peu après, demanda à la petite Anne si M. Pigard serait à la loge ce soir-là.

« Maman lui recommande toujours de ne pas rentrer plus tard que huit heures, madame.

— S'il est rentré en effet et que vous le voyiez assez calme pour qu'on puisse lui parler sérieusement, venez m'en prévenir. Je le ferai prier de monter ici quelques instants. »

Mme de Chambelle recommanda aussi à l'enfant de lui faire savoir si Mme Balaret l'aurait reçue, l'engageant à se présenter à l'heure ordinaire chez la vieille dame, comme si rien de fâcheux ne s'était passé.

Anne le promit et s'en alla, à moitié consolée.

CHAPITRE XI

.

Le moyen de sortir d'embarras.

Une femme ne doit pas faire peser sur son mari les sacrifices qu'elle aime à s'imposer pour soulager les pauvres. Mme de Chambelle le savait; aussi fut-ce sur sa bourse particulière qu'elle se résolut à prélever un secours pour Anne.

« Chaque mois, dit-elle à sa fille; je donnerai cinq francs. Si notre petite Anne continue à servir Mme Balaret, les dix francs qui ont tenté M. Pigard se retrouveront composés. »

Pour ces cinq francs par mois, Mme de Chambelle demanderait à M. et Mme Pigard de lui envoyer Anne une heure chaque jour, afin qu'elle travaillât à la couture avec Mlle Augustine.

7

« En réalité, ce serait une leçon et une bien utile leçon que recevrait l'enfant; mais avec de l'application, elle en arriverait vite à travailler assez pour aider vraiment un peu Mlle Augustine.

Dès qu'elle serait en état de suppléer une ouvrière, elle serait payée en conséquence.

Mais ce qui importait surtout, c'était de recomposer les *trente francs* que M. Pigard avait reçus du pasteur, et qu'il devrait lui rendre, s'il renonçait à l'engagement contracté trop légèrement.

Mme de Chambelle y avait songé tout a abord.

Comment s'y prit-elle pour constituer cette somme? — Nous l'ignorons; c'est le secret de sa charité. Mais ce qu'il y a de certain, c'est que les trente francs étaient prêts.

Vers huit heures, le soir de ce même jour, M. Pigard sonnait bravement à la porte de Mme de Chambelle.

Nous disons *bravement*, parce que ce n'était point sans effort qu'il avait répondu à l'invitation de monter au premier. Il pressentait ce

dont on allait l'entretenir, et ne pouvait se défendre d'une sorte de honte de ce qu'il avait
fait, — et de ce qu'il allait faire, car il était
bien déterminé à s'opiniâtrer dans son dessein.

— Mais il ne laissait pas que d'en être embarrassé devant ses bienfaiteurs !

De plus, son amour-propre était vexé d'a-
voir à observer certaines convenances de tenue
et de langage, en présence de personnes dont
la position sociale était au-dessus de la sienne.

Tout cela rendait M. **Pigard** aussi gauche
que mécontent.

Cependant, il n'avait pas osé refuser la demande de Mme de Chambelle. Même, il avait
jugé bon de revêtir ses habits du dimanche.

« De la sorte, s'était-il dit ; je me sentirai
plus à mon aise pour causer avec eux. Ils me
traiteront avec plus d'égards, me voyant mis
en *monsieur*... »

M. Pigard se trompait du tout au tout.
Un artisan déguisé sous de magnifiques habits n'en resterait pas moins un artisan. Et
toute personne qui aurait assez peu de politesse et de convenance pour manquer d'égards
à un honnête ouvrier, ne lui en témoignerait

pas davantage, le voyant recouvert d'une redingote plutôt que d'une blouse.

M. ni Mme de Chambelle n'étaient point de
ces personnes-là. Sincèrement religieux, ils
voyaient dans tous les hommes, riches ou pauvres, des frères devant Dieu. Jamais, par conséquent, la moindre apparence d'orgueil ne se
faisait remarquer dans leurs paroles ou dans
leurs actes.

Ils savaient toutefois se faire respecter de
ceux qui leur devaient du respect ; leur moyen
pour cela était simple et sûr : ils forçaient à la
politesse par la politesse qu'ils témoignaient
eux-mêmes.

Ainsi, quand M. Pigard entra, la tête haute
et le regard hardi, portant à peine la main à
son chapeau, la maîtresse du logis lui dit avec
une affabilité digne :

« Bonjour, M. Pigard ; nous vous remer-
cions d'être venu si exactement. Asseyez-vous,
mon mari le permet. Vous pouvez déposer
votre chapeau sur ce banc. — Nous désirons vous parler d'une affaire qui vous intéresse. »

Le concierge s'assit, en balbutiant une

excuse, et il se décida enfin à retirer son chapeau de dessus sa tête, pour le mettre sur le
banc.

Depuis que M. Pigard était devenu libre
penseur, il s'était intitulé du même coup : ré-
publicain *socialiste* et farouche.

Plus de supérieurs, plus d'autorité, plus de
riches surtout, — à moins que ce ne fût lui,
François Pigard, qui héritât de la fortune de
tous.

Pourquoi des saluts, des prévenances à tels
ou à tels, plutôt qu'à d'autres? Il ne devait
plus exister que des égaux dans le monde tel
que le rêvait M. Pigard ; — à condition cependant que lui-même n'y deviendrait pas l'égal
de ceux qu'il trouvait actuellement ses inférieurs ; — de ceux, par exemple qui n'étaient
point honorés de la dignité de concierges !

Il s'était bien promis, en montant l'escalier,
de ne plus se montrer souple et respectueux
devant les protecteurs auxquels il devait tant.
Il avait préparé quelques phrases très-fières
pour confondre leur arrogance.

Les trouvant l'un et l'autre si simples et po-

lis, il ne découvrait plus l'occasion de placer
sa tirade. Même, il se sentait dans l'impossibilité de ne pas être convenable. — Il le fut
donc.

M. et Mme de Chambelle, sans faire allusion
d'abord au côté religieux de la question, par-
lèrent d'Anne à M. Pigard comme à un père
tendrement préoccupé de l'avenir de son
enfant.

Ils lui dirent qu'eux aussi, portant à la petite Anne un intérêt réel, ils s'étaient souvent
demandé ce qu'il y aurait de mieux à faire
pour ménager un sort heureux à cette chère
petite.

Mme de Chambelle aurait souhaité qu'Anne
pût suivre la classe des Sœurs, afin qu'elle y
reçût quelque instruction. — Mais il n'était
plus besoin de mentionner ce désir, puisque
M. et Mme Pigard n'avaient pas voulu se séparer de leur enfant.

D'ailleurs, Mme de Chambelle avait le temps
de s'occuper d'Anne un peu chaque jour. Elle
était heureuse de pouvoir dire à M. Pigard
que son élève faisait des progrès fort satis-
faisants.

Mais ce que désirait M. Pigard et ce qui serait en effet très-avantageux, c'était que la petite pût être mise promptement en état de gagner de l'argent à ses parents, sans se fatiguer beaucoup.

Le parti qu'avaient pris ceux-ci de l'envoyer tous les jours deux heures chez Mme Balaret était bon, en ce que Anne se formait ainsi aux soins du ménage. Pourtant, cela ne suffisait point.

Il fallait aussi qu'elle apprît à coudre, ce qui est indispensable à toute femme, dans quelque position qu'elle se trouve placée.

Mme de Chambelle demandait à M. Pigard d'envoyer Anne travailler une heure chaque jour avec Mlle Augustine. Pour l'aide qu'en recevrait celle-ci, Mme de Chambelle donnerait à Anne 5 francs par mois.

M. Pigard, interdit un instant, reprit de l'assurance pour dire :

« Madame sait sans doute que j'ai fait un arrangement avec M. le Pasteur Jacob, et elle voudrait me porter à me dédire ? Mais cela ne se peut pas ; j'ai donné ma parole.

— Je sais vraiment, reprit Mme de Chambelle avec simplicité, que M. Jacob vous a demandé cet arrangement et que vous l'avez conclu. Mais un père a toujours le droit de choisir ce qui est le plus avantageux pour son enfant; et, s'il s'était trompé en prenant trop vite une détermination quelconque, c'est son devoir de revenir sur cette détermination. Personne ne pourrait l'en blàmer. Or, je suis convaincue qu'en y réfléchissant, Monsieur Pigard, vous donnerez la préférence à la combinaison que je vous propose. L'intérêt d'Anne s'y trouve, et vous y gagnerez, Mme Pigard et vous, de conserver votre fille près de vous ainsi que vous l'avez toujours souhaité. Recevant 5 francs chez Mme Balaret et 5 francs chez moi, Anne vous procurera ce que vous promettait M. Jacob. Elle n'abandonnera pas les petites études si heureusement commencées, et nous lui laisserons le temps nécessaire pour suivre le catéchisme, quand approchera l'époque de sa première communion. — A ce sujet, lais- sez-moi ajouter, Monsieur Pigard, qu'une grande considération en faveur de mon offre, c'est que nous empêcherons de celte manière que votre fille, catholique, soit mêlée à des enfants protestants. Un rapprochement semblable eût beaucoup inquiété Mme Pigard et nous. — Quant aux avances en argent que peut vous avoir faites M. Jacob, je vous demande, au nom de mon affection pour Anne, de me permettre de les rembourser pour vous au Pasteur. »

M. Pigard n'éleva pas d'objections. Il n'en trouvait pas une, quoiqu'il en cherchât tout bas.

Ce qui lui apparaissait de plus clair et de plus heureux, c'était le moyen de sortir de l'embarras où l'avait jeté son avidité inconsidérée.

Mme de Chambelle lui présentait les choses sous un jour si lumineux, qu'il était, malgré lui, convaincu et très-réellement enchanté ; — ce qu'il s'efforça de dissimuler sous des apparences de concessions par *reconnaissance* et par *respect*.

« Si vous croyez que l'intérêt de ma fille exige que je **change** d'idée, madame, je le ferai certainement. Je ne veux que son bien. Vous êtes assez bonne pour elle, pour que je m'en rapporte à vous. Ma femme, d'ailleurs, pense de la même manière, et la petite aurait eu beaucoup de chagrin de quitter la maison.

— Seulement, ajouta M. Pigard en reprenant son chapeau qu'il tourna et retourna avec embarras entre ses mains, — je prierai madame de vouloir bien se charger d'instruire elle-même M. Jacob de la chose. Il comprendra que je n'aie pas pu faire le contraire de ce que désire madame, qui a tant de bontés pour Anne.. Et de cette façon, il m'en voudra moins. »

On peut se faire une idée de la satisfaction de Manette, quand son mari redescendit, très-content de M. et de Mme de Chambelle et très-fier de lui-même ; car il se retirait, pensait-il, avec les honneurs de la guerre. S'il s'était rangé à l'avis de ses bienfaiteurs, c'est qu'il en avait reconnu l'utilité et qu'il n'y sacrifiait aucun avantage. On l'avait traité avec tant de considération, qu'il se sentait grandi à ses propres yeux. En ce moment, des *supérieurs* comme ceux-là trouvaient grâce devant lui !

CHAPITRE XII

Une visite à Mme Jacob.

Jusqu'alors Mme de Chambelle n'avait eu aucune espèce de relations avec les nouveaux locataires, qui n'avaient fait de visite à personne en arrivant dans la maison. Mais elle s'était bien donné de garde de laisser voir à M. Pigard que la mission qu'il lui confiait lui répugnait un peu.

« Qu'importe le plus ou moins d'attrait, quand il s'agit de faire le bien ! s'était-elle dit. Dès demain, j'irai parler à M. Jacob. »

Si elle eût eu besoin d'un stimulant, elle l'aurait trouvé le lendemain matin dans la joie d'Anne, qui venait d'apprendre de sa mère la bonne nouvelle.

La petite fille ayant eu, heureusement pour elle, une lettre à monter au premier, avait dit à Mlle Augustine qui lui ouvrait la porte :

« Oh! Mademoiselle, je vous en supplie, dites *merci* pour moi à Mme de Chambelle! Elle a si bien arrangé les choses, que je n'entrerai pas dans l'école de M. Jacob. Quel bonheur! Quel bonheur!

— Venez faire vous-même vos remercîments à madame, avait répondu Mlle Augustine en souriant. Elle vous recevra volontiers. »

La reconnaissance d'Anne s'était exprimée dans ses regards mieux encore que par ses paroles entrecoupées. Mais elle se fit bien comprendre, parce que les sentiments vrais savent toujours se traduire.

Mme de Chambelle monta de bonne heure chez monsieur le Ministre.

Il venait de sortir.

Sa femme, qui avait ouvert la porte, n'était pas entièrement prête. Occupée aux soins du ménage, elle ne pouvait s'habiller que dans l'après-midi. Elle n'avait point de bonne.

Mme de Chambelle voulait se retirer. Avec timidité, mais pourtant avec une attrayante politesse et la plus aimable douceur, Mme Jacob insista pour la faire entrer:

« Vous m'affligeriez, madame, si vous refu-
siez. Je suis pourtant honteuse de vous recevoir dans ce pauvre accoutrement; mais vous
voudrez bien m'excuser en songeant que je
fais moi-même mon petit ménage. »

La jeune femme introduisit Mme de Chambelle dans une pièce très-simple, mais tenue
avec une extrême propreté. C'était le salon. Un
grand portrait, superbement encadré, en formait le principal ornement. M. le Pasteur y
était représenté en robe noire et en rabat
blanc, la Bible à la main.

Une porte entr'ouverte laissait apercevoir,
dans une petite chambre très-confortable,
dont le plancher était recouvert d'un épais
tapis, un très-beau bureau, une très-belle
bibliothèque et une cheminée très-bien ornée.
C'était le sanctuaire de M. Jacob.

Là, dans un silence que n'osaient troubler
ni sa femme, ni ses filles, il composait les graves discours qu'il devait prononcer le dimanche
aux quelques adeptes réunis dans son salon,
en attendant le temple.

Mme Jacob devait passer chaque jour bien
du temps à nettoyer bureau, bibliothèque et

tapis. Mais elle ne songeait guère à se plaindre de ses fatigues...

Humble et résignée, ayant pour son mari une affection et un respect qui la préservaient des réflexions chagrines, elle ne se demandait point comment lui, qui ne voulait reconnaître aucune autorité, était dans sa demeure plus despote certainement que l'Autocrate de toutes les Russies !

Jamais un mot de ses desseins ou de ses affaires à sa compagne dévouée. Elle ne demandait rien ; il n'eût pas répondu.

Elle avait cependant entendu parler de l'école et du temple projetés ; — c'étaient les titres de noblesse de son mari, ses meilleures espérances d'avenir ! — Mais jamais elle n'eût supposé que M. Jacob essayait de séduire à prix d'argent des catholiques pour obtenir leurs enfants...

Mme de Chambelle, qui la croyait au courant de ce qui concernait la fille des concierges, lui dit :

« En l'absence de monsieur votre mari, permettez-moi, madame, de vous exposer le sujet qui m'amène. Il s'agit de la petite Anne

et de la proposition que M. Jacob avait faite
pour elle à M. Pigard.

. — Je ne sais de quoi il est question, madame.
Si vous le voulez, je prierai mon mari de descendre chez vous aussitôt qu'il rentrera. »

Mme de Chambelle préférant de beaucoup
en finir tout de suite avec cette affaire, tenta
de l'expliquer à Mme Jacob. La chose était
délicate, car elle craignait de laisser échapper
une parole blessante pour le Ministre ; mais
elle s'en tira avec une convenance parfaite.

Pourtant, le simple énoncé du fait parut si
bien une accusation à Mme Jacob, qu'elle
s'écria :

« Soyez sûre, madame, que si M. Jacob a
consenti vraiment à recevoir dans son école
une enfant catholique, c'est que les parents de
celle-ci l'en auront supplié !

— M. Jacob voudra bien, dans tous les cas,
leur pardonner ce changement de résolution.
Il comprendra aussi, je l'espère, que, dans mon
intérêt très-vrai pour cette petite fille, j'aie
cherché un moyen pour la conserver parmi
nous. Vous voudrez bien, n'est-ce pas, madame, lui faire agréer mes excuses et lui

remettre en même temps la petite somme qu'il avait avancée à M. Pigard ? »

Mme Jacob repoussa d'un mouvement irréfléchi et quelque peu brusque la main tendue de Mme de Chambelle. Son âme honnête démêlait qu'il y avait eu dans cette négociation un manque de délicatesse. Instinctivement elle s'indignait...

Mais l'obéissance aveugle à laquelle l'avait habituée son mari ne lui permettait guère de suivre une inspiration personnelle. — Elle n'osa pas refuser l'argent une seconde fois.

Avait-elle le droit de décider sans ordre qu'il était mieux de ne point reprendre ces trente francs ? Comment même osait-elle blâmer secrètement un procédé quelconque de M. Jacob?

Du moment qu'il avait fait une chose, n'était-ce point un signe certain que cela pouvait et devait se faire

Elle reçut les trente francs, humiliée et rougissante...

Mme de Chambelle considérait avec un intérêt croissant cette jeune femme, dont elle devinait les impressions mieux peut-être que celle-ci ne se les avouait.

Pour la remettre de son embarras, changeant de conversation, elle lui demanda des nouvelles de ses petites filles. Aussitôt Mme Jacob, retrouvant de l'assurance et de la sérénité, montrant même une certaine vivacité, pria l'aimable dame de lui permettre d'appeler les deux enfants, afin de les lui présenter.

L'aînée, qui avait près de dix ans, était jolie et très-intelligente. Elle répondait avec un à-propos remarquable. Mais, à sa manière de parler à sa mère, on reconnaissait facilement qu'elle était gâtée par son père et qu'elle le sentait bien. Elle tranchait, elle commandait ; elle était enchantée d'elle-même, se croyant fort supérieure à tout le monde.

Mme de Chambelle l'eut à peine entendue prononcer quelques mots, qu'avec sa grande expérience des différents caractères, elle entrevit que Mme Jacob devait avoir à souffrir de ce côté-là aussi...

La tendre mère n'en admirait pas moins sa Zulma, l'orgueil et la joie de M. Jacob !

En revanche, Mme de Chambelle trouva charmante la petite Sidonie, gentille enfant de six ans, à la physionomie ingénue. C'était le même air de douceur que Mme Jacob ; le même naturel, affectueux et simple.

La jeune mère sembla heureuse du bien-veillant accueil de Mme de Chambelle aux deux petites filles.

« Elles sont tout mon bonheur ! dit-elle. Et leur père les aime tant... Si vous saviez, madame, comme il s'inquiète quand il leur voit la moindre indisposition ! On ne le croirait pas, à voir son calme apparent. Mais, en réalité, c'est le meilleur des pères. Pour ses enfants seulement, il regrette de n'être pas riche.... Leur sort le préoccupe constamment ! C'est lui-même qui fait l'éducation de Zulma. En outre que nos modiques ressources ne nous permettraient pas de l'envoyer en pension, M. Jacob est plus sûr ainsi que sa fille chérie sera bien élevée.

— Et quand je serai assez instruite, déclara Zulma d'un air suffisant ; je ferai l'éducation de Sidonie.

— Il s'écoulera du temps avant ce moment, répondit Mme de Chambelle, ne pouvant s'em-pêcher de sourire.

— Oh ! reprit la petite fille ; je fais déjà des

devoirs très-difficiles, et je sais par cœur une quantité de chapitres de la Bible. Je vous en répéterai, si vous le voulez.

— Tais-toi, ma fille ; on ne doit pas se vanter de la sorte. — Je vous assure, madame, continua Mme Jacob à mi-voix, qu'elle est en effet étonnante pour son âge. Mais il ne faut pas qu'elle en soit orgueilleuse, car son père s'est donné tant de mal pour lui apprendre ce qu'elle sait ! Il est si instruit et il parle si savamment que, malgré mon infériorité, et lors même que je ne comprendrais pas toujours, je ne puis m'empêcher de l'admirer. »

Après un échange amical de politesses, Mme de Chambelle allait prendre congé.

« Oserais-je vous demander la permission de vous rendre cette visite ? lui dit Mme Jacob, faisant un grand effort sur sa timidité. Je serais véritablement heureuse de profiter enfin d'un si bon voisinage...

— Et moi, s'écria Zulma ; je verrais la fille de Mme de Chambelle ! Je la rencontre souvent, et je voudrais lui dire bonjour ; mais je ne l'ose pas, depuis qu'elle m'a grondée.

— A quel propos Camille s'est-elle permis de vous gronder, ma chère enfant ?

— Je lui donnais un petit livre et elle me l'a rendu en me disant que ce que je faisais était très-mal. Pourtant, c'était papa qui me l'avait commandé !

— Vous n'aviez aucune mauvaise intention, et Camille le sait bien. Soyez tranquille, elle n'acceptera pas des livres dont elle n'a aucunement besoin ; mais elle ne vous en veut pas et elle vous recevra très-bien.

— Que vous êtes bonne, madame ! dit M\ⁿᵉ Jacob avec émotion. Je craignais que la différence de nos religions ne vous eût prévenue contre nous, et je vous vois si indulgente, si bienveillante !

— La différence de nos religions ne saurait être un motif de prévention, ni chez moi, ni chez vous. Je puis regretter, et je regrette vivement en effet, madame, que vous ne soyez pas des nôtres ; mais les regrets de ce genre sont plus propres à augmenter les dispositions affectueuses qu'à les détruire... »

Dès que M. Jacob fut rentré, sa femme lui

parla de la visite qu'elle avait reçue, et lui en exposa le motif. Elle ne dissimula pas l'impression agréable que lui avait laissée la charmante Mme de Chambelle.

Zulma renchérit sur l'éloge que faisait sa mère, et cria qu'elle serait très-joyeuse d'aller voir Mlle Camille; qu'elle voudrait bien que ce fût *aujourd'hui même!*

Mais M. le Pasteur ne trouvait rien d'agréable à la communication. Très-mal disposé ce jour-là, parce qu'il venait d'essuyer je ne sais quel autre échec, il ressentait une véritable colère en pensant que M. Pigard ne lui donnerait pas sa fille.

Il voulait faire un éclat, sommer le capricieux concierge d'avoir à exécuter l'engagement conclu...

Les trente francs rendus par Mme de Chambelle achevaient de l'exaspérer. — Les reprendrait-il? Ne les reprendrait-il pas?

La pauvre Mme Jacob passa de pénibles moments, aussi longtemps que le calme ne fut pas revenu à son irascible époux.

Enfin, peu à peu l'*apaisement* se produisit. M. Jacob se rappela que son caractère de

Pasteur devait l'élever au-dessus des faiblesses humaines.

La raison, à elle seule, est impuissante pour soutenir la nature fragile contre les chocs imprévus. Il faut l'aide d'En-Haut, et·cette aide divine n'est accordée qu'à quiconque l'implore humblement...

M. Jacob, devenu moins maussade, se prit à songer qu'après tout cette déception pourrait jusqu'à un certain point lui tourner à profit.

Mᵐᵉ Jacob, en accueillant si bien Mᵐᵉ de Chambelle, avait à son insu servi les secrets desseins de son mari. Entrant en relation avec cette dame, elle en arriverait probablement à pénétrer chez les autres locataires, à y faire pénétrer son mari.

L'espèce d'interdit dont s'était frappé le Pasteur serait levé ainsi.

L'isolement cessant, les moyens d'action s'accroîtraient. Qui pouvait prévoir les importantes conquêtes que l'avenir tenait peut-être en réserve?

Les bons rapports avec une personne aussi distinguée que Mᵐᵉ de Chambelle ajouteraient à l'influence...

Le visage du jeune Pasteur se rasséréna.
Zulma, qui avait elle-même tremblé tant
qu'avait duré l'orage, finit par se rassurer et
par rentrer avec Sidonie dans le sanctuaire
paternel.

CHAPITRE XIII

Anne a des défauts.

Il ne faudrait pas s'imaginer que la bonne petite fille dont la sensibilité, la douceur et surtout les tristesses précoces nous ont intéressés, fût sans défauts.

Hélas! qui de nous n'en a! Certaines natures sont mieux douées que d'autres, on ne peut le nier; mais toutes se ressentent de la corruption originelle...

Donc, notre petite Anne, quoiqu'elle pût compter certainement parmi les exceptions privilégiées, n'en avait pas moins à combattre des inclinations mauvaises.

C'était presque un bonheur... — Où seraient nos victoires, si la lutte ne se produisait point ?

Et, sans victoires, quels titres aurions-nous à la récompense éternelle promise aux victorieux?

Dieu avait donné à cette enfant un cœur excellent, une raison remarquable, et une intelligence que de précieuses instructions développaient rapidement.

Mais Anne, par sa faute, laissait trop souvent sa douceur naturelle dégénérer en entêtement, sa sensibilité en susceptibilité ; et son petit orgueil grandissait plus vite encore que ses connaissances.

Cet orgueil et cet entêtement nuisaient aux progrès de la petite fille dans le bien ; ils la faisaient tomber parfois dans de véritables fautes.

Mme Balaret avait réellement à en souffrir. Depuis qu'Anne se croyait sûre que son service était devenu nécessaire à la vieille dame (puisque celle-ci ne parlait plus de chercher une bonne), ce service était moins bien fait. Et si Mme Balaret adressait des reproches avec la vivacité que nous lui connaissons, Mlle Anne se fâchait à son tour.

Seulement, la mauvaise humeur se traduisait chez elle d'une autre façon. Elle ne s'emportait pas, elle ne criait point comme sa maîtresse, — il n'eût manqué que cela ! — Mais elle entrait dans un silence boudeur, qu'elle croyait très-digne et dont rien ne pouvait plus la tirer.

Ou bien, elle continuait à faire ce que blâmait Mme Balaret, sans avoir l'air d'entendre les observations de la dame courroucée.

Elle ne s'acquittait plus des petits soins dont elle était chargée, qu'avec une sorte de routine ; ne s'appliquant point à faire de mieux en mieux ; trouvant qu'on lui demandait *trop*, dès qu'un ouvrage en plus se présentait, et se montrant maussade quand la vieille dame l'était ; — absolument comme si elle eût eu le droit de faire la leçon à sa maîtresse !

On eût même supposé quelquefois qu'elle n'était pas fâchée d'ajouter aux impatiences de Mme Balaret...

Cela surprend les personnes qui savent que Anne avait bon cœur

Pourtant, il arrivait de temps en temps que reprise pour un tort qu'elle n'avait pas eu, Anne ne s'expliquait point. Mme Balaret en grondait d'autant plus, parce que ce silence l'exaspérait.

Une fois, — c'était à propos de bien peu de chose, — une livre de beurre qui ne pouvait

être finie encore, et que la vieille dame supposait avoir fondu je ne sais comme entre les
petites mains de l'enfant...

La vérité était qu'Anne avait tout simplement changé de place le pot contenant le
beurre. — Au lieu de s'informer d'abord,
Mme Balaret se plaignit; — un mot l'aurait
calmée. Anne ne le prononça point.

Mme Balaret alors s'emporta tout à fait,
murmura des soupçons contre l'honnêteté
de l'enfant, — même contre celle de ses parents.

Anne resta muette; non-seulement par chagrin, mais par un sentiment de *vengeance...*

« *Elle croit que son beurre est fini ; cela l'ennuie.. Eh bien ! tant mieux !* »

La vengeance ! On voit jusqu'où peut aller
dans le mal l'âme qui ne résiste pas dès le début aux insinuations diaboliques.

Oui, *diaboliques...* C'est l'ennemi de nos
âmes, le démon, qui profitant habilement de
nos défauts et de nos mauvais penchants, nous
excite et nous pousse à faire tout ce que Dieu
défend.

Malheur à qui ne veille point pour éviter

les piéges, à qui n'appelle pas le Seigneur à
son aide pour résister!

Grâce à la bonté divine, Anne était avertie
soigneusement par son ange gardien, Mme de
Chambelle, de tous les dangers à fuir, et reprise
très-fermement quand elle était tombée dans
un tort grave.

Elle promettait alors avec sincérité de se
corriger; elle l'essayait vraiment; mais elle
retombait...

Un jour, entre autres, par sa faute, il y eut
grand bruit chez Mme Balaret : — bruit de
vaisselle cassée et de voix discordantes.

Anne s'était obstinée à porter de la salle-à-
manger dans la cuisine plus d'assiettes que
n'en pouvaient réellement soutenir ses faibles
bras.

Elle avait laissé choir le tout... Que l'on
juge du mécontentement de la dame!

Anne avait d'abord parlé bien fort pour
s'excuser. Puis elle s'était tue, ne répondant
plus et boudant, tandis que sa maîtresse
criait :

« Je l'avais bien dit, qu'elle finirait par me
ruiner tout à fait! Jolie économie vraiment,

que d'avoir pris par charité une enfant de cet âge... — Certainement, *par charité*, continua-t-elle pour répondre au regard demi-étonné, demi-irrité que lui jetait Anne. — Avez-vous déjà oublié que j'étais sur le point de vous renvoyer, lorsque j'appris que vos parents vous donneraient aux Protestants si vous perdiez votre place chez moi? Allez-y maintenant chez ce Pasteur, je ne vous retiens plus. Toute ma vaisselle y passerait... — Pourquoi restez-vous ainsi à me regarder sans mot dire? Suis-je une bête curieuse, répondez, entêtée et maladroite que vous êtes! »

S'il faut dire toute la vérité, je conviens que Mme Balaret, avec ses yeux gris-clair lançant des flammes, ses lèvres frémissantes te ses boucles blanches agitées par les mouvements violents de la tête, avait un aspect tout à la fois repoussant et terrifiant.

Mais ce que l'on ne conçoit pas, c'est que la petite fille ne se soit pas dit qu'après tout elle méritait ces reproches. — Comment s'était-elle chargée d'un poids trop lourd, malgré la défense qui lui en avait été faite!

Si Mme Balaret se rendait coupable d'emportement, cela n'effaçait pas le tort réel qu'Anne avait eu.

La conscience d'autrui ne nous regarde pas ; occupons-nous de la nôtre.

Celle de la petite fille ne parlait pas encore. Au lieu de s'avouer coupable, elle se redressait avec une fierté orgueilleuse. Plus Mme Balaret s'animait, plus Anne devenait impassible. Debout et sans broncher, elle soutenait l'assaut.

Elle ne parut même pas entendre l'ordre qui lui fut donné de ramasser les débris jonchant le parquet.

« Je vais appeler votre père ! s'écria Mme Balaret hors d'elle. »

Anne n'en bougea pas davantage. Pourtant, elle pouvait craindre que son père ne se livrât contre elle à quelque acte de violence.

Peut-être espérait-elle que, du moment qu'il s'agissait de Mme Balaret, M. Pigard ne se laisserait point émouvoir...

Mme Balaret, n'y tenant plus, leva la main... Anne alors recula d'un pas, avec un regard étincelant.

Le sang-froid revint en partie à la vieille

dame; mais son mécontentement n'en diminua point.

« Anne, dit-elle gravement; les choses ne peuvent continuer d'aller ainsi. Je veux, je dois être, et *je serai* maîtresse chez moi... Si cela ne vous convient pas, sortez pour ne plus revenir. »

Anne frissonna. La pensée de l'*école Jacob* fit immédiatement plier son orgueil.

Elle se mit à ramasser les morceaux épars.

Cet acte de soumission désarma sa maîtresse, qui lui dit avec une certaine douceur :

« Une autre fois, vous m'écouterez quand je vous donnerai un avertissement, n'est-ce pas?»

Anne garda le silence. »

' « Cette enfant ferait perdre patience à tous les saints du Paradis! reprit Mme Balaret, à qui la colère revenait. Retirez-vous, Anne, je vous le commande; allez réfléchir à votre conduite ! Et sachez bien que si vous voulez rentrer chez moi ce soir, il faudra que vous m'apportiez des excuses. Je ne vous recevrai qu'à cette condition. — Mais je me trompe : je ne dîne pas ici aujourd'hui ; donc, je n'aurai pas besoin de vous. Vous en aurez plus de temps pour méditer sur vos torts. — A demain, si vous venez me demander pardon !

Anne se retira sans saluer Mme Balaret. Même, — c'est triste à dire ; — elle se donna le malicieux plaisir de fermer la porte avec le plus de tapage qu'elle put. — Ce bruit agaçait les nerfs de la vieille dame ; — Anne le savait.

CHAPITRE XIV

Fera-t-elle des excuses?

Grâce aux bons offices de Mlle Pélagie, Manette apprit, avant qu'Anne fût redescendue à la loge : — qu'*il s'était passé quelque chose de très-fort* entre Mme Balaret et sa petite femme de ménage.

Certaines personnes ressentent tant de jouissance à raconter, qu'elles ne s'arrêtent pas même quand elles savent faire de la peine. On croirait au contraire qu'elles n'en sont que plus pressées de parler !

Cela paraît incroyable, et cela est cependant.

Probablement ces personnes ne se rendent pas compte] de ce qu'il y a de condamnable dans cette précipitation. Elles ne voient que le plaisir d'apprendre une nouvelle à quiconque ne la sait pas.

Mais je soutiens que ce plaisir, —si plaisir il y a, — s'efface chez les âmes *bonnes* devant la crainte d'affliger.

Mlle Pélagie, sans être précisément méchante, était toujours, on l'aura remarqué, la *nouvelliste* de la maison. Elle tenait à l'être, et, pour remplir cette fonction, elle était sans cesse aux écoutes...

Très-souvent elle entendait mal, comme il doit nécessairement arriver lorsque les paroles ne parviennent qu'au travers de portes fermées.

Pour suppléer à ce qui manquait aux phrases ainsi saisies, elle ajoutait un mot par-ci, un mot par-là, changeant quelquefois totalement la signification du tout.

On en vient facilement de la sorte à forger de dangereux mensonges !

« Je vous demande pardon de vous déranger, monsieur et madame, dit Mlle Pélagie en entrant et en s'asseyant sans façon dans la loge, où Manette et son mari déjeunaient en tête-à-tête. — J'ai à vous apprendre une chose importante. Anne ne vous en a sans doute pas encore parlé, la mignonne?

— Vous savez bien qu'elle déjeune plus tard que nous, parce qu'elle va travailler chez Mme de Chambelle en sortant de chez Mme Balaret, répondit Manette.

— C'est bon, c'est bon ; je ne viens pas pour vous faire des questions. Je ne suis ni curieuse, ni bavarde, tant s'en faut ! Mais enfin, on a des oreilles et une langue, c'est pour s'en servir apparemment. Voici donc l'affaire ; je la tiens de source certaine, puisque je passais devant la porte du second, juste à ce moment.

— Mais, enfin, dites-nous la chose ! s'écria M. Pigard impatienté.

— Je ne m'étonne point que la petite n'ait pas pris ses jambes à son cou, comme on dit, pour venir vous l'annoncer. Elle aura eu peur de fâcher papa, le connaissant peu endurant... Le fait est qu'il n'y a pas beaucoup de pères qui supporteraient que l'on frappât leur enfant.

— Frapper notre fille ! s'écrièrent à la fois Manette et François. Qui donc a osé ?...

— Laissez-moi achever, et vous le saurez. D'ailleurs, vous comprenez déjà qu'il s'agit de la vieille Mme Balaret. Mais Anne aura commis un grave méfait, car j'ai entendu un fameux bruit de vaisselle cassée... Et des cris ! C'était à se boucher les oreilles... — Mme Balaret cherchait, je pense, à jeter la petite à la porte ; n'y pouvant réussir, elle lui a déclaré qu'elle ne voulait plus de son service. Ainsi, attendez-vous à ce que tout soit fini ; j'ai voulu charitablement vous en prévenir. Peut-être que l'enfant ne vous eù pas dit toute la vérité. — Je vous plains de tout mon cœur, je vous l'assure ; vous qui veniez justement de refuser de si belles propositions ! »

M. Pigard, irrité contre Mme Balaret, contre Anne et contre Mlle Pélagie, grommela de telles paroles de mécontentement que la vieille cuisinière jugea prudent de s'esquiver.

Mais, en partant, elle dit à l'oreille de Manette :

« Vous comprenez, n'est-ce pas ? que c'est par intérêt pour vous que je vous ai prévenus ? Je reviendrai ce soir savoir comment la petite vous aura rapporté l'affaire. Confrontez-la avec moi, si vous le voulez.

— Je vous remercie, Mlle Pélagie ; cela n'est

nullement nécessaire ; Anne ne ment jamais.

— Ne vous y fiez pas trop, madame Pigard, ne vous y fiez pas ! Quand les enfants ont peur d'être grondés, ils ont peur aussi de parler. A tantôt, monsieur et madame ! »

Ni le mari ni la femme ne répondirent, ce qui n'empêcha point Mlle Pélagie de revenir en effet le soir même. Elle avait eu soin, dans l'intervalle, de passer devant la porte de Mme Balaret, à l'heure où Anne remontait d'ordinaire.

Pas le plus léger bruit ! — Évidemment tout était rompu ; Mlle Pélagie ne s'était pas trompée. Elle en était fort aise, ayant annoncé l'événement à dix personnes déjà...

Anne ferait-elle, ou ne ferait-elle pas des excuses ? — Toute la question était là.

En quittant avec humeur la vieille dame, elle s'était bien promis de *ne jamais lui demander pardon*.

Mais elle était hors d'état, à ce moment, de juger sainement. Ce n'était plus la petite fille chrétienne s'exerçant à dompter la mauvaise nature à suivre les inspirations de la grâce divine.

Elle entra chez Mme de Chambelle avec une physionomie si troublée, que cette dame l'interrogea :

« Vous me paraissez agitée et malheureuse, Anne ; que vous est-il arrivé ? »

Anne était franche, comme l'avait dit sa mère. Elle raconta exactement ses torts ; mais elle s'étendit plus que ne le comportait la charité sur ceux de Mme Balaret. L'irritation et le ressentiment débordaient dans chacune de ses paroles.

Avec une fermeté douce et prudente, Mme de Chambelle s'appliqua d'abord à faire en sorte que l'enfant comprît bien ses propres manquements et qu'elle s'en repentît.

Lorsque nous sommes véritablement humiliés et contrits, il nous est facile de pardonner au prochain.

« Ne nous occupons pas de Mme Balaret, ma chère enfant. Chacun de nous a bien assez à faire de sonder sa conscience... Voyez, ma petite Anne, comme vous venez d'offenser le bon Dieu ; vous qui m'aviez dit tant de fois : « Je l'aime, *et je ne lui désobéirai plus...* » Vous deviez supporter patiemment, pour lui plaire, les difficultés et les ennuis de tout genre qui se rencontreraient dans votre service. Pourtant, à la première contrariété, vous voilà ébranlée, renversée, oubliant vos meilleures résolutions... — en formant même de répréhensibles ! — On vous a dit de dures paroles ; on a levé la main sur vous... C'est pénible, j'en conviens ; la nature se révolte ; l'orgueil s'indigne. Mais rappelez-vous ce que Notre-Seigneur a enduré d'outrages. En avez-vous reçu autant que lui ? Les méritiez-vous aussi peu que lui, vous qui vous êtes attiré ces reproches par une désobéissance suivie d'une maladresse ? — Notre-Seigneur n'a pas répondu aux injures. Il est resté muet *comme l'agneau sous la main qui le tond.* Est-ce bien la douceur qui a inspiré votre silence, à vous ?

— Oh ! non, madame ; c'était la méchanceté, parce que j'étais contente de fâcher Mme Balaret...

— Et pendant que vous agissiez ainsi, vous ne pensiez pas que vous mécontentiez le Seigneur ! Il voulait probablement éprouver la sincérité de vos promesses, de votre amour. Et l'enfant qu'il comble de tant de grâces, à laquelle il se donnera au jour heureux de la première Communion, cette enfant n'a pas su rester humble, douce, respectueuse et patiente ! »

Anne fondit en larmes.

« Oh ! madame, pardonnez-moi ! s'écria t-elle. Je ne recommencerai plus.

— Ce n'est point à moi qu'il faut demander ce pardon, ma chère petite fille. C'est à Dieu ; mais, pour qu'il vous l'accorde, il faut d'abord que vous pardonniez vous-même ; puis, que la personne que vous avez offensée vous pardonne...

— Je ferai des excuses à Mme Balaret... » reprit Anne avec un gros soupir.

Mme de Chambelle l'embrassa.

Quand sa leçon d'écriture et d'histoire sainte fut finie, Anne descendit.

Elle croyait son père sorti, et se promettait de ne parler qu'à sa mère de ce qui s'était passé.

Elle fut fort étonnée et très-alarmée de trouver son père et sa mère réunis et paraissant l'attendre avec une vive impatience.

« Ah ça ! lui cria François ; vas-tu nous

expliquer pourquoi tu ne commences pas par nous apprendre tes fredaines ? — Il s'agit bien de leçons d'écriture vraiment, quand on vient de se faire chasser honteusement !

— Mais, papa, je n'ai pas été chassée... balbutia la petite fille.

— Surtout, ne mens pas, car je te chasserais à mon tour ! — Raconte-moi l'histoire et sache bien que je la connais déjà... »

Anne commença simplement et franchement le désagréable récit. Cette fois, elle n'appuya pas plus qu'il ne convenait sur les torts de sa maîtresse. Cela parut suspect à M. Pigard.

« Pourquoi ne me dis-tu pas que Mme Balaret t'a frappée et qu'elle t'a jetée dehors ?

— Elle a fait un mouvement comme pour me frapper, et puis, elle s'est arrêtée. Elle ne m'a pas jetée dehors ; elle m'a dit seulement de ne pas revenir sans lui faire des excuses.

— Et voilà ce que je ne permettrai certainement pas ! Des excuses à cette vieille folle... Je te défends de lui en faire ; entends-tu ?

— Mais, papa, je ne pourrai pas retourner chez elle, alors. — D'ailleurs, continua Anne, s'armant de courage ; puisque j'ai eu tort, je

ne dois pas avoir honte de demander pardon ;
Mme de Chambelle me l'a fait comprendre.

— Toujours Mme de Chambelle ! Tâche
d'apprendre et de retenir que les ordres ou
les défenses d'un père doivent passer avant
tout le reste... »

M. Pigard aurait eu raison, si les ordres et
les défenses qu'il intimait à sa fille avaient été
conformes aux commandements de Dieu.
Mais, en cette circonstance comme en bien
d'autres, c'était le contraire qui avait lieu.

Heureusement, Manette vint au secours de
sa fille.

« Tu as tort, François, de vouloir empêcher
la petite de faire des excuses. Nous devrions
être contents de ce qu'elle commence à savoir
reconnaître ses fautes et à s'en humilier. Du
moment que Mme Balaret ne l'a ni frappée ni
chassée, nous n'avons pas le droit de nous
plaindre. Anne lui a cassé une demi-douzaine
d'assiettes ; trop heureux sommes-nous de
n'être pas forcés de les payer !

— Mais enfin, pourquoi tiens-tu tant à ce
qu'elle reste chez une pareille maîtresse ?

Nous la caserons facilement autre part. Je ne veux pas d'ailleurs faire de notre fille une domestique; cette seule pensée me rend honteux.

— As-tu donc trouvé vraiment un autre moyen de lui faire gagner de l'argent? J'aurais bien préféré en effet qu'elle apprît un état; mais un long apprentissage serait nécessaire. Encore faudrait-il attendre après la première Communion.

— Ne me parle plus de la première Communion. Cela complique tout... Il n'y a que toi qui y tiennes !

— Et moi aussi, papa... dit Anne, timidement.

— Toi, c'est pour faire comme les autres ; pas pour autre chose ! Mais il viendra un temps où nous serons débarrassés de toutes ces momeries.. Plus de prêtres, plus de riches, plus de maîtres !

— Tout le monde sera donc pauvre ? demanda Manette, avec une naïveté feinte.

— Tu veux dire que tout le monde sera riche, et que chacun sera son maître... — Ah ! c'est encore loin peut-être, mais cela viendra. Courage ! Nous nous en occupons...

— Toi !...

— Moi et les autres... Chut ! On s'organise,
on se prépare à détruire les abus. Il faut de la
patience; le monde ne s'est pas fait en un
our...

— Et pour changer ce monde, tu crois que
quelques années suffiront... Prends garde,
mon homme, de te laisser emporter à des espérances qui ne te donneraient que la misère.
Crois-moi, laisse travailler notre fille et travaille toi-même, au lieu de discourir dans le
vide. En plaçant la petite chez Mme Balaret,
nous devons exiger qu'elle respecte cette dame
et qu'elle lui obéisse.

— Je déteste les maîtres ! déclara d'un ton
superbe M. Pigard.

— Mais tu ne détestes pas leur argent...
reprit Manette. Certainement les dix francs
que notre fille nous apporte chaque mois ne
sont pas une grosse somme; néanmoins, cela
fera cent vingt francs par an : or, ce sont les
petits ruisseaux qui font les grosses rivières.
Anne, en grandissant, gagnera davantage.
Mme de Chambelle a promis de lui donner,
après sa première Communion, un livret à la

caisse d'épargne. Si tu savais être sage, écono-me, nous mettrions de côté tous les mois quelque chose. Et la jolie métairie que je rêve pour toi au pays deviendrait plus vite une réalité, que toutes tes folles imaginations. »

Manette avait remarqué que les souvenirs de la campagne agissaient toujours favorable-ment sur l'esprit et les nerfs de M. Pigard.

Il en fut encore de même cette fois ; car, subitement apaisé, il feignit de ne pas enten-dre la question qu'Anne adressa tout douce-ment à sa mère :

« *Je ferai des excuses*, n'est-ce pas, ma-man ? »

Le consentement de Manette fut doux à la petite fille. Elle comprenait à merveille qu'une réparation de ses torts rendrait la paix à sa conscience troublée.

CHAPITRE XV

es maîtres jugés par leurs domestiques.

Les regrets que M. Pigard exprimait, en mainte occasion, de ne pouvoir élever sa fille *comme une demoiselle*, ne manquaient pas de produire une certaine impression sur celle-ci.

Cette impression s'accrut encore par la connaissance qu'ellefit, avec le temps, de deux ou trois petites filles de concierges que leurs parents avaient mises en pension ou qui avaient été placées en apprentissage.

« Tu seras donc domestique ? lui avaient-elles demandé.

Et ce mot de *domestique* humiliait Anne, parce qu'elle voyait son père en souffrir, et parce qu'elle-même ressentait instinctivement une grande répugnance pour une dépendance constante.

Manette essayait de combattre cette répugnance, en représentant à sa fille les avantages pécuniaires qui résultent d'une position *où l'on n'a rien à dépenser ;* où tout est bénéfice assuré.

M de Chambelle ranimait le courage de l'enfant par des considérations d'un autre ordre.

Elle lui démontrait que, pour une âme sincèrement chrétienne, aucune situation ne saurait être humiliante.

La vertu ennoblit tout.

Une servante honnête et dévouée est plus grande devant Dieu qu'une princesse aux yeux du monde.

Les âmes pieuses s'inspirent de l'esprit de Dieu dans tous leurs jugements. Il n'est pas une véritable chrétienne qui puisse mépriser le moindre de ses inférieurs.

Si quelque domestique se trouve avoir à servir des maîtres que n'éclairent pas ces divines lumières, pour se consoler et se soutenir dans leurs peines, ils doivent se rappeler l'exemple du Fils de Dieu. — Lui, le Seigneur des seigneurs, était venu sur la terre, non pour être servi, mais *pour servir...*

Les maîtres qui n'étudient pas cet adorable Modèle pour apprendre de lui l'humilité, la

patience et la bonté, tombent quelquefois
dans des torts regrettables ! Mais leurs domestiques n'en sont pas moins obligés devant Dieu
à remplir exactement leurs devoirs.

Les fautes du prochain ne nous donnent
jamais le droit d'en commettre nous-mêmes...

Il était bien heureux pour *la petite concierge*
qu'elle reçût de si sages enseignements ; car
les conversations qu'elle entendait à la loge
n'étaient guère de nature à lui inspirer l'amour
de la justice et de l'obéissance.

Sous la haute direction de M. Pigard, il s'y
tenait sur le compte des maîtres des discours
peu bienveillants.

« Vous avez joliment raison, monsieur Pigard, disait aigrement un soir Mˡˡᵉ Pélagie,
de crier contre toute autorité. Je n'en connais
pas de plus insupportable que celle des vieux
militaires. De maigres retraités, qui ont à peine
de quoi vivre, devraient-ils, je vous le demande, singer les grands seigneurs ! Parce
qu'ils ont le bonheur de commander encore à
quelqu'un, ils prennent des airs arrogants et
ont le verbe si haut !...

— J'ai cru, en effet, répondit M. Pigard, entendre le capitaine parler bien fort ce matin! Était-il fâché contre vous?

— Dites, s'il vous plaît, que je m'étais fâchée contre lui... Je ne me laisse pas mener passivement, comme la brebis que voilà. — Vous en avez passé par tout ce qu'a voulu votre maîtresse, n'est-il pas vrai, Anne? — Mais à mon âge et avec mon caractère, on ne cède pas si aisément. Ce serait par trop commode pour les maîtres! Ils abuseront toujours de notre douceur.

— Vous ne courez aucun danger sous ce rapport, mademoiselle Pélagie, répliqua M. Pigard.

— Convenez que cette fois encore le capitaine avait tort. Ce qui le faisait crier, c'est que, prétendait-il, *j'avais laissé* brûler le rôti. Or, il m'avait dérangée, pendant que je faisais le déjeuner, d'abord pour lui allumer du feu; ensuite, pour aller lui chercher sa pipe, et je ne sais plus quelle autre chose. J'avais eu beau objecter que je ne pouvais m'occuper de lui en ce moment, rien n'y avait fait, parce que la goutte qui l'empêche de remuer, le rendait très-maussade. — *Tant pis pour toi*, ai-je pensé, *si ton rôti brûle...* — Et il a brûlé vraiment ; à qui la faute, au capitaine ou à moi ?

— Au capitaine, déclara majestueusement M. Pigard. Cependant...

— Je voudrais faire une question, dit Manette. Le capitaine savait-il que le rôti était sur le feu ?

— Il devait s'en douter, répondit M. Pigard.

— Pas tout à fait, reprit Mlle Pélagie ; parce que je m'y étais prise plus tôt que de coutume, devant faire une course dans l'après-midi. — Et, regardez si je ne vais pas au delà de mes obligations ; cette course, monsieur ne me l'avait pas demandée, mais je savais lui rendre service en la faisant à sa place.

— Vous aviez une excellente intention, dit Mlle Augustine, qui était venue voir Manette. Je regrette seulement que vous n'en ayez rien dit à votre maître ; il en aurait été touché.

— Je n'ai que faire de ses remercîments ; je ne lui demande que de la justice. Mais où y en a-t-il, des maîtres justes, à l'heure qu'il est !

— Ils ne pensent jamais qu'à eux, déclara une jeune bonne du quartier, en visite aussi chez Mme Pigard. Je ne sais comment ils trouvent encore des gens pour les servir. Ah ! qu'ils seraient attrapés, si personne ne voulait plus être domestique !

— Il y aurait bien des gens attrapés en effet, répondit en souriant Mlle Augustine ; mais je ne sais pas si ce seraient les maîtres... Ils en seraient réduits à se servir eux-mêmes ; cela ne les amuserait point, mais cela ne les ferait pas mourir de faim ! Tandis que nous, qui n'avons pas de fortune et qui ne possédons ni instruction ni talents pour gagner notre pain par un autre genre de travail, que deviendrions-nous ?

— Nous trouverions toujours quelque autre chose à faire.

— Mais, alors, mademoiselle, pourquoi ne pas recourir tout de suite à cette autre chose, si l'état de domesticité vous pèse si fort ?

— Pensez donc que nous donnons à nos maîtres notre jeunesse, notre santé, notre temps !

— *Donner* n'est pas le mot, car nous nous faisons payer...

— Croyez-vous sérieusement, s'écria Mlle Péιagie, que nous recevions l'équivalent de nos sacrifices ?

— Non, certes; répondit énergiquement M. Pigard. Rien ne saurait payer la santé, les forces, ni le temps.

- Nous ne pouvons alors exiger qu'on le fasse ; reprit Mlle Augustine. Contentons-nous des compensations qui nous sont accordées.

— Les domestiques ne sont point assez rétribués ! dit encore M. Pigard. C'est une honte de voir les maîtres bien vêtus, bien logés, bien nourris et bien chauffés ; — ne se refusant rien enfin, — lésiner quand il s'agit du salaire de ceux qui les servent !

— S'ils ne peuvent pas donner davantage, pourtant ? objecta Mlle Augustine.

— Qu'ils économisent sur autre chose, et qu'ils ne fassent pas souffrir de leurs prodigalités ceux qui se consument à leur service !

— Ah ça ! s'écria Manette ; où vois-tu donc que le pauvre vieux capitaine et Mme de Chambelle — pour ne parler que des maîtres que nous connaissons, — fassent des prodigalités ? Nous savons tous que ni l'un ni l'autre ne sont riches !

— Ils le sont toujours plus que nous, et ma maîtresse de même ; reprit la jeune bonne.

— Et c'est fort heureux, répliqua Mlle Augustine ; puisque, s'ils n'avaient pas été plus riches que nous, ils ne nous auraient pas prises à leur service.

— Trouvez-vous donc tant de charmes à notre état ? demanda Mlle Pélagie.

— Du moment qu'il me faut travailler pour gagner mon pain, répondit Mlle Augustine, je remercie le bon Dieu de m'avoir conduite dans une si bonne place.

— Vos gages ne sont cependant pas très-forts. On dit que vous n'avez pas cinq cents francs, vous qui savez si bien coudre et qui trouveriez si facilement un emploi de femme de chambre ou de femme de charge dans une grande maison.

— Nous ne devons pas penser uniquement à l'argent dans les avantages que nous recherchons. Quand nous avons le bonheur de rencontrer de bons maîtres qui s'intéressent à nous et qui nous font du bien par leurs conseils et leur affection, nous ne pouvons raisonnablement pas regretter quelques pièces de monnaie de plus.

— Grand merci! s'écria la jeune bonne. L'argent se palpe, et se garde aussi. Cela vous est bien facile de le dédaigner, mademoiselle, vous qui recevez le double de ce que mes maîtres me donnent. Madame a beau me promettre qu'elle m'augmentera plus tard, je vous assure que, si je trouvais une meilleure place ce soir, je donnerais dès demain matin à madame ses huit jours pour qu'elle cherche une autre servante.

— *Pierre qui roule n'amasse pas de mousse ;* dit solennellement Mlle Pélagie.

— En avez-vous donc amassé beaucoup, vous qui êtes depuis dix ans déjà chez votre vieux capitaine?

— Je suis trop peu payée pour faire des économies, mais il m'a promis de *m'inscrire sur son testament* si je reste avec lui jusqu'à sa mort.

— A la bonne heure ! dit M. Pigard. Parlez-moi des maîtres qui n'ont pas d'héritiers ou de ceux qui n'en ont que d'éloignés. — Mlle Augustine n'aura pas autant de chance que vous, car Mme de Chambelle laissera tout à sa fille, c'est probable.

— Dieu me préserve de penser à la mort de ma bonne maîtresse avec des sentiments inté-ressés! s'écria Mlle Augustine, qu'Anne regarda tendrement. — Je n'étais qu'une pauvre et ignorante orpheline quand elle m'a recueil-lie et placée dans une institution religieuse, pour m'y faire donner quelques connaissances; puis, elle m'a prise dans sa maison où elle me traite avec une bonté dont je ne serai jamais assez reconnaissante. — Je lui dois tout! Elle fait pour moi, sous le rapport pécuniaire, plus que je n'aurais jamais pu l'espérer.

— Je crois en effet, reprit M. Pigard, que vous vous êtes déjà constitué de petites rentes.

— Madame m'a fait prendre depuis long-temps un livret à la caisse d'épargne, et comme je n'ai presque rien à dépenser, étant défrayée de tout, je puis placer mon argent au fur et à mesure que je le reçois.

— Voilà le seul bon côté de notre état; dit la jeune bonne. Ma mère ne m'a décidée à en-trer en condition qu'en me répétant : « *Tu n'auras à t'occuper ni de loyer, ni de nourriture, ni de blanchissage. Ne fais jamais la folie d'i-miter ceux qui pour le plaisir de s'établir, d'é-*

*tre indépendants, se ruinent en achetant un fonds
de commerce. Tant que tu resteras domestique,
tu profiteras de toutes les dépenses de tes maîtres
sans avoir rien à dépenser toi-même.* Quel dommage seulement que les maîtres soient si ennuyeux !

— Convenons entre nous, dit Mlle Augustine,
que si nous avons à souffrir de nos maîtres,
ils ont souvent aussi à souffrir de nous.

— Je n'en conviens pas le moins du monde !
cria aigrement Mlle Pélagie. Je voudrais bien
vous voir à l'œuvre avec un maître comme le
mien, mademoiselle Augustine : capricieux, tyrannique, insupportable enfin ! — Une preuve
entre toutes : ne s'avise-t-il pas d'exiger impé-
rieusement que je fasse tous les jours le salon
avant sa chambre à coucher ! Pourvu que les
deux pièces soient nettoyées de bonne heure,
que lui importe, si je commence par l'une
plutôt que par l'autre ? Eh bien, il a mis dans sa
tête de me faire céder, et, chaque matin, c'est
une nouvelle scène à propos de cette bagatelle.

— Pourquoi ne pas le contenter ? demanda
Manette. Vous y gagneriez d'avoir la paix et de
la lui donner. D'ailleurs, je crois que je devine

ses motifs, et ils ne me semblent pas si déraisonnables. Il reçoit souvent le matin des visites d'anciens camarades ; donc, il doit désirer
que son salon soit prêt.

— Est-ce que l'on se gêne avec d'anciens
camarades? Non, croyez-moi, c'est uniquement pour me contrarier.

— Cela ne m'étonnerait pas, dit la jeune
bonne ; car, pour la plupart du temps, je ne
découvre pas d'autre cause aux ordres que me
donne madame. Aussi, je tâche autant que je
le puis de n'en faire qu'à ma tête.

— Il n'est jamais agréable de sacrifier sa volonté, dit Mlle Augustine ; mais, à chaque fois
que j'y éprouve de la répugnance, je me demande : — *Pourquoi es-tu chez les autres, si
ce n'est pour faire ce qui leur convient ?*

— Vous en parlez bien à votre aise, mademoiselle, vous qui avez une maîtresse très-
douce.

— En revanche, M. de Chambelle est très-
vif, dit Mme Pigard.

— Et puis, ajouta Mlle Pélagie, il y a la petite demoiselle qui n'est peut-être pas toujours
facile, malgré son air aimable. Une fille uni-

que qui ne serait pas gâtée, ça serait un phé-
nomène; et les enfants gâtés sont un fléau dans
une maison !

— Je puis vous assurer que mademoiselle
n'est pas gâtée et qu'elle est aussi aimable
qu'elle le paraît. — Monsieur, quoique très-
vif, est facile à servir, parce qu'il est excellent.
Et cependant, malgré toutes ces favorables
conditions, je dis comme vous que le service
n'est pas toujours amusant. — Pourquoi? —
Parce que c'est le service... Ce qui nous ennuie, c'est de faire ce que veulent nos maîtres
au lieu de faire ce que *nous* voulons. La faute
de cet état de choses n'est ni à eux ni à nous,
mais à notre situation aux uns et aux autres.

— Vous ne voudriez pas dire sans doute,
vous qui êtes dévote! — qu'il ne faut en
accuser que Dieu ? demanda M. Pigard.
Pourtant, s'il mène réellement les affaires de
ce monde, c'est lui qui a fait les riches et les
pauvres.

— Et voilà ce qui me console dans tous mes
ennuis ! répondit vivement Mlle Augustine. C'est
Dieu, Dieu seul qui m'a créée ce que je
suis. Donc, je ne puis me plaindre de mon

sort. Si Dieu me l'a fait tel, lui qui est mon
père et qui m'aime, c'est que mon bien doit en
résulter ; — le bien de mon âme avant tout.
Il y a une autre vie ; là, je serai récompensée
en proportion de mes efforts... Oh non ! nous
ne sommes pas malheureux d'être domestiques,
si nous regardons le bon Dieu dans la personne
de nos maîtres !

— Je vous félicite de penser de la sorte, dit
Mlle Pélagie avec une amertume où perçait un
peu d'envie. Vous devez en effet souffrir moins
que nous... »

La jeune bonne semblait réfléchir. Sa condition lui apparaissait sous un jour nouveau.

Quant à notre petite Anne, l'impression
que produisirent sur elle les chaleureuses paroles de Mlle Augustine demeura ineffaçable.
Elle comprenait enfin que les devoirs les plus
rigoureux deviennent légers, quand on les accepte avec amour et résignation.

La Providence, qui veillait en toute chose
sur cette enfant, avait permis pour le bien
de sa jeune âme que, dans une conversation où
elle avait entendu tant de choses regrettables,
le remède se trouvât à côté du poison.

Pour nous, sachons aussi en faire notre profit, à quelque classe de la société que nous appartenions.

S'il y a des domestiques qui disent : « *Que ne pouvons-nous nous passer des maîtres !* » il y a également des maîtres qui s'écrient : « *Ah! si nous savions nous passer de domestiques !* »

Obligés de nous supporter mutuellement, puisque nous avons besoin les uns des autres, ayons pour le prochain, et nous obtiendrons pour nous-mêmes, l'indulgence, la patience, la charité sincère et persévérante !

CHAPITRE XVI

Une faute désastreuse.

Une année s'était écoulée, paisible pour la petite concierge, malgré ses fatigues quotidiennes et quelquefois des préoccupations pénibles.

Peu d'enfants ont à dix ans une existence aussi laborieuse ! Non-seulement elle travaillait deux heures par jour assez rudement chez Mme Balaret ; elle étudiait et cousait chez Mme de Chambelle ; mais elle continuait à rendre de grands services à la loge, ce qui permettait à Manette de se livrer activement à la couture.

Elle suivait régulièrement les catéchismes qui se faisaient à la paroisse deux fois par semaine ; s'arrangeant toujours de manière à ce qu'aucune de ses occupations n'en souffrît.

10

Il était bien nécessaire qu'Anne et sa mère redoublassent d'énergie; car celui qui eût dû se montrer l'exemple et le soutien de la famille, *le Père*, hélas! ne faisait rien...

La honteuse paresse s'était de plus en plus emparée de son âme. Depuis qu'il avait perdu les nobles croyances qui affermissent dans le bien, privé d'appui, de règle et de courage; comme un bois mort flottant sur l'eau, il descendait le courant de ses passions, sans essayer jamais de le remonter!

Il avait été vite et loin...

Autrefois, il buvait seulement; maintenant, au cabaret il passait de longues heures à *jouer*, et à perdre sou par sou les pièces d'argent extorquées à Manette.

Ce n'était pas tout... La soif de l'or avait grandi en lui avec les gains passagers qu'il avait faits de temps à autre; après chaque perte surtout.

Autrefois, il se contentait de pérorer, en compagnie de quelques exaltés comme lui, contre les riches, les maîtres, les prêtres, le gouvernement. — Aujourd'hui, *il conspirait...*

C'est-à-dire qu'il s'était affilié à je ne sais quelle société secrète, dans laquelle l'avaient entraîné de dangereux conseillers.

Là, on nese bornait plus à des rêves creux. On voulait agir, renverser, — le fusil ou le poignard à la main, — tous ceux qui avaient les premières places, afin de s'y installer et de jouir enfin du pouvoir, de la fortune, des grandeurs !

Les prétendus amis de M. Pigard s'abusaient étrangement sur son compte, en prenant ses beaux discours pour une preuve d'intelligence et d'audace. — Ou peut-être profitaient-ils seulement de sa vanité, qui le portait toujours à vouloir paraître, pour le pousser en avant afin de s'abriter derrière lui.

Car il y a du danger à faire ce ténébreux métier de conspirateur. Manette s'en doutait bien quand, avec son bon sens ordinaire et sans savoir au juste à quel point son mari se compromettait, elle le retenait de son mieux. Ce fut grâce à elle assurément qu'il ne franchit jamais certaines limites...

« Que veulent-ils ? lui demandait-elle. Certes, il est naturel, quand on est pauvre

et que l'on souffre, de trouver que les choses
ne sont pas ce qu'elles devraient être ; le
difficile, c'est de découvrir le remède... —
Le remède pour vous, c'est de devenir riches.
Je ne demanderais pas mieux que de l'être
aussi. Mais je dis que vous ne prenez pas le
plus court chemin pour en arriver là. Boule-
verser le pays par des révolutions qui trou-
blent le commerce, font peur à l'argent et
l'obligent à se cacher, à quoi cela vous avan-
cera-t-il ? — Quant à vous enrichir en prenant
tout bonnement la fortune de ceux qui en
ont, cela n'est pas un moyen admissible
pour des gens honnêtes. D'ailleurs, en empo-
chant l'argent d'autrui, vous reconnaîtrez au
premier venu le droit d'en faire autant à votre
égard. »

M. Pigard ne savait guère que répondre.
Il n'aurait pas osé avouer, même à sa femme,
qu'à force de convoiter en esprit le bien des
riches, il en était venu à nourrir sans scrupule
l'idée de le leur enlever.

Très-certainement, cependant, il eût appelé
voleur le pauvre diable qui lui aurait dérobé
50 centimes... — Mais on trouve si commode

d'exiger du prochain la justice, la probité, la
libéralité, et de ne rien lui passer ni rien lui
donner...

M. Pigard, qui se plaignait sans cesse de
l'avarice des riches, faisait-il jamais l'aumône
d'un simple petit sou aux mendiants dont
Manette transmettait avec empressement les
requêtes à tous les locataires ?

Pourtant, combien de gens moins aisés
que ne l'étaient alors les Pigard trouvent
moyen d'en soulager de plus indigents qu'eux-
mêmes ! — Oui, mais ceux-là ne sont point
des envieux du bien d'autrui. Ils ne sont point
des paresseux...

Travaillant courageusement, honnêtement
pour gagner leur pain quotidien, ils ne s'occupent du prochain que pour porter secours
aux misères dont ils sont entourés et qu'ils
plaignent, parce qu'eux aussi connaissent
bien la souffrance !

Ils marchent avec persévérance dans la
bonne voie, n'attendant que de leurs efforts et
de l'aide de la Providence une amélioration
de leur sort.

Et Dieu les bénit en effet ! Tôt ou tard on

les voit, ces artisans laborieux et tranquilles,
s'environner d'une petite aisance qui réjouit
chacun, parce qu'ils sont estimés de tous!

Leurs enfants grandissent, économes et sages, contribuant de jour en jour davantage au
bien-être de la famille.

Non-seulement, ils sont heureux en ce
monde; mais ils amassent d'inestimables trésors pour l'autre vie.

La vraie patrie, le but de notre pèlerinage,
c'est le *Ciel*. Là, riches et pauvres, maîtres et
serviteurs, ouvriers et patrons seront confon-
dus en un peuple de frères, sous le regard de
Dieu notre Père.

Heureux qui n'oublie jamais ces grandes
vérités!

Quand ces souvenirs se réveillaient dans
l'âme de François, en entendant sa fille parler de la première Communion qui appro-
chait, il se sentait agité de remords... — Mais
au cabaret, il perdait, avec sa raison, toutes les
pensées gênantes...

En dépit des précautions de Manette, les
voisins s'étaient facilement aperçus que l'i-
vresse devenait habituelle à M. Pigard. On

chuchotait que le propriétaire ne supporte-rait plus longtemps un concierge aussi peu ca-pable de bien tenir la maison. Les choses al-laient tous les jours s'aggravant...

Manette dévorait ses larmes, sans pouvoir les cacher à sa fille. La pauvre petite Anne s'efforçait, à l'exemple de sa mère, d'avoir le sourire sur les lèvres, quoique l'inquiétude la gagnât souvent, elle aussi.

Néanmoins, elle avait des moments d'un bonheur bien vrai. C'était chaque fois qu'il était question de sa première Communion!

Ainsi, une après-dînée, arriva-t-elle rayon-nante chez sa mère. Elle redescendait de chez Mme de Chambelle, qui venait de l'entretenir longuement du beau jour et qui avait même eu la bonté de s'engager à lui donner la toilette tout entière des premières communiantes.

« Oh! maman, que Mme de Chambelle est bonne et comme elle parle bien!.. s'était écriée l'enfant à peine entrée dans la loge. — Si vous saviez... »

Mais elle s'arrêta court, en regardant sa mère : — Manette avait le visage décomposé ; une violente émotion se trahissait par les larmes dont ses yeux étaient pleins. — Voici ce qui s'était passé :

C'était le 15 janvier, l'un des termes trimestriels des loyers, chacun le sait. M. Pigard, qui était loin d'avoir la tête saine ce matin-là, ayant bu plus tôt que de coutume parce que, disait-il, le froid était plus vif ; — M. Pigard avait tenu à honneur, malgré toutes les représentations de Manette, d'aller lui-même porter à ses locataires leurs quittances.

« Tais-toi ; avait-il répliqué brusquement ; tu n'es qu'une femme et les affaires ne te regardent pas. Que dirait-on dans la maison, si le concierge manquait aux obligations de sa charge !

— Tu devrais bien, riposta Manette un peu durement, t'inquiéter de ce que l'on dit de toi, sous d'autres rapports.

— Et qu'en dit-on, s'il vous plaît, madame Pigard ? Je voudrais voir que l'on s'avisât de se mêler de ma conduite... — Sois tranquille, femme, ils me rendront raison de leurs mauvais procédés, tous ces hypocrites qui cherchent à perdre ton mari !

— Mais c'est toi-même qui te perds,

malheureux! s'écria Manette, hors d'elle. »

François, espérant tromper plus aisément ses locataires sur l'état de son esprit, avait forcé sa femme à l'habiller avec soin ; puis, il était monté, faisant à chaque étage d'interminables discours où se démêlait vite la triste vérité.

Deux ou trois des locataires, Mme de Chambelle entre autres, refusèrent de lui donner l'argent; profitant de ce qu'il n'avait pas de monnaie à rendre et surtout de ce qu'il était dans l'impossibilité de faire un compte.

Mais M. Pigard se fâcha. Il voulait absolument remettre immédiatement à qui de droit le montant total des quittances. *Sa délicatesse y était intéressée...*

Mme de Chambelle répondit avec fermeté que le propriétaire étant absent, elle le savait, rien ne pressait. D'ailleurs, elle était assez connue dans la maison pour que l'on pût lui faire crédit jusqu'au lendemain.

M. Pigard s'en retourna si furieux qu'il lui fallut absolument, déclara-t-il à sa femme, aller prendre l'air pour digérer cet affront.

Manette, dont la première pensée avait été de lui demander les sommes reçues et les quit-

tances non payées pour serrer le tout dans
l'armoire, ne fut pas fâchée de le voir s'éloigner.
Elle était à bout de courage pour écouter patiemment tant de paroles insensées.

Mais à peine son mari venait-il de tourner
le coin de la rue, qu'une terreur instinctive la
fit courir à l'armoire, où elle l'avait vu prendre
un mouchoir de poche.

Elle recompta le total, additionné déjà...
Elle recommença... Tous ses membres trem-
blaient...

En vain essayait-elle de se persuader qu'elle
se trompait...

Non, elle ne se trompait pas! Il manquait
deux pièces de vingt francs!

Que faire? Abandonner la loge et l'argent
pour courir après lui; essayer de lui reprendre
avant qu'il eût dépensé... — Cela ne se pouvait.

Mais à qui se confier, quand il était nécessaire d'ensevelir dans le plus profond mystère
cette affreuse découverte?

O honte! ô douleur! — Manette se sentait
devenir folle. Les yeux égarés, rougissant et

pâlissant tour-à-tour, elle s'élançait vers la
porte... Puis, regardant autour d'elle avec
effroi, elle la refermait soudain, tombait à
genoux et s'écriait :

« Pitié, pitié, mon Dieu! »

Anne trouva sa mère en cet état. Manette
devina que ce jeune cœur seul, malgré son
inexpérience, la comprendrait et la plaindrait.
Elle lui raconta tout ; seulement, pour ne pas
déshonorer le père devant la fille, elle ajouta :

« Certainement, il compte rendre cet argent. Mais il peut se laisser entraîner à en dépenser une partie; et que répondrons-nous
demain au propriétaire? — Reste ici; garde la
loge ; ne dis rien à personne; je vais essayer
de le trouver. Je le ramènerai peut-être... »

Que cette heure parut longue à la pauvre
petite! Et sa mère rentra seule!...

Manette ne se doutait pas que son mari
l'avait aperçue, du fond d'un cabaret où il buvait en joyeuse compagnie. Il avait frissonné.
Ses camarades, remarquant son trouble, s'é-
taient moqués de lui :

« Il a peur de sa femme! »

M. Pigard, pour toute réponse, avait jeté

sur la table la seconde pièce de vingt francs.

Il était onze heures ce soir-là, que Manette attendait encore son mari. Anne non plus ne s'était pas couchée. Elle ne voulait pas quitter sa mère, tant que celle-ci ne serait pas rassurée.

Vers minuit, elles entendirent un bruit confus de pas et de voix; on frappa violemment à la porte cochère. Elles eurent peur, mais elles coururent ouvrir.

Des voisins rapportaient M. Pigard qui, tombé tout de son long dans le ruisseau en essayant de regagner sa demeure, était demeuré là, grelottant et gémissant, jusqu'à ce que, par pitié, ils l'eussent ramass

Il fut très-mal toute la nuit. A la pointe du jour, Manette envoya Anne chercher un médecin.

Celui-ci déclara qu'une congestion cérébrale avait failli se produire à la suite de l'ivresse.

Manette voulut profiter de la moitié de cette déclaration pour faire croire à une maladie réelle; mais personne ne fut dupe de cette tentative.

M. Pigard eût bien souhaité être malade vraiment, maintenant qu'il se rappelait sa coupable action et qu'il en entrevoyait les conséquences.

Nous n'entrerons pas dans le détail des scènes déplorables et tout à fait inutiles qui eurent lieu entre les deux époux. Une chose restait évidente : l'impossibilité de rendre les 40 francs !

Manette proposa d'avouer le détournement au propriétaire, en lui offrant de leur reprendre les 40 francs sur les gages de l'année.

Mais M. Pigard était descendu trop bas sur l'échelle du vice pour comprendre que la franchise et l'expiation étaient la seule voie qui pût réparer.

Il préféra recourir au mensonge et eut l'audace de soutenir au propriétaire : que ces 40 francs avaient probablement manqué dans le compte de l'un des locataires..

Le propriétaire, trouvant la mesure comble, ne répondit qu'en donnant au concierge son congé. Les 40 francs n'en seraient pas moins retenus sur les gages. Si M. Pigard avait quelque objection à élever, l'affaire serait portée devant le juge de paix.

M. Pigard baissa la tête et se retira consterné.

CHAPITRE XVII

L'affreuse misère.

Hélas ! oui, elle est affreuse, la misère ! Et quiconque en a contemplé les tableaux ne saurait les oublier...

Qu'est-ce donc pour ceux qui en subissent les tortures ?

Manette ne s'était jamais rappelé sans épouvante ce qu'elle et son mari avaient souffert pendant les premiers temps de leur séjour à Paris. Les trois années qu'ils venaient de passer rue de la Félicité lui avaient semblé, malgré des épreuves encore et beaucoup de craintes, une halte bienfaisante dans cette route amère qui s'appelle la vie !

Elle s'était surprise à former des rêves d'avenir ; et sans le confier à son mari (qui dépensait au fur et à mesure leurs faibles ressources, y compris les 10 francs par mois de

leur petite Anne), elle avait essayé de faire des
économies.

Dans une grossière *tirelire* rapportée du
village et qui avait contenu jadis les modestes
épargnes au moyen desquelles s'était effectué
le départ pour Paris, elle avait jeté sou par sou,
depuis quelques mois, tout ce qu'elle avait pu
sauver des dépenses indispensables.

Avec désespoir elle la brisa, le soir du
funeste jour...

Adieu les riants projets de verte métairie,
de basse-cour et d'étable; de retour au pays,
le front haut et joyeux!

Il fallait vivre... Il fallait surtout payer ce
que l'on devait.

Manette savait bien que la tirelire ne pouvait pas contenir les 40 francs détournés par
François. Pourtant, ce lui fut une poignante
déception de n'y trouver en tout que 11 francs
50 centimes.

« Heureusement, pensa l'honnête femme;
M. le propriétaire a entre ses mains de quoi se
rembourser, puisqu'il nous doit un trimestre.
Je puis sans scrupule garder pour nous ces
11 francs 50. A la fin du mois, Anne me remet-

tra ses 10 francs. J'ai encore de l'ouvrage pour
quinze jours. Tout cela nous assure du pain
pour le premier mois peut-être. Mais que va
faire François, et où devons-nous nous retirer?»

M. Pigard avait je ne sais combien de fois
changé d'occupations; puis, il les avait abandonnées toutes, n'en trouvant aucune qui fût
digne de lui. Il n'en avait plus et l'on pouvait
trop facilement présumer qu'il aurait de
grandes peines à s'en procurer, — en suppo-
sant même qu'il en recherchât sérieusement.

Il était réellement humilié et malheureux
d'avoir perdu sa place ; mais, trop orgueilleux
pour s'avouer coupable, il accusait le propriétaire, les mauvaises langues ; il se plaignait de sa femme, qui ne gagnait pas assez ;
de sa fille, qui leur était une lourde charge.

Il se révoltait contre le sort, — mot vide de
sens puisque *notre sort*, ce sont les arrêts de
Dieu qui le font, et que presque toujours
c'est sur notre conduite que se motivent ces
arrêts.

Quant à prendre un parti énergique, M. Pigard n'y songeait point.

« Où irons-nous? Et que vas-tu faire? »
lui demandait sa femme.

Il ne savait que balbutier de vagues paroles :
« Sois tranquille! — Les choses ne resteront
pas dans cet état. — Il faut bien que ça finisse.

— Ce ne sont pas tes phrases qui nous donneront du pain, répliqua Manette avec amertume. Ne sauras-tu jamais te montrer un
homme, toi qui méprises tant les femmes! Tes
amis ne peuvent donc pas te trouver de l'ouvrage?

— Ils n'en ont pas eux-mêmes, confessa
naïvement M. Pigard.

— Je m'en doutais. Il n'y a que des fai-
néants qui parlent toujours de devenir riches,
sans vouloir travailler! Ce qui leur arrivera
de plus heureux, c'est qu'ils mourront à l'hôpital. — Mais toi, puisque tu as le bonheur
d'avoir une femme qui te donne de bons
conseils, écoute-la donc une fois dans ta
vie! Va de ce pas frapper à toutes les portes
pour solliciter de l'ouvrage, n'importe lequel.

Moi, je monte chez Mme de Chambelle pour
lui conter notre malheur et lui demander avis.

— Je te défends de lui parler de rien avant

que j'aie trouvé à m'occuper. Elle croirait que nous ne savons que devenir sans sa protection ! »

Manette espéra un instant que l'amour-propre au moins ferait faire à François d'actives démarches. Elle attendit son retour, le cœur moins oppressé.

Mais M. Pigard s'était dit, à part lui, qu'il devait à *ses amis* de les instruire les premiers de sa fâcheuse position. Ils lui découvriraient peut-être quelque moyen d'en sortir.

On causa... *et l'on but ;* car il restait encore quelques sous au concierge renvoyé. Mais *quand il n'eut plus rien, on le quitta.* Il rentra les mains vides et la tête lourde, n'ayant absolument rien fait.

Manette en larmes eut un long entretien avec Mᵐᵉ de Chambelle. Elle lui avoua, tremblante et les joues en feu, les honteux torts si longtemps dissimulés. Elle consulta humblement, prête à faire ce qui lui serait indiqué.

Prendre un loyer, quand on savait d'avance que l'on n'en arriverait jamais à pouvoir le payer, était-ce délicat ?

Fallait-il quitter ce quartier, où l'on n'oserait plus marcher les yeux levés ? — D'un autre côté, quel regret d'abandonner non-seulement la maison où la petite commençait à être employée, mais le voisinage ami et la paroisse où Anne allait faire sa première communion !

Se replonger dans l'isolement avec les souffrances de la misère et les terreurs de l'inconnu, le devait-on ?

Mme de Chambelle écouta tout avec attention et commisération. Elle essaya de relever le courage de la pauvre femme, lui promettant de tenter, par l'entremise de M. de Chambelle, de faire donner de l'occupation à François, si celui-ci se résolvait sincèrement à changer de conduite.

Elle fit ensuite une proposition qui sourit singulièrement à Manette :

« Voulez-vous que je prie le propriétaire de vous laisser, pour les premiers mois du moins, la petite chambre où couche votre fille ? Sans doute, vous y serez très-mal, M. Pigard et vous ; mais vous n'y resterez que jusqu'à ce que vous ayez vu quel loyer vous pouvez prendre, et dans quel quartier. Je tâcherai de caser Anne, soit avec Augustine, soit dans un cabinet de mon appartement.

— Ce que je crains, répondit Manette après avoir exprimé sa reconnaissance ; c'est que François ne consente point à accepter une faveur de celui qui nous chasse... Et puis, il souffrirait beaucoup de rester dans la maison, n'en étant plus le concierge.

— Faites lui comprendre que l'orgueil doit se taire. La nécessité ne le lui apprendra que trop... »

Mme de Chambelle n'eut pas beaucoup de peine à obtenir la grâce demandée. Le propriétaire était bon ; il n'avait sévi qu'à regret, et dans l'intérêt de ses locataires.

Quelle souffrance pour M. Pigard d'avoir à quitter la loge où il s'était cru si solidement établi ! Et cela, pour se voir relégué dans une pauvre mansarde qui lui était concédée par charité !

Mais à ces humiliations ne se bornaient point ses maux. *Il fallait vivre*, comme le répétait énergiquement Manette. Et, pour vivre, il fallait travailler, puisque le travail seul procure de l'argent à ceux qui n en ont point.

Mais, pour trouver du travail, il faut que l'on inspire de la confiance dans son honnêteté et ses capacités.

Or, quelle triste réputation s'était faite M. Pigard !

M. de Chambelle pouvait-il en conscience *répondre* de son malheureux protégé à ceux auxquels il le recommandait ?

Plusieurs semaines se passèrent, épuisant rapidement les modiques ressources de Manette.

Mme de Chambelle donna, donna encore ; mais elle ne pouvait continuer indéfiniment.

Elle s'adressa au curé de la paroisse, qui inscrivit le ménage Pigard au nombre des pauvres honteux secourus à domicile. Mais il y avait tant d'autres indigents ! Et combien qui, chargés d'enfants, infirmes ou malades, avaient plus de droits que M. Pigard à recevoir des secours !

L'hiver était très-rude. La petite chambre où Manette cousait du matin au soir était glaciale.

Quand le dégel survenait ou qu'il pleuvait, l'humidité devenait plus insupportable encore que le froid sec.

Jamais l'étroite fenêtre *en tabatière* ne donnait passage à un rayon de soleil.

Le vent, qui grondait continuellement dans le corridor, entrait à l'aise par les fentes de la porte et formait courant avec celui de la fenêtre.

Pauvre femme! Elle gardait soigneusement les minces *cotrets* pour faire cuire la soupe et les pommes de terre. Sans l'obligation impérieuse de tirer l'aiguille toujours et toujours, elle eût facilement cloué quelque bourrelet improvisé, ou bien un morceau de vieille étoffe en guise de portière, pour se garantir un peu du froid.

Un homme industrieux aurait fait cela plus vite encore; mais on ne pouvait rien attendre de François. Cela devenait évident.

Que de pauvres mansardes savent se procurer, à force d'adresse et de propreté, de certains adoucissements, qui donnent tout de suite une bonne opinion de leurs habitants!

Manette n'avait pas une minute à perdre, et François les perdait toutes.

Anne aurait bien voulu, sous la direction de sa mère, s'occuper de leur petit intérieur;

mais la pauvre enfant avait trop peu de temps à elle. Outre ses occupations chez Mmes Balaret et de Chambelle, elle rendait à l'occasion mille petits services aux autres locataires.

De plus, les nouveaux concierges, qui n'avaient pas d'enfant, la trouvant entendue et pleine de bonne volonté, se servaient d'elle très-souvent pour monter les lettres ou pour leur faire quelques commissions. Ils l'en remerciaient par de petits présents qui n'étaient point à dédaigner.

La bonne enfant était bien heureuse lorsqu'elle pouvait porter à sa mère, soit un morceau de viande, soit des légumes, soit même un peu d'argent. Elle souffrait tant de ne pouvoir faire davantage !

Et M. Pigard, *souffrait-il ?* me demandera-t-on peut-être.

Le contraire me paraîtrait impossible. Pourtant, qu'est-ce qu'une souffrance qui n'inspire pas le besoin de chercher le remède ?

— A quoi passait-il son temps ?

En vérité, je n'en sais rien. Il sortait tous les matins et pour longtemps ; — toujours sous prétexte de chercher de l'ouvrage. Mais en cherchait-il ?

Cependant la misère augmentait dans d'effrayantes proportions... Ce n'était pas seulement le froid et la faim dont on ressentait cruellement les atteintes. Le manque de vêtements commençait à se produire.

M. Pigard, qui s'était fait habiller tout de neuf peu avant la catastrophe, avait depuis lors, afin de se procurer quelque argent, porté au Mont-de-Piété, d'abord la redingote, puis le gilet, le chapeau de castor.

Manette s'était vue forcée d'y mettre aussi son unique châle, sa montre d'argent et jusqu'à son anneau de mariage. Elle en était venue à y porter l'un après l'autre tous ses draps...

Ses yeux ne rencontraient plus dans sa mince garde-robe aucun objet au moyen duquel il lui fût possible de se procurer une pièce de monnaie. — Que de larmes elle versait dans ses nuits sans sommeil ! Le chagrin la faisait dépérir à vue d'œil.

Et François ne travaillait pas !..

CHAPITRE XVIII

Désespoir.

Un jour se leva, plus sombre encore que les précédents. Il ne restait absolument à Manette que quelques sous pour alimenter le ménage. Mais elle avait à reporter l'ouvrage qu'elle venait enfin d'achever, après y avoir travaillé trois semaines sans relâche.

C'était dans une riche maison qui lui en confiait quelquefois et qui payait bien. La petite somme à recevoir était assez ronde. On allait pouvoir vivre un peu de temps !

Quand Manette arriva, une femme de chambre lui prit des mains le paquet pour le porter chez sa maîtresse, qui n'était pas levée (quoiqu'il fût midi) parce qu'elle avait passé la nuit au bal.

« Madame vous fait dire de revenir la semaine prochaine ; il lui est impossible de ré-

gler votre note aujourd'hui. — Elle n'a pas
d'autre travail à vous donner pour le moment... »

Oh! les riches qui font attendre au pauvre
son légitime salaire, quel compte ils auront à
rendre à Dieu de ces retards cruels dans leur
irréflexion !

Cette parole est bientôt dite : « *Revenez un
autre jour...* » Et pourtant, elle condamne à
de rudes privations l'ouvrier ou l'ouvrière qui
n'a d'autres moyens d'existence que son travail... Au lieu de la joie qu'allait rapporter
dans sa famille le fruit de ce laborieux travail,
quelle déception quand le père ou la mère
rentre les mains vides !

La dame qui avait ainsi renvoyé Manette
avait très-bon cœur. Elle eût été désolée d'apprendre de quelles souffrances elle était la
cause involontaire. Elle se fût écriée, sans
aucun doute :

« Mais aussi pourquoi cette pauvre femme
ne m'avait-elle pas fait savoir dans quelle pé-
nurie elle se trouvait? »

Pourquoi? — Il n'est que trop facile de

répondre à cette question. — Parce que beaucoup de personnes du monde ont la réputation
de ne point employer volontiers des gens qui
attendent trop avidement leur salaire. Cela les
ennuie, dit-on, d'avoir à s'occuper sur-le-champ
de payer leurs élégantes toilettes ou le beau
linge qu'elles font faire. Elles préfèrent laisser grossir leurs comptes, jusqu'à ce que le
total en devienne lourd, même pour les bour-
ses les mieux garnies.

Alors, c'est à leur tour de crier à la gêne.

Et si les pauvres ouvrières osaient récla-
mer, comment seraient-elles reçues ?

Ce qu'il y a de certain, c'est que Manette
ne l'osa point. Elle craignait de perdre une
pratique plus nécessaire que jamais.

Après avoir balbutié, *le sourire sur les lèvres :* « Je reviendrai... » elle se retira, le
désespoir dans l'âme.

Elle savait qu'à la mansarde l'attendait
François, plus irritable et maussade que de
coutume, parce qu'il souffrait de douleurs
rhumatismales aiguës.

Elle le trouva qui grondait Anne de ce
qu'elle perdait son temps. La petite fille pro-

fitait d'une demi-heure de liberté pour laver quelques mouchoirs, que Manette n'avait pu donner à la blanchisseuse, faute d'argent, et aussi parce qu'ils étaient trop déchirés.

Les mains dans l'eau froide, afin de ménager les derniers morceaux de petit bois, elle s'y prenait de son mieux. Mais elle grelottait et tremblait.

Elle avait peur de son père, et le retour de sa mère, même sans argent, lui parut une diversion heureuse.

François s'emporta contre sa femme, lui reprochant d'avoir mal choisi le jour et l'heure... Et Manette, — je regrette d'avoir à dévoiler ses torts, — Manette, s'emportant aussi, répondit injure pour injure... Si bien que son mari furieux saisit sa casquette et s'enfuit, en déclarant *qu'il ne reviendrait plus.*

Manette alarmée le rappela. Ce fut en vain.

A bout de forces et se laissant tomber sur une chaise, elle éclata en sanglots.

Anne, qui avait eu peur de sa mère presque autant que de son père tant qu'avait duré l'orage, sentit son cœur se fendre devant ce grand chagrin.

« Maman, maman, s'écria-t-elle ; je vous en supplie, dites-moi ce que je pourrais faire pour gagner davantage.

— Tu ne peux rien de plus, ma pauvre enfant, et nous n'avons qu'à mourir de douleur et de faim...

— Oh ! maman, ne parlez pas comme cela ! Le bon Dieu viendra à notre secours.

— Il faudrait un miracle, et le bon Dieu n'en fera pas pour nous.

— Pourquoi pas, maman ? reprit Anne avec vivacité. J'ai bien appris dans l'Évangile que Notre-Seigneur en faisait pour tous ceux qui lui en demandaient... Et, moi aussi, je vais tant le prier ! »

La chère petite se jeta à genoux dans un coin de la pièce et, les mains jointes, les yeux levés au Ciel, elle murmura une fervente prière.

Manette la regardait avec une sorte de respect. La foi vive de cette enfant réveillait la sienne.

Elle aussi joignit les mains ; puis, elle dit à Dieu :

« Pardonnez-moi de n'avoir pas assez de

confiance! Ne nous abandonnez pas ; ayez pitié de nous ! »

Les miracles, c'est-à-dire le bouleversement des lois ordinaires de la nature, ne sont pas indispensables au Tout-Puissant pour opérer ses volontés. Il se sert souvent des moyens les plus simples en apparence et qui nous frappent le moins.

Ce jour-là, il en agit de la sorte pour exaucer les prières d'Anne et de sa mère. Rien ne paraîtra plus naturel à mes lectrices que l'entrée dans la mansarde d'une voisine de Manette, l'ancienne femme de chambre qu'elles connaissent déjà : — Mme Joseph.

Et pourtant, si nous considérons l'ensemble des circonstances avec les yeux de la Foi, nous verrons là l'intervention divine ; et nous ne nous tromperons point !

Mme Joseph avait vu rentrer Manette abattue et pleurant. Comme le but de la course lui était connu, elle avait facilement deviné le mécompte.

Elle s'en était affligée sincèrement ; mais ce fut tout, d'abord.

Soudain, tandis qu'elle travaillait dans sa chambre, une pensée lui arriva :

«Ne pourrais-je pas aider ma pauvre voisine?»

Elle repoussa cette inspiration, en se disant :

« J'ai si peu pour moi-même ! »

Mais toujours la même pensée revenait, et la conscience criait qu'avec de la bonne volonté, on trouve toujours quelque chose à donner. — Les malheureux doivent s'entr'aider. — A quoi servirait la piété, si ce n'était à faire pratiquer la charité? etc.

Bref, la bonne Mme Joseph s'était levée ; elle avait pris (non sur son superflu, mais sur son nécessaire), *dix francs* et elle s'était rendue chez sa voisine.

« Tenez, dit-elle simplement à Manette ; vous me les rendrez quand on vous aura soldé votre note. Je puis attendre, moi qui n'ai ni mari ni enfant. »

Ensuite, elle donna à Mme Pigard l'adresse de quelques magasins de nouveautés, qui lui fournissaient de l'ouvrage à elle-même.

Et comme elle comprit que Manette n'aurait pas le temps de courir Paris, pour frapper à ces différentes portes :

« Écoutez, continua-t-elle avec une bon-
homie touchante; ne vous dérangez pas! Justement, j'avais le désir de me donner un jour
de repos cette semaine; prendre un peu
d'exercice me sera très-salutaire. J'irai demain quêter pour vous du travail... »

M. Pigard, en quittant Manette, avait descendu les escaliers aussi vite que le lui avaient
permis ses rhumatismes et l'air de dignité
offensée qu'il tenait à conserver.

Mécontent de sa femme, de sa fille, du
monde entier; honteux de lui-même; exas-
péré par la misère, il était près de faire un éclat.

La physionomie couverte d'un sombre
nuage, le regard tantôt morne et tantôt en-
flammé, les lèvres contractées par un sourire
amer, il écoutait, la rage dans le cœur, le bruit
irrégulier que faisaient en traînant sur chaque
marche ses souliers éculés.

Il remarquait avec effroi des déchirures
nouvelles à son pantalon rapiéceté. Il se demandait comment sa femme et lui avaient pu
consentir à rester dans une maison où, connus du haut en bas, ils étaient dans l'impos-
sbilité de cacher leur détresse.

Se glissant comme une ombre craintive aussi loin qu'il le put de la loge et des heureux concierges dont il entrevoyait le feu pétillant dans leur cheminée bien garnie, il atteignit la porte, frissonnant au contact de l'air glacial.

A ce moment, il fut obligé de se ranger contre la muraille et d'attendre, pour laisser entrer quelqu'un. — C'était un laquais en brillante livrée, venant demander si Mme de Chambelle était chez elle.

M. Pigard vit alors, arrêtée devant la porte, une magnifique voiture dans laquelle était une dame, avec une petite fille, à peu près du même âge qu'Anne.

Cette enfant était richement vêtue ; ses longues boucles blondes retombaient sur le velours et les fourrures qui l'enveloppaient. Son joli visage était rose, souriant.

Le pauvre père pensa à la petite fille pâle et transie qu'il venait de laisser dans la mansarde sans feu. Il compara ces deux visages d'enfants... Il compara leur sort... Et des larmes roulèrent dans ses yeux.

Mais ce n'étaient point de ces larmes que

Dieu permet et qu'il console ; de ces larmes qui échappent à la souffrance résignée, honnête et courageuse.

C'étaient des pleurs d'envie et de haine. Le poing levé, la voix menaçante, il jeta à la mère et à la fille effrayées cette apostrophe :

« Maudits riches ! »

Puis il s'enfuit, sans savoir où il allait.

Au détour d'une rue, une main qui lui toucha l'épaule le fit tressaillir. En même temps, une voix doucereuse lui demandait :

« Qu'avez-vous, mon pauvre ami ?

— J'ai... balbutia l'infortuné avec un rire d'insensé ; — j'ai que je ne sais plus à quel saint, ou plutôt à quel diable me vouer ! Mieux vaut en finir sur-le-champ avec la vie...

— Pourquoi douter de la bonté de Dieu ? Si seulement vous consentiez à le prier *comme il veut être prié !*

— Prier, moi ! — Moi qui ne crois plus à rien ! — Allons donc, monsieur Jacob, vous ne croyez pas vous-même à tout ce que vous prêchez aux autres... Pour faire de moi un protestant, vous avez travaillé à m'arracher du cœur le peu qui me restait de la foi catholique.

Et maintenant, malgré tous vos efforts, vous ne trouverez jamais en moi un disciple convaincu.

— Mon cher monsieur Pigard, je ne tiens qu'à vous délivrer de préjugés ridicules; à vous affranchir, en un mot! Le protestantisme rend à la raison toute sa dignité. Du moment que vous avez su vous dégager des superstitions et de l'esclavage où vous retenaient vos prêtres, vous êtes des nôtres...

— A quoi cela m'avance-t-il, si vous vous mettez à la place de ces prêtres? Je ne serai pas plus libre qu'auparavant, quand il me faudra aller au prêche comme vous ne cessez de me le demander?

— Ne craignez pas que j'exige trop de vous à ce sujet, mon cher ami. Il me suffit de reconnaître en vous un *coreligionnaire* par les idées et les sentiments, pour que j'en agisse à votre égard comme envers nos autres frères. C'est à ce titre que je vous offre ce léger secours, en attendant qu'il me soit possible de faire davantage... »

Ce disant, le Pasteur glissa dans la main de M. Pigard deux pièces de cinq francs.

CHAPITRE XIX

Les riches sont bons à quelque chose.

« Quelle sinistre figure nous venons de rencontrer à votre porte, ma chère amie ! s'écria, en entrant chez Mme de Chambelle, la riche visiteuse dont nous avons parlé dans le chapitre précédent.

— Oh ! j'ai eu grand'peur, dit la petite fille, qu'embrassait Camille. — Il a crié, en passant à côté de nous : « *Maudits riches !* »

— S'il ne s'était pas sauvé, continua la dame, j'aurais été heureuse de lui faire une aumône, car il paraissait très-misérable. J'imagine qu'il était venu demander la charité dans votre maison, et peut-être à vous-même.»

Sur la description que firent de cet homme la mère et la fille, Mme de Chambelle reconnut M. Pigard.

« Hélas ! dit-elle ; c'est notre ex-concierge. Il est retombé dans la misère en perdant sa place. Sa fille travaille un peu chez moi avec Augustine. »

En quelques mots émus, Mme de Chambelle dépeignit la triste situation de cette famille. Elle parla du courage de Manette et de celui de l'intéressante enfant qui s'efforçait, si jeune, de soulager ses parents.

« C'est la Providence qui m'a conduite ici aujourd'hui, ma chère amie, répondit la dame tout attendrie. Figurez-vous qu'il me restait une quarantaine de francs, sur la somme que j'avais mise de côté pour les étrennes des pauvres. J'ai pensé que vous m'aideriez à bien les placer. Je ne me suis pas trompée. Les voici ; remettez-les à votre brave femme.

— Et moi, maman, s'écria la petite fille ; me permettez-vous de donner pour Anne la pièce de dix francs toute neuve qui me vient de papa ?

— Très-volontiers, mon enfant. Tu ne me feras jamais plus de plaisir qu'en te montrant empressée à secourir les pauvres.

« *Cinquante francs !* maman, cinquante

francs ! s'écria Camille, dès que furent parties la généreuse dame et sa fille. Je voudrais savoir si M. Pigard criera encore contre les riches ; car enfin, nous aurions beau chercher, vous et moi, nous ne trouverions jamais dans notre bourse de quoi donner aussi largement d'un seul coup. — Est-ce que vous allez remettre tout cela en une fois à Mme Pigard ?

— Je me reprocherais de ne pas lui apprendre immédiatement et en entier la bonne fortune que Dieu lui envoie. Elle est raisonnable, économe ; et, d'ailleurs, le malheur est un terrible maître, qui finira peut-être par corriger M. Pigard lui-même. — Je recommanderai néanmoins à Manette de prendre les précautions nécessaires pour que cette somme ne soit pas gaspillée. »

M. Pigard avait été bien près de porter au cabaret les dix francs de M. Jacob ; car, machinalement, il s'était arrêté devant une porte trop connue. Il allait entrer, quand une jolie voiture qui passa lui rappela celle qu'il venait de voir rue de la Félicité.

Le souvenir de l'enfant riche lui rendit la pensée de sa fille... Son cœur de père parla... Il eut honte de ne rien faire pour adoucir une misère si poignante.

Par un effort surhumain, s'arrachant à la tentation, il se sauva du côté de sa demeure.

La première personne qu'il aperçut en y entrant fut sa fille. Elle guettait l'arrivée du facteur, pour se charger des lettres à distribuer.

En reconnaissant son père, Anne s'effaça de son mieux, craignant d'être grondée. M. Pigard lui avait dit plusieurs fois qu'elle manquait de dignité, en rentrant dans cette loge.

Mais son père l'appela d'une voix assez caressante :

« Viens, lui dit-il ; monte avec moi pour voir la joie de ta mère. Je lui apporte de l'argent. »

Néanmoins, un trouble secret empoisonnait la satisfaction de l'époux et du père. Cet argent était lourd, par les conditions que l'on y attachait...

« Femme ! cria François, affectant un air très-dégagé ; prépare-nous un bon dîner. Voilà de quoi payer ! »

Manette s'était sentie soulagée d'un poids
énorme en entendant dans l'escalier le pas de
son mari. Mille pensées effrayantes lui avaient
traversé l'esprit après qu'elle l'avait vu partir,
une heure auparavant.

Elle le revoyait, et elle le revoyait content;
il rapportait de l'argent !

« Merci, mon Dieu ! dit-elle tout bas. »

Puis, elle interrogea :

« Comment as-tu pu ?... »

Le parti de François était pris. Il se trouvait
de l'importance, puisqu'il devenait enfin une
ressource au lieu de rester une charge. C'était
le cas de reprendre son autorité compromise.
D'un ton cassant, il répondit :

« Celui qui m'a aidé dans cette circonstance
et qui m'aidera encore toutes les fois que j'en
aurai besoin, est un ami véritable. La reconnaissance m'oblige à ne rien lui refuser. Il désire que
nous allions au temple avec lui ; — eh bien !
nous nous y rendrons pour lui faire plaisir ! »

Manette le regarda, stupéfaite :

« Ah! tu appelles cet homme un ami? Celui
qui, pour te rendre un service, te prend ta liberté !

— Pas de grands mots, Manette, s'il te plaît.
Cela ne convient pas aux femmes. Personne
ne touche à ma liberté; n'en sois pas plus inquiète que je ne le suis. C'est volontairement
que j'irai au temple; non pour y prier; si je
voulais prier, je choisirais plutôt nos églises;
mais pour obliger ce bon M. Jacob.

— Et ce bon M. Jacob, demanda Manette
avec amertume, souhaite que ta femme et ta
fille t'accompagnent?

— Il en sera naturellement fort aise, et son
intérêt pour nous s'en augmentera d'autant.
Vous ne pouvez pas avoir l'air de mépriser des
bienfaits dont vous profitez.

— Tu te trompes, François; nous n'en pro-
fiterons point. Je suis bien sûre qu'Anne,
comme moi, préférerait manger du pain noir
que de devoir du pain blanc à ce pasteur protestant; n'est-ce pas, ma fille?

— Oui, maman; répondit Anne d'une voix
ferme, mais en pâlissant, car le regard de son
père s'enflammait de colère.

M. Pigard s'avança vers elle, la main levée.
La petite recula jusqu'à ce que l'arrêtât la muraille.

Un léger coup frappé à la porte empêcha celui que l'enfant allait recevoir.

Mme de Chambelle entra. Croyant M. Pigard absent, elle n'avait pas perdu de temps pour porter à Manette le bienheureux don.

François salua d'un air gauche et voulut s'esquiver.

« Restez, monsieur Pigard, je vous en prie ; lui dit l'aimable dame avec une bienveillance qui le désarma malgré lui. J'ai à parler à votre femme, mais je ne voudrais vous gêner en rien. »

François présenta une chaise ; tandis que Manette et sa fille considéraient avec espérance la physionomie radieuse de Mme de Chambelle.

« Je suis sûre, dit Manette, que madame va nous apprendre quelque heureuse nouvelle ; il me semble que je lis cela sur sa figure ! Au moins, nous n'aurons pas à craindre de ce côté des conditions qui rendent un bienfait amer.... »

Mme de Chambelle devina en partie ce que Manette voulait dire. Elle comprit que cette fois il était bon de parler devant François.

« Vous avez deviné juste, ma bonne madame

Pigard. Une riche et pieuse amie, dont je viens de recevoir la visite, m'a remis pour vous un secours qui vous sera bien utile, je ne le sais que trop... C'est une sainte âme, toute pénétrée des devoirs que Dieu impose aux riches en leur accordant la fortune. Ce qu'elle donne est incalculable, et pourtant elle trouve toujours le moyen de recommencer! Je lui ai parlé de votre malheureuse position; aussitôt, son cœur s'est ému et voici ce qu'elle m'a chargée de vous faire accepter. — Sa fille, élevée dans les mêmes sentiments, a voulu joindre son offrande à celle de sa mère. »

Manette demeura ébahie devant les trois pièces d'or.

« Est-ce possible, Seigneur mon Dieu! Si je ne me trompe, il y a là cinquante francs... Tout cela ne peut être pour nous, n'est-ce pas, madame? O mon Dieu, mon Dieu, quel bonheur ! »

— Cinquante *et dix :* soixante ! *pensait* M. Pigard. Nous sommes sauvés; mais je vois d'ici que ni l'une ni l'autre n'iront au temple. — Ma foi, tant pis pour M. le pasteur! Après tout, je ne serai pas très-fâché de lui montrer que

je ne suis pas tout à fait son humble serviteur.
Manette ne manque pas de bon sens, quand
elle déclare que des services de ce genre sont
gênants. »

Manette n'en manqua pas davantage en demandant, le soir même, à son époux :

« Eh bien, répéteras-tu encore que *les
riches ne sont bons à rien?* »

Un gentil petit feu brûlait dans le poêle. Sur
la table autour de laquelle étaient assis gaie-
ment le père, la mère et la fille, une soupière
fumante exhalait l'odeur appétissante d'un
bouillon très-soigné. La viande fumait aussi.
Il y avait longtemps que semblable repas
n'avait été apprêté dans la mansarde.

— Si tous les riches ressemblaient à cette
dame, répondit François ; nous ne leur ferions
pas la guerre. Et pourtant, femme, une chose
est meilleure encore que de recevoir des secours : c'est de n'en avoir pas besoin ! »

Manette allait répliquer : « *Travaille alors !* »
Elle craignit de troubler par une altercation
la sérénité de cette soirée. Elle se borna donc à
dire, moitié plaisantant, moitié sérieusement :

« On partagerait aujourd'hui entre tout le monde la fortune des quelques millionnaires auxquels tu portes envie, que chacun n'en aurait qu'une mince part. Et demain, cette mince part aurait disparu pour beaucoup. La paresse, la boisson, le jeu feraient d'un millionnaire un pauvre, avec le temps. — Et qui donc secourra les malheureux, lorsque personne n'aura plus qu'à peine ce qu'il faut pour vivre ? Non, François, crois-moi, tu ne trouveras jamais un peu d'aisance que par le travail. Ne nous occupons pas des riches, à moins que ce ne soit pour bénir ceux qui font du bien. Puisque le bon Dieu a permis que dans tous les temps il y ait des riches, c'est que les riches sont bons à quelque chose ! »

CHAPITRE XX

Nouveau bienfait de la Providence.

Très-souvent il arrive que les difficultés et les peines se sont accumulées autour de nous de telle sorte que nous n'entrevoyons plus le moyen d'en sortir... Et c'est à ce moment, où tout semblait désespéré, que le secours d'en-haut nous vient !

Ainsi, après un noir orage, le ciel, s'éclaircissant soudain, laisse reparaître la lumière du soleil. La nature se ranime; les gouttes de pluie elles-mêmes deviennent autant de perles brillantes qui semblent sourire.

Dieu ne nous avait montré la profondeur de l'abîme que pour nous faire apprécier davantage sa puissance et sa bonté. Combien nous serions ingrats d'oublier, lorsque le danger s'est évanoui, les actions de grâces que nous devons à Celui qui nous en a tirés !

Quelque simple que fût encore l'esprit de la petite Anne, ces réflexions la frappèrent profondément, quand Mᶜ de Chambelle les fit devant elle. Remontée à la mansarde, elle les répéta naïvement à sa mère :

« Pensez donc, maman, que hier matin nous ne savions plus comment nous aurions du pain ; et dans cette seule journée, Dieu nous a envoyé tant d'argent que nous voilà riches ! Mᵉ Camille est joyeuse d'avoir si bien réussi. Elle me faisait ajouter un *Souvenez-vous* tous les matins à ma prière pour supplier la sainte Vierge de prier le bon Dieu qu'il eût pitié de nous. A présent, il s'agit de le remercier ; n'est-ce pas, maman, que vous le faites aussi?

— Pourquoi me demandes-tu cela ? Est-ce que tu ne m'as pas vue m'agenouiller bien des fois?

— Oui, maman, quand vous étiez trop désolée. Mais...

— Mais quoi? reprit la mère, si heureusement disposée qu'elle n'avait nulle envie de se fâcher ; — Anne le sentit.

— Eh bien, maman, répondit-elle, prenant comme on dit vulgairement *son cou-*

rage à deux mains; est-ce que vous ne voudriez pas aller à la messe avec moi dimanche, pour remercier le bon Dieu?

— C'est Mlle Camille qui t'a soufflé cette parole; avoue-le-moi... »

Anne rougit :

« Non, maman; répondit-elle, cela m'est venu *de moi-même.* »

Manette ne put s'empêcher de rougir aussi en demandant :

« Et à quel propos cela t'est-il venu?

— Je ne sais pas, maman, mais je serais si contente d'y aller avec vous! C'est peut-être parce qu'on ne vous voit pas à l'église, que M. Jacob avait espéré que vous iriez au temple... Mais vous êtes catholique, maman, et c'est une si grande grâce! Malheureusement, je ne peux pas espérer que papa aille jamais à la messe, lui! Alors.... »

Manette interrompit sa fille avec une dignité qui impressionna vivement celle-ci :

« Une enfant ne doit jamais désespérer du salut de ses parents. Quoique je ne t'aie pas encore accompagnée à l'église, je n'ai point oublié les leçons que j'ai reçues de M. le curé et de ma mère. Je comprends parfaitement que j'ai eu tort en ne pratiquant pas tout ce que je crois. Je te suivrai à la messe dimanche, et j'espère ne plus manquer à ce devoir... Mais je ne te permets pas de supposer que ton père ne le remplira jamais. Moi, j'ai l'espoir qu'il se souviendra un jour, comme moi, des enseignements de sa jeunesse...

— Oh! maman, j'espère aussi à présent, s'écria Anne; puisque nous serons *deux* à demander cette grâce au bon Dieu ! »

Constatons ici les progrès remarquables de l'intimité confiante entre la mère et la fille; intimité qui devenait un bonheur pour Manette autant que pour Anne.

Elles avaient souffert et pleuré ensemble; rien n'unit plus étroitement!

Anne perdait de sa timidité depuis qu'elle était forcée à des rapports quotidiens avec des étrangers; elle osait davantage parler, s'ouvrir à sa mère, la laisser lire dans son jeune cœur; et sa mère ne trouvait que des sujets de joie dans tout ce qu'elle y lisait!

Les eçons de la Foi faisaient germer dans cette jeune âme la vertu avec la piété...

Manette, trop longtemps partagée entre les sollicitations de la grâce et les résistances de l'opiniâtre nature, se laissa enfin gagner par sa fille. Elle l'accompagna à l'église le dimanche suivant, et y promit à Dieu de remplir désormais entièrement et fidèlement ses devoirs de chrétienne...

Dans l'après-midi, lorsque François fut sorti, ainsi qu'il en conservait l'habitude, Anne demanda tout à coup à sa mère :

« Est-ce que vous ne vous achèterez pas une robe cette semaine, maman, pour remplacer la vôtre qui est si passée?

— Une robe à moi, ma fille; y penses-tu? M'acheter une robe, quand nous avons des dettes!

— Ah! fit Anne tristement; nous avons des dettes?

— Hélas! oui, ma fille! Il m'a fallu souvent prendre le pain à crédit chez le boulanger, et du beurre et du sel chez l'épicier, sans parler de bien d'autres choses. J'ai payé hier une partie de ce que je devais, et je n'achèterai rien tant que je n'aurai pas acquitté le tout. Je vais de ce pas chez notre bonne voisine que j'ai déjà cherchée plusieurs fois, pour lui rendre ses dix francs. Attends-moi là...

— Quel dommage que maman ne puisse s'acheter une robe! pensa Anne, restée seule. Elle fait très-bien de vouloir payer ses dettes, puisque le catéchisme nous apprend que nous devons le faire : mais c'est égal, j'aurais été si contente ! — Si seulement, on lui payait bien cher son travail, cette fois... Nos cinquante francs s'en vont très-vite, et maman a laissé à papa l'argent de M. Jacob... »

La porte s'ouvrit brusquement, et François rentra. Il était rouge, et ses yeux étincelaient. Anne eut peur ; elle aurait bien souhaité pouvoir rappeler sa mère...

« Où est Mme Pigard ? demanda l'ex-concierge, du ton solennel qu'il employait dans les grandes occasions.

— Elle est ici tout près, papa, chez Mme Joseph. Faut-il que j'aille la chercher ?

— Elle choisit bien son temps ! Sortir, quand on vient lui apprendre des choses si importantes... Cours la chercher, petite ! »

Ce simple mot : *petite*, produisit sur Anne un effet magique... — *Petite !* Il y avait de l'affection, presque une caresse, dans ce terme que son père n'employait jamais. L'événement, certes, ne pouvait être qu'heureux.

Le cœur de l'enfant se dilata ; la reconnaissance et la joie en débordèrent et se firent jour dans ces paroles :

« J'y vais tout de suite, *père*... »
Ce fut au tour de François d'être attendri : jamais non plus Anne n'employait ce nom si tendre et si doux. Il l'interrogea du regard. Elle répondit par un sourire.

Ce sourire aimable semblait dire : « Oh ! qu'il fait bon aimer son père et se sentir aimée de lui ! »

François, attirant l'enfant entre ses bras, lui déposa sur le front un baiser retentissant.

« Maman, maman, s'écria Anne en apercevant sa mère qui sortait de chez Mme Joseph ; venez vite trouver papa. Il a de bonnes nouvelles à vous apprendre, car il est si bon aujourd'hui et il m'a embrassée !...»

M. Pigard raconta qu'il avait rencontré un

pays, un brave jeune homme qu'il avait laissé presque enfant au village et que pourtant il avait reconnu tout aussitôt :

« C'est le petit Vincent. Tu dois t'en souvenir, Manette? J'ai été obligé de lui dire mon nom. Il n'a pas souffert comme moi, lui! Il travaille depuis bientôt dix ans chez le même patron, un riche entrepreneur de terrassements, qui le loge, le chauffe et le paie grassement. Mais voici le plus intéressant; c'est qu'en apprenant dans quelle triste position nous sommes, il m'a dit: « Justement, un de mes bons camarades quitte la maison pour se marier et occuper un autre emploi. C'est une place à remplir; elle sera prise bien vite, parce qu'elle est bonne. La voulez-vous, mon pays? Je suis presque certain que le patron vous acceptera sur ma recommandation. » — Je n'avais guère le temps de la réflexion; le brave garçon craignait si fort qu'on ne donnât la place à un autre, qu'il voulait aller sur-le-champ parler à son patron. Ma foi, j'ai dit *oui* sans hésiter. Nous avons assez souffert comme cela.... Je suis déterminé enfin à piocher rude pour sortir de là. — Qu'en dis-tu, femme?

— Je dis... je dis... s'écria Manette n'en pouvant croire ses oreilles ; je dis que c'est encore un coup du Ciel... Quand faudra-t-il que tu te présentes au patron ?

— Le brave Vincent viendra ce soir ici pour te voir et pour causer avec moi tout au long de l'affaire. — Ce qui est urgent, poursuivit François presque timidement, c'est que tu voies à m'habiller des pieds à la tête. Tout est au Mont-de-Piété, ou vendu ; je ne puis me montrer dans cette maison sans être convenablement vêtu. »

L'esprit de Manette était agité par des pensées où l'inquiétude reparaissait malgré elle. François serait-il vraiment cette fois énergique et persévérant ? Si l'on allait faire pour lui des dépenses inutiles ! Payer pour dégager ceci ; payer pour acheter cela... Et puis, qu'entendait-il par ce mot *convenablement* vêtu ? Voudrait-il donc s'habiller comme un monsieur, au moment de travailler en ouvrier ?

« Certainement, dit-elle à son mari ; tu devras être proprement habillé ; mais je ne pense pas que tu songes à mettre un paletot. C'est une blouse qu'il te faut. »

François eut un mouvement d'impatience.

«Une blouse! répéta-t-il. J'en mettrai une, si cela est nécessaire, quand je serai à l'ouvrage. Mais pour me présenter, c'est un paletot que je veux.

— Sois tranquille! reprit Manette, craignant de le décourager; je t'achèterai une blouse si bien faite que tu auras très-bon air...

— Oh! oui, papa, cria Anne; vous aurez l'air tout à fait *comme il faut*! »

M. Pigard commença silencieusement fumer sa pipe, tandis que Manette s'occupait à préparer le dîner.

Anne, pressée d'instruire Mme de Chambelle, ou tout au moins Mlle Augustine, des heureuses nouvelles, descendit au premier avant l'heure où il lui fallait se rendre chez Mme Balaret.

Camille battit des mains en apprenant la détermination de M. Pigard d'accepter une place.

« Mais quel malheur, s'écria-t-elle; s'il allait renoncer à ce beau projet, pour ne pas mettre une blouse! Écoute, Anne, j'ai une idée : va chez Mme Balaret, puisque voici l'heure où elle t'attend; mais repasse chez nous avant de remonter. »

Camille courut demander à M. de Chambelle la permission de *fureter dans sa garde-
robe*. S'étant livrée aussitôt à d'actives recher-
ches, elle parvint sous la direction de sa bonne
mère à constituer une toilette presque complète pour M. Pigard.

Paletot, pantalon, chapeau même, tout y
était. Les souliers seuls manquaient, mais,
comme le dit Anne à ses chères protectrices
non moins joyeuses qu'elle : « Pour des souliers, maman en achètera, puisqu'elle a de
l'argent. »

Hélas ! M. Pigard regarda dédaigneusement
le précieux paquet, dont Anne essoufflée étalait
avec précipitation le contenu devant lui.

« Remporte cela. Pour rien au monde, je
n'accepterai les défroques de M. de Chambelle. »

Anne ne se pressa pas d'obéir, ce qui donna
le temps à Manette de faire de sages remon-
trances, d'abord mal reçues, puis enfin mieux
accueillies. La substance en était : que puisque nous devons tous nous entr'aider, il n'y
a pas de déshonneur pour les moins bien par-
tagés à recevoir un secours ; plus tard, ils en

donneront peut-être à d'autres. M. et Mme de
Chambelle n'étaient pas de ces riches orgueilleux dont les secours humilient. On était trop
heureux d'être obligé par eux... etc., etc.

M. Pigard daigna se laisser convaincre.

CHAPITRE XXI

Une sage détermination.

Le brave jeune homme dont M. Pigard avait fait la rencontre providentielle était venu passer la soirée, comme il l'avait promis, rue de la Félicité.

C'était un *brave jeune* homme dans toute la force de ce terme : honnête et courageux, ne faisant jamais de tort aux autres, maîtres ou compagnons ; et profitant avec énergie de toutes les occasions de travailler.

Venu à Paris sur l'invitation de quelques camarades, qui malheureusement n'avaient pas persévéré dans la bonne voie, il avait résisté à tous les mauvais exemples.

C'était à qui, parmi les patrons, emploierait un tel ouvrier !

Il gagnait, l'un dans l'autre, quatre à cinq

francs par jour. Ne dépensant jamais rien au cabaret, il pouvait, à chaque quinzaine de paie, mettre de côté quelques pièces d'argent. Il eût amassé rapidement, s'il n'avait été aussi bon fils que bon ouvrier, un pécule très-rond.

Mais ses parents étaient âgés et infirmes. Il leur devait tout. Son père lui avait de bonne heure inspiré le goût et l'habitude du travail. Sa mère, qui était une sainte femme, lui avait inculqué les principes religieux qui le préservaient du mal et lui faisaient pratiquer le bien.

Vincent leur rendait maintenant les bons offices qu'il en avait reçus. De loin, il soignait leur vieillesse en leur donnant les moyens de se procurer, non-seulement le nécessaire, mais encore certaines douceurs. Il consolait leurs cœurs par la tendresse et le respect qu'il leur témoignait.

De temps à autre, il faisait, pour les voir, un voyage au pays. Il leur répétait alors ses rêves pour l'achat de la petite maison dont ils n'étaient que locataires. Mais eux le pressaient de mettre pour lui-même de l'argent à la caisse d'épargne.

Vincent n'avait pris un livret qu'après avoir

entièrement payé la modeste propriété. Il redoublait d'ardeur pour que des économies nouvelles ne diminuassent point celles dont il expédiait le montant à ses parents.

Cela ne l'empêchait point d'assister à l'occasion un ami nécessiteux. Il offrit ce même soir à François de lui faire quelques avances. Heureusement, M. et Mme Pigard n'eurent point à accepter cette charitable proposition.

Combien M. Pigard se repentait d'avoir jadis jugé ce jeune homme, un garçon *qui manquait de capacités et qui ne ferait jamais son chemin dans le monde.*

Le fait est que Vincent n'avait pas eu le bonheur de recevoir de M. le curé les leçons à l'aide desquelles François s'était trouvé posséder un peu d'instruction. Il avait appris à lire; mais il n'avait pu suivre régulièrement l'école, parce que son père avait besoin de ses services. A peine savait-il alors faire l'une des quatre règles de l'arithmétique!

En arrivant dans la grande ville où les ressources abondent, — dès qu'il lui eut été possible d'établir de la régularité dans l'emploi de son temps, — Vincent consacra ses soirées à fréquenter les cours ouverts tout exprès pour les ouvriers. Il en devint bientôt l'un des meilleurs disciples.

M. Pigard, quoique n'étant pas au courant de cette circonstance, ne put s'empêcher de remarquer que son jeune *pays* avait énormément gagné...

« Pas si simple après tout, pensa-t-il ; ce bon petit Vincent ! »

Nous répéterons, dans un autre sens : — *Pas si simple*, l'homme de cœur qui résiste aux entraînements de la paresse et du plaisir, et sait se créer une existence aussi utile qu'honorable ! *Pas si simple*, le fils intelligent et dévoué qui secourt ses parents des fruits de son persévérant labeur ! *Pas si simple*, l'homme de foi qui ne se laisse point séduire par les discours ni les écrits irréligieux, parce qu'il sait y démêler le poison caché !

Manette était de cet avis ; ou plutôt elle donna la préférence à la simplicité sur d'autres avantages, car l'admiration avec laquelle elle écoutait Vincent lui fit prononcer tout bas cette naïve exclamation :

« *Quel dommage que François ait tant d'es-*
prit ! »

Sans élever aucune objection critique à
propos de ce regret, je me permettrai de dire
que ce n'est pas l'*esprit* qui nuit; c'est l'u-
sage plus ou moins judicieux que l'on en fait.

M. Pigard n'avait pas suivi une mauvaise
voie parce qu'il était doué d'une certaine
intelligence, ni parce qu'il avait reçu une certaine instruction; mais bien parce que cette
intelligence et cette instruction, en lui inspirant
de l'orgueil, l'avaient aveuglé.

Il n'avait plus voulu se laisser guider par les
enseignements de la Religion. Il s'était déclaré
indépendant, et n'avait pas craint de s'élever,
lui, M. Pigard, contre la sagesse et la science
des Pères de l'Église, l'autorité des Conciles et
celle du Saint-Siége !

En abandonnant les dogmes, il avait surtout rejeté la morale du Christianisme. De là,
nous le savons, dataient tous ses malheurs...

Mais espérons que les prières de la chère petite Anne obtiendront la conversion de son père !

Déjà la raison se faisait mieux écouter. François, se rendant au conseil que lui donnait Vin-

cent, promit d'aller dès le lendemain matin trouver le patron de celui-ci.

Vincent affirmait, non certes par vanité, mais pour consoler ses amis, que son maître avait accueilli sa recommandation de manière à lui inspirer les meilleures espérances.

« Seulement, François, ajouta-t-il du ton convaincu d'un honnête homme; je compte sur toi pour ne pas faire mentir ma parole... J'ai répondu de toi comme de moi-même. Tu me promets, n'est-ce pas? aussi vrai que Dieu nous entend, que l'on n'aura qu'à se louer de toi? »

M. Pigard allait balbutier une molle promesse.

Il rencontra le regard suppliant de Manette; il vit Anne joindre les mains... Une sorte de commotion le fit tressaillir et d'une voix mâle, il répondit :

« Je te le promets, Vincent... »

Dès le lendemain, l'arrangement fut conclu entre le patron et M. Pigard. On montra à celui-ci la chambre (petite, mais bien close et proprette) qu'il pourrait occuper s'il préférait, comme d'autres employés, habiter sur les lieux. Il n'aurait point ainsi de course à faire chaque matin et quelquefois la nuit, pour les corvées que l'on répartissait équitablement entre tous les charretiers.

François débattit cette question avec Manette. Celle-ci hésitait.

Si son mari s'éloignait d'elle, comment serait-il nourri et soigné? Quel argent ne dépenserait-il pas? A quelles tentations ne serait-il point exposé?

D'un autre côté, s'il faisait tous les jours cette longue course, il serait fatigué avant que d'avoir seulement commencé sa besogne; besogne très-rude et à laquelle il ne s'était jamais livré. Puis, cette longue course et cette fatigue deviendraient un prétexte à des haltes dangereuses...

« Ce qu'il faudrait, pensa la pauvre femme; c'est que j'allasse demeurer avec lui là-bas; mais comment me séparer de ma fille, qu'il me serait impossible d'emmener? »

Manette se promit de consulter Mme de Chambelle; le mari et la femme convinrent que François commencerait son service *à l'essai*, avant de prendre un parti définitif.

Il importait en effet de savoir si M. Pigard s'accoutumerait à ce travail et si le patron serait satisfait de ses débuts.

Pendant les deux premiers mois, tout alla à merveille. François partait régulièrement le matin et revenait de même. Il était content ; par conséquent, Manette l'était aussi et leur fille de même.

Mais peu à peu les inquiétudes recommencèrent, pour la pauvre femme et pour l'enfant associée aux soucis d'un autre âge.

M. Pigard était revenu un soir plus bavard que de coutume et gai d'une gaieté qui n'avait rien de naturel... Le lendemain, au contraire, il rentra très-sombre. A peine répondit-il deux mots à Manette, qui redoutait une indisposition.

Le surlendemain, la démarche était plus incertaine encore, les propos incohérents...

Il n'était plus possible d'en douter : M. Pigard retombait dans la vieille ornière. Il n'avait pas su résister à l'invitation de se rafraîchir, par un temps dont la chaleur ajoutait aux lassitudes du travail. Le péril irait tous . les jours en augmentant...

Le parti de Manette fut bientôt pris. Elle allait sacrifier ses goûts, ses habitudes, ses satisfactions de cœur ; mais le devoir parlait, et Manette, redevenue bonne chrétienne, immolait tout au devoir.

Elle savait même dompter assez son caractère, naturellement vif, pour conserver presque toujours maintenant le calme de la voix et des expressions en s'adressant à son mari :

« Écoute, mon homme, lui dit-elle ; je sens que nous ne devons pas prolonger notre essai. Après avoir laborieusement travaillé toute la journée, tu es trop las pour que je te laisse faire une course aussi lointaine. Dans la mauvaise saison, la peine serait pire encore. Je suis résolue à m'établir avec toi là-bas, puisque ton patron veut bien le permettre.

— Tu quitterais pour moi ta fille ! » s'écria François ému...

Les yeux de Manette se remplirent de larmes, mais elle reprit d'une voix ferme :

« Ce sera un grand sacrifice, j'en conviens... Heureusement, je n'aurai aucune inquiétude sur elle, la laissant à Mme de Chambelle. Mon devoir est de partir, et le plus tôt sera le meilleur. »

François fut vivement touché du dévouement de sa femme. Il le fut surtout de la délicatesse avec laquelle celle-ci s'était abstenue de faire allusion à l'intempérance des derniers jours.

Peut-être comprit-il qu'elle voulait le surveiller de plus près ; mais puisqu'elle ne le disait pas, il ne s'en formalisa point. — Qui sait même s'il ne s'en réjouit pas au fond !

La semaine qui suivit, M. et Mme Pigard s'installèrent dans le quartier éloigné qui semblait à Manette *le bout du monde !* Et la chère petite Anne se trouva entièrement confiée à sa bonne protectrice.

La pauvre enfant avait amèrement pleuré en voyant partir son père et sa mère. Quand, du seuil de la porte cochère, elle ne put plus apercevoir au bout de la rue la charrette à bras emportant le mince mobilier que traînait François et qu'escortait Manette, des sanglots lui échappèrent...

Elle se sentait si seule !

Quelque sévère qu'eût été pour elle son

père, il était son père... Et quant à sa mère, elle était si bonne et si tendre !

Aucune affection, aucun dévouement ne saurait remplacer l'amour, ni dédommager de l'absence d'un père et d'une mère.

Mme de Chambelle et Camille laissèrent d'abord pleurer à l'aise la petite fille, dont les larmes dégonflaient le cœur ; puis, elles ranimèrent son courage en lui parlant des visites que François et Manette lui feraient chaque dimanche, dans la chambrette devenue *sienne* en toute propriété.

Mme Joseph, l'obligeante voisine qui demeurait à côté de la mansarde, veillerait sur Anne lorsque celle-ci aurait affaire là-haut. Pour les nuits, elle continuerait à les passer chez Mlle Augustine.

Cette course de M. Pigard accompagnant sa femme tous les dimanches rue de la Félicité, serait un préservatif heureux contre les entraînements des mauvaises compagnies.

Anne, qui commençait à bien coudre, — la bienveillante Mme de Chambelle l'affirmait, — serait payée désormais en proportion de son travail. Elle prendrait ses repas avec Mlle Augustine, son *Mentor* habituel.

Chez Mme Balaret, elle se formait peu à peu à la cuisine. Il était donc permis d'espérer qu'elle pourrait se placer de bonne heure comme domestique *pour tout faire*, ou même comme femme de chambre.

Avec de la persévérance et une sage conduite, elle s'assurerait un heureux avenir.

CHAPITRE XXII

La première Communion.

Quelques semaines après le départ de M. et
de Mme Pigard, Mme de Chambelle reçut de
M. le Pasteur la demande : *de donner à Mme Jacob la petite Anne une heure chaque matin, pour
l'aider dans les soins du ménage.*

Quoique cet arrangement ne sourît pas
beaucoup plus à l'enfant qu'à sa digne protectrice, on ne put refuser de le conclure; c'était
augmenter de *dix francs* par mois le gain de la
petite fille, et M. Pigard en était ravi.

La douce Mme Jacob, avec laquelle Mme de
Chambelle entretenait d'agréables relations,
avait promis, de son propre mouvement, de ne
jamais rien dire ou rien faire qui fût de nature
à influencer les convictions religieuses d'Anne.
Celle-ci, d'ailleurs, était entourée d'appuis.

Néanmoins, il était permis de redouter le zèle entreprenant du Pasteur. Il voulait peut-être tenter de nouveaux efforts, avant que l'acte solennel de la première communion engageâ à jamais la petite fille dans les rangs catholiques.

Heureusement, l'approche de cette pieuse fête dont ne la séparaient plus que deux mois à peine, multipliait pour elle les secours. Son instruction religieuse s'augmentait et s'affermissait ; sa foi et sa piété devenaient de plus en plus vives. Elle était tout ardeur, et son courage pour le travail s'en accroissait d'autant.

Mme de Chambelle veillait à ce qu'elle ne se fatiguât point. L'emploi de sa journée était réglé avec sagesse et prudence.

Avant le déjeûner, Anne faisait *ses deux ménages*, — d'une heure chacun.

Elle rangeait aussi sa chambrette, et s'utilisait à de petites commissions pour la concierge.

A midi, elle déjeûnait et prenait une grande heure de récréation, à la suite de laquelle Mme de Chambelle ou Camille la faisait écrire, calculer, apprendre un peu de géographie et d'histoire de France.

Mme de Chambelle pensait avec raison que, dans toutes les classes de la société, l'on doit s'intéresser à son pays, en connaître l'histoire et profiter de son mieux des exemples de nos devanciers.

La couture avec Mlle Augustine absorbait le reste de la journée, jusqu'au moment où Anne retournait chez Mme Balaret.

La soirée était laissée tout entière à la petite fille, afin qu'elle se reposât ou qu'elle travaillât pour elle-même.

Quand la saison le permettait, elle se promenait avec Mlle Augustine ou Mme Joseph.

Plusieurs fois, les jeunes demoiselles Jacob l'avaient priée de monter jouer avec elles ; mais Anne ne s'y sentait pas disposée et Mme de Chambelle ne l'y poussait point.

Outre qu'il n'eût pas été sage d'exposer la petite fille sans nécessité au danger que nous savons, Mme de Chambelle désirait que Anne ne sortît jamais de la réserve imposée par la différence des conditions sociales.

Certes, nous connaissons assez cette pieuse

dame pour ne point l'accuser d'orgueil. Personne n'en eut jamais moins qu'elle. Les plus petits et les plus pauvres lui paraissaient des frères, que leur misère lui faisait chérir davantage.

Mais c'est Dieu qui a établi dans le monde des inégalités, comme il y a dans la nature des montagnes et des vallées.

Les riches en intelligence ou en fortune sont faits pour répandre sur le pauvre les eaux bienfaisantes de leurs largesses, afin de glorifier Dieu par la charité qu'ils exercent en son nom.

Les pauvres font monter vers le Ciel en parfum d'agréable odeur les mérites de leur résignation, de leur humilité, de leur reconnaissance.

L'amour fraternel, comblant les distances, réunit tous les cœurs !

Parmi les malheureux d'aujourd'hui, plusieurs peut-être seront les heureux de demain... Ils comprendront alors mieux que je ne saurais le leur expliquer, que nul n'a le droit de porter envie au prochain. Prendre en haine ceux dont le travail a été couronné de succès, serait

une criante injustice. Ne le trouverions-nous
pas si c'était nous qui eussions réussi ?

Les domestiques qui deviennent *maîtres* à
leur tour sauront bien exiger de leurs serviteurs le respect et l'obéissance.

Ils ne leur permettront pas de sortir de leur
rang d'inférieurs.

Mme de Chambelle expliquait ces choses
avec tant de clarté que notre petite Anne les
comprenait à merveille. Seulement, certains
des devoirs qu'elle acceptait lui paraissaient
très-souvent pénibles.

Nous n'ignorons pas que chez Mme Balaret il
y avait toujours eu pour toute domestique des
difficultés réelles. Anne en rencontrait moins
qu'une autre, parce qu'elle résistait peu ; cependant, même sans résistance, il arrivait encore que de terribles chocs avaient lieu.

Nous devons ajouter, pour excuser Mme Balaret (car la Religion nous commande l'indulgence même envers les mauvais maîtres),
qu'une santé sans cesse ébranlée par de fortes
indispositions, augmentait beaucoup le penchant à l'impatience de la vieille dame.

Dans ces moments-là, Anne se sentait prise

d'un violent désir de faire exactement le contraire de ce que lui ordonnait sa maîtresse. —
Elle n'y résistait pas toujours.

Chez Mme Jacob, qui était bonne et patiente,
notre petite femme de ménage n'aurait rien eu
à souffrir, si M. le Pasteur, — dans les nombreux loisirs que lui laissaient son temple vide
et son école sans enfants, — ne s'était mêlé de
l'administration intérieure de sa maison.

Anne, tremblante, ne faisait plus rien de bon,
dès qu'elle apercevait ce visage à la fois austère et railleur ; qu'elle entendait cette voix sévère, gourmandant la femme, les enfants et
surtout la pauvre petite servante.

Au lieu d'un maître redoutable, elle en
avait deux alors ; car Mlle Zulma, espérant se
rendre son père favorable en faisant le bon
apôtre, recherchait et signalait sans pitié chaque erreur ou chaque maladresse de l'enfant.

Parfois, Anne devenait plus craintive encore... La voix de M. Jacob ne tonnait plus ;
prenant un accent caressant, paternel, il parlait à la petite fille des joies qu'elle eût goûtées
dans l'asile dont l'avait écartée la tendresse im-
prévoyante de sa mère...

Il lui faisait entendre qu'elle y serait accueillie et choyée, le jour où, mieux inspirée sur ses véritables intérêts, elle solliciterait de ses parents le consentement jusqu'alors refusé.

Zulma joignait de vives instances à ces insinuations doucereuses.

Mme Jacob se taisait, observant scrupuleusement la parole donnée.

Plusieurs fois même, elle osa faire comprendre à son mari qu'elle n'approuvait pas ces essais de séduction.

Mais rien ne pouvait ébranler Anne. — Il arrivait, le grand jour !

M. Pigard lui-même se sentait ému lorsque pendant les visites de chaque dimanche à sa fille, celle-ci ramenant la conversation sur ce doux sujet, rayonnante de bonheur et de tendresse, suppliait son père d'assister à la belle cérémonie.

Il le promit enfin. Anne en remercia le bon Dieu à deux genoux !

Les journées lui eussent paru trop longues, si elle ne les avait bien employées et si Mme de Chambelle ne lui eût fait comprendre que c'é-

tait peu de ce laps de temps, comparativement
à ce qu'il en faudrait pour préparer au Seigneur une demeure digne de lui.

Enfin se leva pour la chère petite cette fête
sans nuages, dont chacun de nous garde au
fond de son âme le radieux souvenir!

Anne, mêlée à la foule de jeunes vierges qui
entouraient la Table sainte, se faisait distinguer
entre toutes par sa modestie et par son recueil-
lement.

Qui pourrait dépeindre ce qui se passa dans
son cœur quand y entra le bon Maître, le
divin Sauveur, après lequel depuis si longtemps
elle soupirait!

Comme elle lui promit de lui être fidèle
toujours; d'accepter toutes ses volontés; de ne
jamais se plaindre du sort qu'il lui ferait; d'ê-
tre heureuse au contraire des souffrances et
des travaux par lesquels il lui permettrait d'a-
cheter le Ciel!

« Oh! Mademoiselle, dit-elle le soir à Camille qui lui faisait raconter ses émotions;
mon seul regret, c'est qu'elle ait passé si vite
cette belle journée!

— Mais, ma chère petite Anne, tu la feras revenir chaque fois que tu le voudras, puisque tu pourras communier maintenant. Je te connais assez pour savoir que ce n'est ni la robe blanche, ni le long voile, ni le cierge que tu regrettes, — quoique ce costume et ces lumières soient jolis, parce qu'ils représentent la pureté, l'innocence et la foi.

— Mademoiselle, ce qui m'a fait le plus de plaisir, après la joie de recevoir le bon Dieu, c'était de me voir entourée de tant de jeunes filles qui le recevaient aussi. Je croyais que j'étais au Ciel au milieu des anges...

— Vous étiez des anges vraiment, et je t'assure que je me sentais fière de me trouver dans votre compagnie et de communier après vous !

— J'ai bien prié pour vous et pour Mme de Chambelle à qui je dois tout ce bonheur. J'ai prié pour elle autant que pour papa et maman... Je suis trop petite pour bien vous dire ce que je sens, mais je suis sûre que le bon Dieu me comprend, et qu'il vous bénira... Vous êtes si bonnes pour nous ! Chaque fois que nous avons eu quelque chose d'heureux, c'est par vous que cela nous est venu ! Et quand nous avons du chagrin, c'est toujours vous qui nous consolez !.. »

Anne s'arrêta, suffoquée par les larmes de la reconnaissance. Camille, pleurant aussi, l'entoura de ses bras :

« Et toi donc, ma petite Anne, ne fais-tu rien pour nous, toi qui nous aimes et qui nous rends avec tant d'empressement mille petits services? Je t'assure que c'est de tout mon cœur que je t'aime, et j'ai prié pour toi ce matin comme pour une sœur.

— Oh ! Mademoiselle, que c'est bon à vous de me dire cela, à moi qui ne suis qu'une petite fille de pauvres gens...

— Tu es la fille de Dieu comme moi, et au pied de l'autel, il n'y a plus les différences qui existent dans le monde. Ton père, qui parle tant de la *fraternité*, a pu voir ce matin que c'est là qu'elle se rencontre.

— Je vous dirai, Mademoiselle, que papa l'a remarqué vraiment. Il se trouvait placé avec beaucoup de messieurs dans le chœur, à côté du grand-père de Mlle Sophie qui *renouvelait* sa première communion, comme vous le savez. Quand ce bon M. Valdès m'a vue m'agenouil-

ler à la sainte Table, il a tendu la main à papa ;
papa me l'a raconté avec plaisir, en ajoutant :
« *On aurait cru que nous étions frères, tant nous*
nous sommes donné avec cordialité cette poignée
de main. Vraiment, M. Valdès n'est pas orgueil-
leux. » Et moi, j'ai répondu : « *Cela ne m'é-*
tonne pas, puisqu'il est religieux. »

— Tu as très-bien fait de répondre cela.
Ton père y réfléchira probablement. Sais-
tu que maman m'a dit tantôt : « *J'espère*
fermement que notre petite Anne convertira
un jour son père, comme elle a converti sa
mère!

— Mme de Chambelle a cette espérance?
Oh ! que j'en suis contente ! Mais il n'était pas
difficile, je vous l'assure, Mademoiselle, de décider maman à communier avec moi. Elle en
avait envie... Papa, au contraire, est encore si
éloigné...

— Tu vois pourtant qu'il a bien voulu assister à ta première communion, après avoir
tant de fois déclaré qu'il ne mettrait jamais les
pieds dans une église... Et ses impressions
ont été très-satisfaisantes. D'ailleurs, tu as
prié pour lui ce matin et Dieu accorde des

grâces nombreuses le jour de la première communion.

— J'en ai demandé encore une, Mademoiselle, mais je ne sais pas si je dois vous en parler. J'ai peur que *vous ne me trouviez trop exigeante* envers le bon Dieu...

— Sois tranquille, tu ne le seras jamais assez! Dieu aime qu'on lui demande beaucoup.

— Alors, reprit Anne en rougissant; j'aurais peut-être bien fait de nommer aussi *M. Jacob.* Je n'ai demandé que la conversion de Mme Jacob et celle de ses petites filles, que je trouve si malheureuses de ne pouvoir faire comme moi leur première communion.

— Tu as peur que la conversion de M. Jacob ne soit difficile? Mais qu'y a-t-il d'impossible à Dieu? — Tu as eu raison de prier pour la bonne Mme Jacob. Moi, je le fais tous les jours, depuis que maman me l'a conseillé. Tiens, veux-tu que nous formions un complot ensemble? — Un complot très-innocent et dans lequel tu peux entrer sans scrupules le jour de ta première communion. — Disons, toi et moi, tous les soirs, un *Pater* et un

Ave Maria pour la conversion de la famille Jacob, — la famille *tout entière*, tu me comprends ?»

Anne s'y engagea joyeusement, et cette résolution termina dignement le grand jour.

CHAPITRE XXIII

Un livret à la Caisse d'épargne.

Anne grandissait et se fortifiait à vue d'œil ;
c'était uniquement par habitude que l'on continuait dans la maison à la nommer la *petite*
concierge. Quant aux fonctions attachées à ce
titre, elle les remplissait toujours avec activité.

Rien n'est bon pour la santé comme un travail régulier, qui nous préserve de l'ennui,
maintient en nous le contentement, la paix,
et développe nos forces par l'exercice même
que nous en faisons !

Anne, fraîche, alerte et gaie, faisait plaisir à
voir. Si nous la comparons à ces enfants de familles opulentes, que l'on gâte du matin jusqu'au soir ; qui s'ennuient de l'abondance, se
fatiguent du désœuvrement et se portent d'autant plus mal qu'ils sont plus soignés, nous
dirons en toute vérité :

« Dieu a bien fait toutes choses ! S'il donne
la richesse aux uns, il accorde aux autres des
grâces mille fois plus précieuses ! Il est le
Père tendre des enfants pauvres, aussi bien
que des enfants riches... »

Mais devrais-je compter Anne maintenant
parmi les enfants *pauvres* ? — Non certes ! —
Si elle n'est pas riche encore, elle est cependant à l'abri du besoin, elle qui, à *treize ans*,
gagne déjà... — Calculons, ainsi que le faisait
incessamment Camille pour sa chère protégée :
— *Quinze francs* par mois entre les deux mai-
sons de Mme Balaret et de Mme de Chambelle,
et *dix* chez Mme Jacob, — voilà *vingt-cinq
francs ;* autrement dit, *trois cents francs par
an...*

Il est vrai que si notre petite femme de
ménage eût dû se nourrir, se loger et se vêtir
à ses frais, son bénéfice n'eût point été grand.

Mais la Providence se montrait pour elle
prodigue de largesses !

Anne était logée gratuitement et nourrie de
même. Quant à son entretien, Camille y
pourvoyait presque complétement. Pourtant,
Mme de Chambelle jugeait utile d'accoutumer

Anne à s'acheter, de temps à autre, les objets de première nécessité.

Elle dirigeait le goût de l'enfant vers l'utile aux dépens de l'agréable; lui faisant comprendre combien on est coupable, lorsqu'on sacrifie aux jouissances de la vanité les ressources que Dieu nous met entre les mains pour notre bien et celui de nos proches.

Quoique notre petite Anne ne fût pas portée autant que beaucoup de jeunes filles vers les futilités de la mode, ou plutôt du caprice, elle n'était pas tellement élevée au-dessus des faiblesses humaines que jamais elle n'eût de désirs déraisonnables...

Plusieurs fois il arriva qu'elle se passionna, elle aussi, pour une robe ou pour un châle, — même pour un bijou! Elle trouva, — disons-le bien bas, — sa protectrice *austère* et *sévère*... Elle pleura même du regret de renoncer à satisfaire une fantaisie qu'elle osait appeler une *nécessité*.

Et cependant, lorsque Mme de Chambelle, pour l'éclairer par l'expérience, l'eut, en deux ou trois circonstances, laissée maîtresse de s'acheter l'objet convoité, Anne, fort désappoin tée, ne ressentit aucune joie de son acquisition inutile.

Une fois, — il s'agissait d'un filet orné de perles de verre qui avaient séduit la petite fille et qui pourtant étaient d'un très-mauvais goût.

— Elle n'avait pas eu de repos qu'elle n'eût obtenu l'autorisation de faire cette dépense, modique du reste ; mais à peine eut-elle emprisonné ses tresses brunes dans le brillant réseau, que, toute honteuse du contraste qu'il produisait avec sa simple toilette, elle se hâta de le quitter.

Vainement Mme Joseph, qui avait blâmé l'achat, lui disait-elle : « Maintenant que vous avez ce filet, portez-le. » Rien ne put décider Anne. Elle cacha soigneusement l'objet qu'elle avait tant désiré, et sa conscience lui reprocha longtemps les quelques pièces de monnaie gaspillées ainsi.

C'est qu'elle sentait instinctivement, cette enfant nourrie de la morale chrétienne, que notre superflu appartient de droit aux pauvres ; et que tout objet inutile ou trop luxueux pour nous est du superflu.

Elle apprenait aussi que nous manquons à

l'humilité, en prétendant nous vêtir plus richement que ne le comportent nos moyens d'existence et notre condition sociale.

Plus d'une fois, M. Pigard s'était écrié : « Pourquoi ma fille ne serait-elle pas habillée comme une demoiselle de bonne maison? La fille d'un ouvrier vaut autant que celle d'un duc. »

Oui, aux yeux de Dieu. — Elle vaudrait même davantage, si elle était vertueuse et que la fille du duc ne le fût point.

Mais il ne s'ensuit pas de là que les enfants des ouvriers doivent se parer de la même manière que les gens riches.

Dieu a fait la pâquerette des champs et la rose; chacune a son charme, et la pâquerette ne serait-elle pas insensée autant que vaniteuse, si elle prétendait à l'éclat de la rose?

Sachons demeurer, pâquerettes, avec les pâquerettes. Nous n'y perdrons rien en bonheur, et nous y gagnerons en sagesse...

Tout annonçait, grâce à Dieu! qu'Anne resterait la fleur humble et modeste que chacun aime.

Sa mise était simple ; mais une propreté irréprochable régnait dans tous ses vêtements et sur sa petite personne. Toujours bien lavée, bien chaussée, bien peignée (que l'on me pardonne d'entrer dans ces détails), elle faisait réellement plaisir à voir.

La propreté ! Est-il rien de plus attrayant et de plus charmant ? Par elle, la moindre toilette devient jolie et, sans elle, rien de ce qui est joli ne plaît plus.

Donc, notre Anne était propre et simple. Cette économie dans l'emploi de son argent lui permettait de grossir chaque mois les *fonds* qu'elle avait à la caisse d'épargne.

Sa bienfaitrice lui avait donné, le lendemain de la première communion, un livret où *vingt-cinq francs étaient inscrits.* Ce devait être, pour Anne comme pour bien d'autres, le commencement d'une petite fortune édifiée sur le travail, l'honnêteté, la sagesse.

Il y avait six mois de cela ; et déjà la somme était montée au chiffre très-respectable de *quatre-vingt-onze francs !*

N'en soyons pas surpris. Anne ne dépensait guère plus de *cinq francs* par mois, pour son blanchissage et ses minimes besoins. Elle en donnait *dix* à sa mère, et en réservait autant pour la caisse d'épargne. Mme de Chambelle avait obtenu de Manette qu'elle consentît à cet arrangement.

En six mois, les dix francs en avaient produit *soixante* qui, ajoutés au don de Mme de Chambelle, faisaient *quatre-vingt-cinq francs*.

En dernier lieu, Manette voulant, elle aussi, arrondir le magot, avait dans ce but apporté *six francs* à sa fille. — Voilà bien, si je ne me trompe, les 91 francs !

On conçoit que Camille se livrât aux plus belles espérances pour sa gentille protégée !

Cependant le scrupule vint un jour à son âme pieuse : *« qu'il y a peut-être quelque chose de contraire à la confiance aveugle que nous devons avoir en Dieu, dans cette précaution que nous prenons pour l'avenir en mettant ainsi de l'argent en réserve... »*

Mme de Chambelle la rassura facilement : « Dieu, qui nous commande le travail, nous permet d'en recueillir les fruits et d'améliorer notre sort par les ressources que nous nous créons ainsi. De ce qu'il nous ordonne de lui

demander *notre pain de chaque jour*, il ne résulte
pas, comme tu sembles le craindre, ma chère
enfant, que nous ne devions rien réserver
pour le lendemain et pour l'avenir, de notre
bénéfice présent. Autrement, il faudrait donc,
dans une imprévoyance coupable, dépenser au
fur et à mesure tout ce que l'on gagne et s'ô-
ter ainsi par avance ce pain quotidien que l'on
demande à Dieu. Aidons-nous, et le Ciel nous
aidera ! — Nous prions Dieu de nous donner
notre pain, parce que lui seul peut rendre notre
travail efficace et que tout ce que nous acqué-
rons reste toujours à *lui*. Mais n'oublions pas
que la *prudence* est une vertu ; que la *sagesse*
nous est commandée, si nous voulons être bénis
de Dieu. Or, il est prudent et sage, non-seulement de pourvoir à son existence par de courageux efforts, mais encore de s'assurer des
ressources pour les jours de la maladie et le
temps de la vieillesse. Il est consolant surtout de préparer ces précieux secours aux
excellents parents, dont le travail a soutenu
la première partie de notre vie ; et c'est
là ce qui excite l'ardeur de notre petite
Anne.

— J'espère, maman, s'écria Camille, qu'ils auront, avec du pain, bien d'autres bonnes choses encore! Car Anne deviendra *riche*, c'est sûr, si elle continue comme elle a commencé.

— Ne souhaitons point qu'elle devienne riche, ma fille. La richesse ne fait pas le bonheur, tu le sais; et de combien de dangers n'entoure-t-elle pas les âmes qui se laissent attacher à ce fragile trésor! Avant le *pain quotidien*, le divin Sauveur nous fait demander que *le règne de Dieu arrive* et *que sa volonté s'accomplisse*. C'est pour nous enseigner que nous devons désirer les biens du Ciel avant tous ceux de la terre.

— Oh! je les désire *uniquement* pour moi, maman, je vous l'assure... Mais quand il s'agit de cette pauvre petite Anne, qui a déjà tant souffert de la misère et qui travaille tant, je ne puis m'empêcher d'être ambitieuse! Aussi suis-je bien contente que vous m'ayez délivrée de mon scrupule. Mais je vais tâcher d'être très-raisonnable et de me borner à souhaiter pour elle le nécessaire. — Êtes-vous bien sûre, au moins, maman, que les placements à la caisse d'épargne ne fassent courir aucun risque à ses économies?

— Je crois que ces placements sont les plus solides, comme les plus faciles. Quelques événements qui puissent survenir, personne ne voudrait faire perdre à la classe ouvrière des épargnes conquises au prix de mille sacrifices. — Mais je t'en prie, mon enfant, aidemoi dans le soin que je prends de défendre notre chère petite, contre une attache trop forte à ce qui constitue la *fortune*. Elle doit économiser sans avarice, et conserver son argent sans y tenir.—N'oublions pas que, lorsque Notre-Seigneur prononça cette parole profonde : « *Heureux les pauvres !* » il voulait nous apprendre à rester pauvres *en esprit*, au milieu même des richesses... c'est-à-dire à ne jamais les aimer, à nous conserver toujours dans la disposition d'en accepter la perte... L'artisan qui attacherait son cœur aux faibles épargnes amassées par lui ; qui se désolerait à la pensée qu'elles pourraient lui être enlevées ; ce pauvre artisan mériterait l'anathème porté contre les riches, tout autant qu'un millionnaire attaché de cœur et d'âme à ses millions. Les sentiments seraient les mêmes, chez l'un comme chez l'autre. Occupons-nous de l'avenir matériel de notre petite Anne, soit! Tu vois bien à quel point je m'y intéresse. Mais nous ne ferions point une œuvre de chrétiennes, si la pensée de ses intérêts spirituels ne dominait pour nous toutes les autres.

— Je comprends, maman, répondit Camille en rougissant, pourquoi vous me dites cela. Vous avez entendu, j'en suis sûre, que j'ai empêché Anne hier de donner *dix sous* à la vieille femme, pour qui le concierge faisait une quête dans la maison. — *Dix sous*, pour elle d'un seul coup, est-ce que ce n'était pas beaucoup?.. Elle en avait déjà donné trois, depuis le commencement de la semaine, et il ne lui en reste plus que quinze, pour ses petites dépenses, jusqu'à la fin du mois. — Heureusement qu'il est bien avancé...

— Je sais, ma chère enfant, que la vieille mendiante n'a pas souffert de ton conseil, puisque tu as tout aussitôt augmenté de dix sous ta propre aumône. Je ne serai jamais inquiète sous ce rapport; mais je veux que ma Camille, qui connaît et qui apprécie les jouissances de la générosité, les laisse connaître aussi à la chère enfant que nous dirigeons. Anne est naturellement disposée à soulager de son mieux la misère, dont elle et ses parents ont expérimenté les souffrances. Ne rétrécissons point son cœur ! — Elle est heureuse de remettre, chaque mois, à son père et à sa mère une partie de ce qu'elle a gagné. Tu te rappelles que nous avons eu beaucoup de peine à la faire consentir à ne leur abandonner que dix francs ?

— Elle voulait leur en donner vingt ! Mais M. Pigard est bien payé. Il est plus raisonnable, maintenant, de sorte que sa femme et lui sont dans l'aisance. Je trouve, maman, qu'ils pourraient bien économiser aussi...

— Mme Pigard y décidera son mari, un jour ou l'autre... Elle ne lui a parlé du livret de leur fille, que lorsqu'elle a été sûre qu'il n'y voudrait pas toucher. Elle s'y prend avec adresse pour le convaincre peu à peu de la nécessité de mettre de côté. Tantôt, elle lui rappelle les longs jours de gêne, qu'une maladie, un chômage, un accident quelconque ramènerait vite. — Tantôt, elle dirige leurs entretiens sur le village toujours regretté ; lui parle de la jolie maison rêvée, lui dépeint une existence tranquille, heureuse, estimée dans le pays natal. Cela lui fait toujours plaisir.

— Et cela l'encourage, maman ! Dernièrement, il allait sortir ; Anne me l'a raconté. Sa femme a dit un mot de leurs projets. Il est revenu sur ses pas, et a mis dans la main de Mme Pigard vingt sous qu'il aurait certainement dépensés. « Tiens ! s'est-il écrié ; je tâcherai de t'en garder d'autres. C'est pour le livret de notre fille. »

Mme de Chambelle avait espéré ces bons résultats pour le père, en donnant à l'enfant ce livret à la caisse d'épargne.

Le père de famille qui songe à l'avenir de ses enfants est sauvé de la fainéantise et de l'ivrognerie ; il n'y perdra plus son temps ni sa dignité d'homme.

Il ne se laissera plus entraîner dans des compagnies dangereuses autant que coupables ; où l'on se berce de théories impossibles, en attendant que l'on en essaie la réalisation par un bouleversement criminel de l'ordre et de la société.

Il devient honnête, énergique, rangé ; ne demandant qu'à son travail et à l'aide de Dieu une aisance légitime.

M. Pigard avait commencé bien tard ; mais avec du courage et de la persévérance, on peut réparer bien des fautes!

CHAPITRE XXIV

Une première visite de la Mort.

Vers cette époque, arrivèrent dans la maison quelques-uns de ces événements qui, tôt ou tard, se produisent dans chacune de nos demeures et qui en changent subitement l'aspect.

Tout était tranquille. On était heureux. Il semblait que les malheurs, dont nous entendions dire que nos voisins avaient été frappés, ne devaient jamais tomber sur nous...

Soudain, ces coups de l'infortune se rapprochent. C'est dans notre maison, — c'est à tel étage... — puis à tel autre! — C'est à notre propre porte...

Et voilà que le malheur entre; — hôte jamais appelé... mais dont la visite doit nous être utile, puisque Dieu nous l'envoie.

Le numéro 202 avait eu jusqu'alors la réputation d'être *privilégié du sort ;* c'est-à-dire (selon les idées du monde), de n'avoir connu ni les grandes catastrophes de la fortune, ni les angoisses de la maladie, ni les deuils de la mort.

On s'en étonnait, — tant il est vrai que nous nous sentons tous, plus ou moins, créés pour l'épreuve...

« C'est inconcevable ! disait-on. Du plus loin que nous nous souvenions, avons-nous jamais vu un drap funèbre à cette porte ? Et le 209, et le 204 et tant d'autres maisons de la rue et du quartier ont été décimés dans les années d'épidémies ! »

La triste tenture noire, apparaissant un matin pour former sous le vestibule une sorte de chapelle mortuaire, apprit à ceux des voisins qui l'ignoraient encore, que la Mort avait pénétré dans cette demeure.

« Mieux vaut cette personne-là qu'une autre ! s'écria durement une voix, lorsqu'eut été nommée la victime. — Qu'en dites-vous, mademoiselle Pélagie ?

— Moi, je ne mouillerai pas de mouchoir à

son enterrement, vous pouvez m'en croire. —
Seulement...

— Eh bien?

— Seulement... je n'aime pas à voir enseigner aux *croque-morts* le chemin de notre
maison. Ils pourraient bien y revenir...

—Ils n'y reviendront que lorsque Dieu le per-
mettra; dit Mlle Augustine qui avait entendu
en passant ces derniers mots. Mais ce que je
vois de plus clair pour nous dans cet événement, c'est que la nécessité de nous tenir prêts
nous est rappelée à tous.

— Bah! — Quel âge avait Mme Balaret? Elle
n'était pas loin de quatre-vingts ans, je le pa-
rierais. — Quant à moi qui n'en ai pas encore
soixante, vous pensez bien que je ne me com-
pare pas à elle. D'ailleurs, je suis robuste à
ne rien redouter... »

Elle s'arrêta, regardant selon sa coutume
d'un air de complaisance ses bras vigoureux et
sa large poitrine.

« Je ne parlais pas plus pour vous que pour
moi, mademoiselle Pélagie. Dieu me garde
d'oublier que, d'un instant à l'autre, je puis
paraître devant lui, — et cela, malgré ma

jeunesse et ma bonne santé. La petite fille de
Mme Jacob partira peut-être avant nous...

— Est-elle donc si malade?

— Anne dit que la nuit a été très-mauvaise.
Mme Jacob pleure, et le père lui-même paraît
inquiet.

— Je n'en savais rien encore... Mais je me
sauve, car monsieur m'attend. Lui non plus
n'est pas très-bien ce matin. Il a le teint plus
coloré que de coutume et, par moments, sa
langue est embarrassée. Cela sent un peu la
paralysie, ou je ne m'y connais pas. »

Mlle Pélagie rentra dans la maison, en répan-
dant sur son chemin la nouvelle que la petite
Jacob *était à toute extrémité.*

Cette précipitation à semer la triste annonce
ne nous étonne pas de sa part. Nous savons déjà
qu'elle était de ces gens que l'on serait tenté de
soupçonner d'éprouver une certaine satisfaction, quand ils propagent une mauvaise nouvelle.

D'où vient encore que Mlle Pélagie, qui se
croyait un bon cœur, était si peu attentive
aux besoins du prochain et en particulier de
son vieux maître; ne le ménageant pas dans

ses faiblesses et ne le secourant qu'à peine dans ses infirmités?

Sans doute, si elle l'avait vu tout à fait malade, elle lui aurait témoigné de l'intérêt et ne lui eût pas refusé les soins absolument nécessaires. La preuve en est dans l'espèce de préoccupation que lui causait ce matin-là le redoublement de malaise du capitaine.

Pourtant, Mlle Pélagie ne se fit pas scrupule d'augmenter ces malaises par les contrariétés et les impatiences qu'elle lui causa. Elle eût eu, je le suppose, de la répugnance à infliger à qui que ce fût le supplice de piqûres d'épingles incessamment répétées; mais elle ne se faisait aucunement scrupule de *taquiner* (si je puis me servir de cette expression) le vieillard infirme, irrité malgré lui comme le lion malade des agaceries d'une mouche importune.

Si M. Blot demandait une chose, Mlle Pélagie immédiatement soutenait que le contraire était indispensable; et ce contraire, elle le faisait aussitôt.

S'il lui adressait une question, elle ne lui répondait que par un déluge de paroles étrangères au sujet qu'il voulait traiter.

S'il avait soif, elle lui soutenait que boire lui ferait mal.

Il avait besoin d'elle ; — elle choisissait ce moment pour aller faire des commissions au dehors.

Il se plaignait du froid ; elle se récriait contre la chaleur, et laissait ouverte la fenêtreou la porte qui le gênait.

Bref, c'était une contradiction incessante, fatigante et dont l'effet était des plus nuisibles aux pauvres nerfs du malade. L'embarras qu'avait remarqué dans sa parole Mlle Pélagie ce matin-là, n'était survenu qu'à la suite d'un mouvement de colère provoqué par un ennui de ce genre. Elle le sentait ; mais sans examiner sa conscience assez sérieusement, pour reconnaître qu'elle manquait indirectement à ce commandement de Dieu : — *Homicide point ne seras...*

La grave pensée de la mort n'eût-elle pas dû la faire rentrer en elle-même !

Mme Balaret n'avait pas souffert de la sorte par sa petite servante ; mais nos propres passions font en nous des ravages désastreux, et la pauvre vieille dame en était un exemple frappant. L'avarice et la colère la minaient depuis longtemps.

Elle avait cru que, n'ayant plus de bonne à payer et à nourrir, elle allait vivre dans une grande aisance ou plutôt thésauriser à l'aise.

Thésauriser! Pour qui, lorsqu'on n'a pas d'enfants, et que l'on ne songe point aux pauvres?..

Chaque jour, c'était une scène nouvelle à notre petite Anne, parce qu'elle avait payé trop cher viande, légumes ou fruits. Si Mme Balaret l'avait pu, elle aurait été elle-même acheter ce qui lui était nécessaire; mais les marchands, qui la connaissaient, lui vendaient leurs denrées à un plus haut prix qu'à la petite fille. — Elle le savait bien.

Se nourrissant mal, se fatiguant trop pour son âge avancé, et surtout se fâchant constamment, la vieille dame avait vite achevé de ruiner sa santé.

Ayant été prise d'une indisposition assez forte, elle refusa obstinément d'appeler un médecin, — sous prétexte qu'elle n'avait pas le moyen de faire cette dépense.

Le mal augmenta rapidement. — Anne, effrayée, avertit Mme de Chambelle de l'état de la vieille dame.

Dès que la charitable voisine eut jeté les yeux sur la malade, elle comprit que le danger était imminent... Après qu'elle l'eut enfin décidée à faire venir un médecin, elle voulut essayer de lui parler aussi des soins à donner à l'âme...

Mme Balaret eut une attaque de nerfs, et les mots sans suite qui lui échappèrent ne prouvaient que trop le besoin qu'elle avait d'être préparée au redoutable passage.

Anne, oubliant facilement ses griefs contre sa difficile maîtresse, pleurait et priait, tout en agissant avec intelligence sous la direction de Mme de Chambelle.

La vie s'en allait rapidement, et cependant Mme Balaret, qui avait recouvré sa connaissance, ne se préoccupait que des dépenses dont cette maladie allait être l'occasion. Elle se faisait dire et répéter ce qu'avaient coûté l'éther, le sucre, etc.

Elle grondait encore, de sa voix mourante, parce que la petite allait salir tel meuble, en y laissant tomber une goutte de tisane ; ou parce qu'elle avait perdu une goutte de fleur d'oranger... Le désordre de sa chambre de malade l'exaspérait.

Triste, triste spectacle que celui d'une âme qui n'a vécu que pour la terre, et qui va la quitter, les mains vides pour le Ciel !

Enfin, ces mots échappèrent à son désespoir :

« N'y a-t-il donc plus de remède? Mon Dieu, mon Dieu, ayez pitié de moi ! »

Cet appel à la miséricorde infinie fut entendu, espérons-le... Mme de Chambelle en profita du moins pour introduire un prêtre, qui donna l'absolution et l'extrême-onction.

La mourante avait-elle sa connaissance? Ce point important fut discuté, sans conclusion possible, entre Anne et Camille...

Tous les locataires, en bons voisins, suivirent le cercueil, à l'exception de M. et de Mme Jacob. La pauvre mère était retenue auprès du lit de souffrances de sa petite Sidonie. M. Jacob, qui s'était présenté au moment où le corbillard venait prendre le corps, M. Jacob avait dû se retirer précipitamment, sous l'explosion de murmures qui s'étaient fait entendre.

Voici l'explication de ces murmures :

Quand le Pasteur avait appris que Mme Balaret était à toute extrémité, il avait demandé si un prêtre catholique était présent? Et sur la réponse négative, il avait été hardiment sonner chez la vieille dame.

« Que voulez-vous, Monsieur? lui avait demandé Mme de Chambelle, stupéfaite de le voir apparaître auprès de ce lit de mort.

— Je viens, avait-il répondu d'un ton solennel, offrir à cette malade les secours de mon ministère. Du moment qu'elle refuse de voir un prêtre catholique, je ne puis être accusé d'indiscrétion, si je lui propose mon aide. Mme Balaret ne sera certainement pas mécontente que j'adresse avec elle, ou tout au moins près d'elle, des prières au Ciel pour la conservation de ses jours.

— Si Mme Balaret n'a pas accepté la visite d'un prêtre, Monsieur, c'est qu'elle ne se croyait pas assez malade pour recevoir encore les derniers sacrements. Mais elle est catholique, et veut vivre et mourir en catholique ; n'est-il pas vrai, Madame ? »

Mme Balaret fit un signe affirmatif, qui ne découragea pas l'entreprenant ministre.

« C'est un devoir de bon voisinage que j'accomplis, reprit-il. Personne n'a le droit de s'y opposer. »

Tirant un livre de sa poche, il commençait à réciter à haute voix des prières, quand le médecin entra. M. Jacob sortit aussitôt.

Le récit de cette tentative divulguée par le médecin, qui en avait été scandalisé, causa une étrange impression dans la maison.

Ceux-là mêmes qui ne se conduisaient pas en vrais catholiques furent irrités des *empiétements* de M. Jacob.

On comprend maintenant pourquoi le jeune Pasteur dut renoncer à suivre l'enterrement.

CHAPITRE XXV

La mort n'est pas effrayante.

Anne était restée tristement impressionnée de cette mort sans aucune des consolations qui embellissent pour le chrétien le retour dans sa patrie.

En vain, elle se rattachait à l'espérance que Mme Balaret avait trouvé grâce devant Dieu ; le lugubre spectacle, lui revenant et la nuit et le jour, lui causait une sorte de terreur.

Mlle Augustine, l'ayant trouvée un soir assise tout en larmes dans un coin écarté, lui demanda ce qu'elle avait :

« Oh ! mademoiselle Augustine, s'écria l'enfant ; je réfléchis, et je me dis que je ne voudrais pas mourir comme Mme Balaret... Sa figure me faisait peur. On aurait cru qu'elle cherchait à s'accrocher à tout le monde, *pour se retenir à la vie.* Je ne croyais pas que ce fût si effrayant de mourir !

— Mais ce n'est pas effrayant du tout, ma petite Anne. Si tu avais vu mourir des personnes pieuses, tu comprendrais que la mort n'est pas triste.

— C'est ce que j'avais cru d'abord, parce que Mme de Chambelle m'avait expliqué combien il est bon d'aller au Ciel. Pourtant, vous avez bien vu...

— Quand on a la crainte de ne pouvoir pas entrer au Ciel, on est très-malheureux. Mais nous devons tous espérer que Dieu nous y recevra, en considération des mérites et de la mort de Notre-Seigneur Jésus-Christ. Malheureusement, il y a des personnes qui, pendant leur vie, ne se sont pas assez occupées de ces choses. Elles n'ont pas désiré le Ciel; alors la mort leur semble amère.

— Je suis très-contente d'avoir appris de bonne heure que nous serons heureux là-haut; car je ne serai pas tourmentée au moment de mourir, n'est-ce pas ?

— Non, certainement, si tu as fait tout ce que tu pouvais faire pour répondre à tant de grâces. Lorsque nous avons le chagrin de voir que certaines personnes ne servent pas le bon Dieu comme elles le devraient, pensons, au lieu de les condamner : — Probablement, elles n'ont pas eu tous les secours dont Dieu m'a entourée !

— Ah ! oui. Si Mme Balaret avait été élevée par Mme de Chambelle, je crois qu'elle serait devenue une sainte.

— Tu tâcheras donc d'en devenir une. En attendant, remercie Dieu tous les jours de ta vie de t'avoir fait connaître madame.

— Et Mlle Camille ! Et vous, ma bonne mademoiselle Augustine ! »

Anne sauta au cou de la femme de chambre. Puis, avec la vivacité naturelle à son âge, passant bien vite à des idées d'un ordre moins élevé :

« Savez-vous, mademoiselle Augustine, dit-elle, que je perds *cinq francs* par mois ? C'est beaucoup pour maman... Et je ne pourrai peut-être plus rien mettre à la caisse d'épargne maintenant.

— Ne t'inquiète pas, ma chère petite. Nous rappelions justement les grâces que Dieu t'a faites. Eh bien ! crois-tu qu'il t'abandonnera jamais, lui qui a toujours veillé sur toi comme un tendre père? Aie confiance en lui pour cela autant que pour le reste. »

Mme de Chambelle pensait aussi à la perte pécuniaire que subissait sa jeune protégée. Quand les parents éloignés (les seuls héritiers que laissât Mme Balaret) se présentèrent pour recueillir ce qui leur revenait, Mme de Chambelle demanda à leur parler.

Elle les avertit que le dernier mois de l'enfant n'avait pas été payé; elle leur dit avec quelle intelligence et quel dévouement Anne avait soigné leur parente.

Ils donnèrent *cinq francs* pour le mois arriéré, et en ajoutèrent *dix* autres à titre de récompense.

Anne pouvait donc maintenant attendre tranquillement qu'une nouvelle occupation se présentât pour elle.

Elle profita de ce loisir pour donner sans compter plus d'une heure chaque matin à Mme Jacob, dont l'agonie maternelle se prolongeait.

La chère petite Sidonie dépérissait à vue

d'œil, et pourtant la mort ne frappait point
encore son dernier coup. On eût dit qu'une
main puissante écartait chaque matin le danger revenu chaque soir.

Peut-être les ardentes prières d'Anne et de
Camille étaient-elles pour beaucoup dans cette
prolongation, qui surprenait le docteur, et que
la malheureuse mère ne sollicitait même plus.

A bout de courage en voyant souffrir son
enfant, elle s'écriait parfois, penchée sur le
petit visage décomposé :

« Mon Dieu, mon Dieu, prends-la-moi
plutôt ! »

Mais deux voix d'enfants, qu'animaient la
foi et la plus touchante charité, répétaient à
toute heure :

« Mon Dieu, mon Dieu, si vous devez la
prendre, ne la prenez qu'après qu'elle aura
reçu le baptême ! Mon Dieu, faites que sa mère
y consente... »

Mᵐᵉ de Chambelle, qui témoignait à la touchante Mᵐᵉ Jacob un intérêt venant du cœur,
avait osé lui demander le jour où le danger
de l'enfant était devenu manifeste :

« Chère Madame, laissez-moi vous adresser

une question : — Vous admettez, je le pense,
à peu près autant que nous, catholiques, la
nécessité absolue du baptême; mais je sais que
beaucoup de protestants attendent, pour l'ad-
ministrer à leurs enfants, que ceux-ci aient un
certain âge. Vous ne vous étonnerez donc pas
que j'ose vous demander *si votre chère petite a
été baptisée?* »

Les joues pâlies de Mme Jacob se colorèrent
légèrement ; elle hésita d'abord ; puis elle
répondit :

« Elle ne l'a pas été. Son père voulait qu'elle
eût l'âge de raison...

— Ah ! chère Madame, puisque vous trem-
blez pour la vie de cette enfant, ouvrez-lui du
moins le Ciel !

— Le baptême est-il donc indispensable ?
Son père ne voudra jamais... — Je serais bien
heureuse pourtant ; car, dans le doute, il vaut
mieux faire comme vous le dites. — Si le
danger augmentait, nous verrions... »

Et le danger augmenta... Et l'heure vint où
tout espoir fut perdu... où le dernier souffle
semblait à chaque instant sur le point des'exha-
ler de la petite bouche entr'ouverte, haletante.

M. Jacob s'était enfui.

Mme de Chambelle, entourant de ses bras la malheureuse mère à demi évanouie, mais debout néanmoins auprès de sa fille :

« Le baptême ! le baptême ! Ah ! laissez-moi le lui donner... Que le cher ange monte à Dieu en vous quittant !..

— Le baptême ! répéta la mère. Le baptême ! Oh ! vite, vite, pendant qu'il en est encore temps... »

Mme de Chambelle saisit le vase plein d'eau que lui présenta immédiatement Anne rayonnante d'espérance ; elle en fit tomber quelques gouttes sur le front de l'enfant, en prononçant les paroles sacramentelles accompagnées du signe du salut.

L'ange n'attendait que ce moment. Elle rouvrit les yeux, les fixa sur sa mère avec une expression céleste, et quitta ce triste monde !

Le surlendemain, un drap blanc tendait la porte de la maison.

Les locataires réunis, ainsi qu'une famille en deuil, se pressaient derrière le petit cercueil, à la suite du malheureux père frappé au cœur.

Et la mère, à genoux dans la chambre dé-
serte, disait à Dieu :

« Elle est au Ciel... Sois béni, Seigneur !
Et si tu ne m'accordes pas la grâce de mourir
aussi, envoie-moi la force de vivre ! »

CHAPITRE XXVI

Tristesses de madame Jacob.

Non, la mort n'est pas effrayante ! Anne l'avait enfin compris, en contemplant le doux visage endormi du dernier sommeil...

Quelle paix et quelle suavité dans ce repos que rien ne devait plus troubler !

Anne comparait les deux spectacles, qu'en moins de quinze jours, elle avait eus sous les yeux. Elle reconnaissait que ce qui avait rendu le premier si triste, ne venait pas de la mort en elle-même, mais de la mourante...

Imaginons un soldat qui serait appelé devant son chef, pour lui rendre compte de sa conduite, et recevoir de lui la récompense ou le châtiment.

Cet appel ne serait redoutable pour le soldat, que si sa conduite n'avait pas été ce qu'elle devait être.

La chère petite Sidonie, il est vrai, avait été rappelée avant le combat... Mais, innocente de tout mal et purifiée de la tache originelle par l'eau sainte du baptême, elle était entrée aussitôt dans les joies du Paradis.

Cette certitude se lisait sur son visage, qui semblait environné d'une auréole.

Tout le monde dans la maison avait été frappé de cette beauté d'une enfant qui, pendant sa vie, n'avait rien eu de remarquable.

La fille aînée de Mme Jacob, qui, d'abord, n'avait pas osé regarder sa petite sœur morte, avait fini par ne plus pouvoir en détacher ses yeux ; et, se penchant à l'oreille de sa mère en prière :

« Maman, avait-elle demandé assez haut pour que Mme de Chambelle l'entendit, est ce donc le baptême qui a rendu Sidonie si jolie ? »

Mme Jacob avait tressailli, et, regardant Mme de Chambelle, avait murmuré :

« Peut-être... Car le baptême en a fait un ange ! »

Pauvre mère ! Comme elle se sentit froid au cœur quand on eut emporté sa fille et que l'autre, les yeux pleins de larmes, lui répétait :

« Je m'ennuie!.. Avec qui jouerai-je, maintenant? »

Zulma n'était pas douée d'une sensibilité très-grande, et l'éducation qu'elle recevait de son père n'était pas faite pour développer en elle les facultés aimantes.

Au contraire, l'orgueilleuse austérité qui présidait à tous les enseignements du jeune ministre comprimait l'essor des bons sentiments, dont Dieu, certainement, avait déposé le germe dans le cœur de la petite fille.

Mme Jacob n'eut donc pas la ressource de trouver dans l'enfant qui lui restait un peu d'allégement et de consolation.

Toujours occupée d'elle-même, de ses petits plaisirs et de ses désirs personnels, satisfaite d'elle et mécontente des autres, Zulma ne montra pas dans une circonstance si douloureuse la tendresse et l'élan que tant d'autres enfants auraient eus pour leur mère.

Du côté de son mari, Mme Jacob recevait moins encore...

Certainement il regrettait beaucoup, lui aussi, sa petite Sidonie ; mais les premiers moments passés, recommençant à ne plus songer qu'à lui, il s'ennuya des larmes de sa femme.

Il lui signifia qu'il avait besoin autour de lui de beaucoup de sérénité ; que cette tristesse prolongée, non-seulement le fatiguait, mais le troublait encore dans ses travaux littéraires et autres ; — qu'il entendait ne plus être ainsi rappelé sans cesse au cruel souvenir...

Mme Jacob dévora ses larmes, ou n'en versa plus que dans le silence des nuits.

Zulma, que son père gâtait davantage encore, et qui s'en apercevait pour en abuser, devint de plus en plus capricieuse et despote.

Pauvre femme ! — Où chercher des soulagements dans une religion qui n'a, ni le tabernacle, devant lequel nous allons épancher nos cœurs aux pieds du divin Ami ; — ni la communion, qui met Dieu même en nos cœurs ? Ni le prêtre, institué de Dieu pour recevoir l'aveu de nos défaillances et nous transmettre les ineffables témoignages de la miséricorde infinie...

Livrée sans secours à ses combats intérieurs, à ses souffrances de tout genre, la douce

Mme Jacob ne se plaignait pas; mais elle se consumait, et bientôt sa santé se ressentit visiblement des angoisses de son âme.

Une seule personne avait le pouvoir, autant que le vouloir, de lui faire du bien. C'était, on s'en doute, la charitable Mme de Chambelle.

Elle avait passé par les mêmes douleurs... plus poignantes encore, puisque, en huit jours, Dieu lui avait redemandé *deux enfants !*

Mais elle avait été soutenue par les consolations puissantes que nous offre notre Foi; et c'était du plus profond de son cœur compatissant qu'elle les souhaitait à son intéressante voisine.

En attendant ce bienfait qu'elle appelait de ses prières, Mme de Chambelle donnait du moins à la pauvre mère toutes les douceurs de la sympathie la plus vraie, la plus tendre...

Et Mme Jacob remerciait Dieu de cet intérêt et de cette affection qui lui faisaient du bien !

Quant à notre petite Anne, elle s'était sincèrement attachée à la jeune femme, et ce ne fut pas sans un vif chagrin qu'elle reçut tout à coup, un matin, son congé de la bouche de M. Jacob.

Celui-ci avait jugé que Mme Jacob ayant moins d'occupations maintenant, — hélas!... pouvait amplement suffire à toute la besogne du ménage.

Il lui retirait donc l'aide, devenue cependant plus que jamais nécessaire à un état de santé si peu satisfaisant.

Sans doute, il supposait que plus elle serait absorbée par les soins matériels de la vie, moins elle se laisserait accabler par les pensées qui la consumaient.

Quoi qu'il en soit, Mme Jacob regretta Anne, tout autant que la regrettait la petite fille...

Anne avait soigné l'enfant chérie. Elle l'avait pleurée... Elle plaignait la mère, de toute la force d'un bon petit cœur.

Elle distrayait un peu la maussade Zulma.

Elle apportait chaque matin dans ce sombre intérieur un bonjour et des nouvelles de la charmante Mme de Chambelle.

C'était encore un rayon qui disparaissait !

Anne ne put s'empêcher de calculer que cette nouvelle perte était bien triste pour elle, sous le rapport matériel aussi.

Qu'allait-elle faire maintenant ? Comment gagnerait-elle de l'argent pour sa mère?

Mme de Chambelle lui redit que la Providence veille toujours... Et la preuve ne s'en fit pas longtemps attendre.

Les locataires qui se présentèrent pour habiter l'appartement de Mme Balaret amenaient une bonne, qui était à leur service depuis un grand nombre d'années.

Cette femme, âgée et fatiguée, avait besoin d'une aide.

Quand ils apprirent que la *petite concierge* avait servi Mme Balaret, ils s'arrangèrent avec elle pour qu'elle vînt, deux à trois heures par jour, seconder la bonne.

C'étaient des gens peu riches, mais ne regardant pas à l'argent lorsqu'il s'agissait d'une dépense nécessaire.

Ils promirent à la petite fille de lui donner, s'ils étaient contents de son service, *quinze francs* par mois.

Quinze francs! Anne retrouvait tout ce qu'elle avait cru perdu. Elle en remercia Dieu avec joie.

————

CHAPITRE XXVII

—————

Bonheur de soulager ceux qui souffrent.

Ce serait peut-être ici le moment de clore l'histoire de la *petite concierge;* car Anne n'est plus une enfant. Elle devient jeune fille, et nous sommes d'avance rassurés sur son avenir.

Entrée résolûment dans la sainte carrière du devoir, elle y récolte déjà les fruits précieux par lesquels Dieu récompense la vertu.

Mais il nous serait pénible de ne pas la suivre quelque temps encore, afin de jouir plus longuement de ses efforts et de ses satisfactions.

Avons-nous jamais contemplé, la tristesse dans l'âme et la honte au front, les vies inutiles et lâches de tant de paresseux qui prétendent manger leur pain sans l'avoir gagné?

Eh bien, le contraire est doux à étudier !
Il est bon, il est sain à l'âme de s'arrêter auprès des hommes honnêtes et courageux, des
femmes laborieuses, même des enfants qui
déjà s'exercent à l'accomplissement de la
grande loi du travail.

Pour ceux-là toutes les journées sont plei-
nes ; pas une heure écoulée ne leur laisse un
remords.

La peine qu'ils se sont donnée pour acquérir
leur légitime salaire le leur rend précieux; ce ne
sont pas ces estimables artisans que l'on verra
jamais dépenser en d'indignes plaisirs le fruit
de leurs sueurs, la ressource de leurs familles.

Aussi, la gêne disparaît peu à peu de leur
foyer ; l'aisance y pénètre avec le contentement. Leur présent est embelli, et l'avenir
leur sourit...

L'estime publique les environne. Utiles à la
société parce que le bon exemple est la meilleure des leçons, ils exercent autour d'eux une
salutaire influence.

Le pays qu'ils honorent, et qui les honore
également, leur doit en partie la paix et la
prospérité qui profitent à tous.

Ils goûtent à leur tour le bonheur de donner,
et ce n'est pas la moindre de leurs joies !

Dieu, qui les bénit, prépare à ces généreux
ouvriers de la terre les récompenses du Ciel.
Ils en goûtent dès ici-bas les prémices...

François Pigard en était venu enfin à prendre goût aux épargnes dont sa femme et sa
fille lui donnaient le raisonnable exemple.

Il avait repris goût surtout à la société de
cette femme dévouée, qui cherchait, par tous
les moyens qu'inspire une affection sincère,
à lui rendre agréable leur petit intérieur.

Les promenades en commun ; les conversations où l'on rappelait le passé, où l'on faisait ensemble des rêves pour une vieillesse
tranquille comme un soir d'été ; les visites fré-
quentes à la chère jeune fille, dont le père et
la mère étaient également fiers, — toutes ces
satisfactions, aussi pures que douces, avaient
complétement arraché François aux sociétés
ténébreuses, l'effroi de Manette.

M. Pigard faisait mieux que de discourir
comme jadis sur le bien général : — il y coopé-
rait, puisque c'est en remplissant, chacun,

notre tâche, que nous aidons à l'ordre et au bien-être publics.

Il ne criait plus contre une religion qui met aux cœurs des plus faibles et des plus impuissants tant de zèle, de générosité, d'abnégation...

Il n'osait même plus se plaindre de l'organisation sociale dans laquelle il entrevoyait maintenant pour lui une place honorable. S'il y trouvait encore quelques défauts, c'est que peut-être il craignait de ne point atteindre le but assez vite...

Somme toute, il était devenu très-tolérant.

— Le livret de sa fille comptait *deux cents francs...*

Que de riants projets bâtis sur ce fonds! En quelques années certainement, tous les trois travaillant avec une ardeur égale, on réunirait les mille à quinze cents francs nécessaires pour l'acquisition de la maisonnette et du jardin.

De M. Pigard *propriétaire* à M. Pigard *maire de la commune*, la distance ne serait point infranchissable... On se le disait tout bas.

Pour le moment, le stimulant de la propriété suffisait si bien que, dans un élan de

courage et d'humilité vraiment méritoire, le
mari conseilla lui-même à sa femme : « *de lui
refuser énergiquement les pièces de monnaie
qu'il essaierait de retenir pour s'amuser avec les
amis.* »

Sur ces entrefaites, l'ancienne place de concierge au numéro 202 se retrouva vacante, par
le départ volontaire de ceux à qui elle avait été
donnée.

Mme de Chambelle savait, à n'en pouvoir
douter, que Manette et même M. Pigard s'esti-
meraient heureux d'y rentrer, pour se retrouver auprès de leur fille.

Ce serait, en outre, un notable avantage pour
eux; car, n'ayant pu demeurer dans la chambre trop petite que leur avait offerte le patron de
François, ils avaient à payer un loyer de 120
francs par an.

L'inconvénient de la longue course à faire
matin et soir était bien amoindri, du moment
que l'on n'avait plus à redouter les énervantes
stations au cabaret. M. Pigard soutenait, d'ailleurs, que le bonheur d'embrasser sa fille
avant et après le voyage empêcherait pour lui
toute fatigue.

Il rentra donc, la tête haute et le cœur joyeux, dans cette maison où il avait tant souffert. Il y rentra bien changé — c'est-à-dire changé en bien, non-seulement au moral, mais encore physiquement; car le contentement et la paix semblaient l'avoir rajeuni.

Au moral, la transformation était telle qu'un événement dont il eût été jadis enchanté, le consterna...

Une violente secousse, comme il en arrive trop souvent dans notre pauvre France, ébranla soudain les institutions politiques du pays.

Ceux qui gouvernaient furent précipités du faîte, et toutes les ambitions se mirent à l'œuvre pour se substituer aux autorités renversées.

En attendant les résultats heureux qu'espèrent de ces révolutions ceux qui s'en font les auteurs, il se produit toujours d'abord de longs embarras; souvent même la misère pour différentes classes de la société.

Le commerce est en souffrance; toutes les affaires languissent, en attendant qu'un peu de stabilité soit assurée.

Les esprits généreux qui voudraient sincèrement améliorer le sort du peuple essaient, tantôt d'un moyen et tantôt d'un autre. La condition essentielle du succès leur manque : — il faudrait la paix, et le désordre est partout!

Les égoïstes et les ambitieux, qui ne pêchent jamais mieux qu'en eau trouble, travaillent activement à retirer du malaise général leurs bénéfices particuliers.

Toutes les passions s'agitent; tous les mauvais instincts fermentent; et quelquefois, — ô douleur! — l'aveuglement et l'endurcissement sont poussés à ce point, que l'on voit combattre les uns contre les autres les fils de la même patrie.

Cette fois encore, il en fut de la sorte; le sang coula dans nos rues et sur nos places publiques... Le deuil entra dans toutes les âmes...

Manette et sa fille souffrirent d'autant plus, qu'elles ne purent ignorer les efforts tentés par les anciens amis de M. Pigard pour l'entraîner dans leurs rangs. Surveillé, aidé par ses deux anges gardiens, il put résister.

Il n'eût d'ailleurs cédé que par faiblesse; car maintenant il comprenait que revendiquer, les armes à la main, des richesses auxquelles on n'a aucun droit, c'est une folie et un crime.

Certes, le peu qu'il possédait n'eût point été un motif de renoncement au désir d'avoir davantage; mais ce peu, honnêtement gagné, suffisait à lui faire sentir l'injustice qu'il y aurait à vouloir ravir aux autres ce qu'eux-mêmes possèdent légitimement.

Si M. Pigard pouvait sans faute convoiter et usurper les trésors d'un millionnaire, de quel droit se fût-il irrité que ses deux cents francs, à lui, fussent volés par le premier pauvre qui en aurait eu l'envie?

Il n'y a pas deux morales dans l'Évangile. La fortune du riche est sa propriété et doit être respectée par nous, comme nous voulons que l'on nous laisse à nous-mêmes nos petites épargnes.

D'ailleurs, si Pierre est plus riche que Paul, n'est-ce pas très-probablement parce que Pierre a plus ou mieux travaillé? ou que ses parents, économes et laborieux, lui ont légué les biens qu'ils avaient acquis?

Supposons que M. Pigard eût mené, depuis

son arrivée à Paris, la vie régulière à laquelle
il ne s'était déterminé qu'après de nombreuses
années perdues.

Ce n'eût pas été la faible somme de *deux
cents francs*, mais bien *mille francs* au moins
qu'il eût encaissés !

« Mais les riches sont méchants ! disait-on
à François. Orgueilleux, avides, ils écrasent le
pauvre peuple... »

— Ces accusations-là me sont suspectes, répondait Manette. Je crois, moi, qu'à leurs yeux
le plus grand défaut des riches, c'est qu'ils sont
riches... — Voyons, mon homme, sois de bonne
foi : — As-tu souffert beaucoup de la part des
riches?

— Pas moi, reprenait François; mais nous
ne devons pas songer qu'à nous-mêmes. Et
tant de malheureux....

— Connais-tu quelqu'un de tes anciens amis
qui soit *opprimé*, comme ils disent, par ces
méchants riches? Écoute, François, il ne sied
ni à toi ni à moi d'accuser les gens plus aisé
que nous; car nous leur devons tout ce que
nous avons eu de consolant, et la plupart
des artisans pourraient en dire autant. Trop

heureux sont les indigents qui connaissent des riches, ou que des riches connaissent ! C'est un secours que Dieu même leur envoie et qui est plus efficace que tous les rêves faits contre la pauvreté. — S'il y a des riches sans cœur, tant pis pour ceux-là ! Le soin de les punir ne nous regarde pas. Dieu s'en charge ici-bas ou là-haut....

— C'est égal, reprit François, les larmes aux yeux ; la pensée que j'abandonne mes anciens camarades à l'heure du combat me chagrine. Il me semble que je les trahis...

— Non, François, ce n'est pas les trahir, puisque tu les avertis ! Tu leur montres clairement qu'il y a des meneurs qui les envoient au danger, en s'en cachant eux-mêmes... — Tu ne peux pas, toi qui comprends que c'est une faute de prendre les armes contre son pays, tu ne peux pas marcher contre ta conscience ! Sépare-toi d'eux pendant qu'ils font mal. S'ils sont vaincus et malheureux, comme c'est probable, alors tu te souviendras de votre ancienne camaraderie pour les soulager dans leur misère... »

Anne ajoutait ses supplications à celles de

sa mère, et n'était pas moins éloquente...

La défaite arriva. Ce fut alors que François put admirer la conduite de Manette et de sa fille.

Elles qui avaient été si prudentes pour l'écarter des coupables désordres, elles devinrent — je ne dirai pas imprudentes, mais sublimes de charité envers les vaincus que recherchait activement la justice.

S'exposant, pour les secourir, à passer pour leurs complices, elles leur prodiguèrent des secours en linge, en nourriture, en argent.

Et lorsque notre chère petite Anne, après avoir remis à sa mère son mois tout entier, puis encore le mois suivant, se fût écriée tristement :

« Qu'allons-nous pouvoir donner jusqu'au mois prochain ?

— N'avons-nous pas *le livret?* répondit la mère, les yeux fixés sur ceux de sa fille pour lire jusqu'au fond de son âme. — Si cela ne te répugne pas, et si ton père y consent, nous pourrons retirer une certaine somme.

— Cela est possible ? s'écria Anne, en joignant les mains. Quel bonheur ! Ah ! maman, prenez vite tout ce que vous voudrez. Il est si bon de soulager ceux qui souffrent!

— Vous toucheriez, à cet argent! s'écria François à son tour, lorsque sa femme lui parla de ce désir.

— Pourquoi pas? Laisserons-nous périr de faim la pauvre voisine, dont le mari est en prison et le fils aîné à l'hôpital? — Abandonnerons-nous les cinq petits orphelins dont le père a été tué dans cette affreuse lutte?

— Vous teniez tant à ce livret... reprit François suffoqué d'émotion.

— Nous y tenons encore, mon homme, et je ne le lâcherai pas, sois-en sûr. Tu vois toi-même à présent que le bien qu'il nous procure est plus grand encore que nous ne l'avions pensé... Je souhaite par-dessus tout que l'amour des pauvres reste plus fort dans nos cœurs que celui de l'argent. — Vois notre Anne; si je l'écoutais, je ne conserverais pas un centime! — Sois tranquille, en travaillant ferme, nous réparerons vite la brèche, et nous garderons la consolation d'avoir obéi à Dieu en secourant les malheureux... »

CHAPITRE XXVIII

Tout n'est pas roses dans le service.

Le croirait-on ? — Anne, qui ressentait une si tendre pitié pour les misères du corps ou de l'âme de tous ceux qui souffraient, — Anne en manquait complétement pour les misères morales du prochain !

Les défauts de caractère l'irritaient. Les exigences la révoltaient. L'injustice, ou ce qui lui paraissait être injuste, la bouleversait. En un mot, elle n'avait aucune indulgence pour les torts ou les faiblesses d'autrui.

Et l'on voit de si près ces faiblesses et ces torts, quand on est sous la dépendance du pauvre prochain imparfait !

On sent peser si lourdement alors cette dépendance qui répugne à notre propre nature, — non moins pauvre et non moins imparfaite..

« *Tout n'est pas roses dans le service*, répétait souvent Mlle Augustine à notre enfant découragée. — Voudrais-tu donc n'avoir à obéir qu'à des anges venus directement du ciel pour t'apporter les ordres de Dieu? Le beau mérite que nous aurions vraiment !

— Je ne demande pas des anges, répondit Anne un jour, avec un peu d'impatience. — Je voudrais seulement que Mlle Agathe...

— *Ne fût pas Mlle Agathe*, n'est-il pas vrai? Mais, ma chère petite Anne, ce serait désirer l'impossible. Crois-moi, nous ne pouvons changer personne, puisque, malgré tous nos efforts, nous n'en arrivons pas à nous changer nous-mêmes !

— Je comprends que Mme Dauchères me reprenne quand je fais mal ; mais *cette Mlle Agathe, qui est une domestique comme moi !*...

— Elle est âgée, et tu n'es encore qu'une enfant; de plus, Mme Dauchères ne t'ayant prise chez elle que pour aider sa vieille domestique, tu es nécessairement sous l'autorité de celle-ci.

— Sa vieillesse ne sert qu'à lui donner un très-mauvais caractère, je vous l'assure. Elle gronde toujours, quoi que je fasse. Elle est mécontente d'avance; c'est un parti pris. Si je ne craignais pas de passer pour orgueilleuse devant vous, je vous dirais qu'elle se fâche surtout *lorsque je fais bien*.. — Vous ne me croyez point, mademoiselle Augustine? Et pourtant, c'est vrai. Il y a beaucoup de choses que Mlle Agathe sait mieux faire que moi ; mais il y en a dont je me tire mieux qu'elle, parce que je suis plus jeune et par conséquent plus active ; parce que je m'applique davantage ; enfin, parce que j'essaie de faire les choses de la manière que les veut madame. — Cela fâche Mlle Agathe ! »

L'accusation que portait Anne, avec une irritation qu'elle se reprocha dès que sa contrariété fut passée, n'était que trop fondée, — sous de certains rapports au moins.

La vieille domestique était fatiguée par l'âge et les infirmités ; elle n'avait point recours, pour accepter avec résignation les maux de cette vie, aux pensées de la Foi qui nous montre un monde meilleur après celui-ci.

La lassitude et l'ennui aigrissant son humeur, la rendaient parfois aussi injuste que maussade.

De plus, ayant obéi toute sa vie ; — c'est-
à-dire s'étant sentie *obligée à l'obéissance*, quoiqu'elle ne la pratiquât guère, — elle se trouvait fort aise de pouvoir commander à son tour.
C'était pour la soulager qu'on lui avait mis
cette jeunesse auprès d'elle. Elle comptait donc
lui faire porter le poids de sa vieillesse. Au lieu
de se rappeler, afin de s'exciter à la bonté,
combien les ordres impérieux, les reproches sé-
vères et les moindres apparences d'injustice
lui avaient toujours paru insupportables, elle
employait à l'égard d'Anne un ton brusque
et des procédés véritablement blessants.

Bien loin d'imiter sa maîtresse, qui était la
douceur et la bienveillance même, Mlle Agathe
devenait plus despote dans son étroit domaine
qu'un pacha du fond de son palais.

On conçoit, d'après ces détails, qu'Anne
avait vraiment à souffrir. Que de fois elle s'é-
chappa, rouge d'indignation, de l'appartement
de ses nouveaux maîtres, pour se réfugier dans
celui où la justice et la paix semblaient avoir
établi leur séjour !

Du moment qu'elle se retrouvait en présence de Mme de Chambelle, son mécontente-

ment tombait ou, plutôt, c'était *d'elle-même*
qu'elle devenait mécontente; parce qu'elle
n'avait pas supporté, pardonné en *chrétienne ;*
parce qu'elle écoutait trop la voix de la nature, au lieu d'entendre celle de la grâce.

Mme de Chambelle recommençait, sans se
lasser jamais, les saintes exhortations qui, —
tôt ou tard, mais infailliblement, — devaient
produire des fruits.

Que pouvait objecter Anne à ces paroles :
« Vous êtes pieuse, mon enfant ! Donc vous
devez et vous pouvez, si vous le voulez, pratiquer la vertu, quels que soient les torts du
prochain... Dieu, qui vous a fait tant de grâces, ne vous refusera pas celle de soutenir
votre courage au milieu des difficultés. Plaignez les personnes de la part desquelles vous
avez à souffrir, et ne conservez contre elles
aucune irritation; car elles vous fournissent
des occasions précieuses de mérites. Lorsque
vous trouvez pénible de vous soumettre à ceux
que vous regardez comme *vos égaux*, pensez à
Notre-Seigneur crucifié et dites-vous : —
Jésus-Christ, notre maître, a obéi et souffert
toute sa vie. Il a été traité comme un vil es-

clave, non par ses *égaux*, mais par *ses inférieurs*.
Et moi, misérable créature, pauvre petite enfant pécheresse, je me révolterais parce que
l'on n'a pas pour moi assez d'égards ! Je me
plaindrais ! Je ne consentirais pas du fond de
mon cœur à supporter, pour l'amour de mon
Dieu, une faible partie de ce qu'il a bien voulu
endurer par amour pour moi !.. »

Anne pleurait. Le repentir lui inspirait les
meilleures résolutions pour une autre occasion. Elle retournait, humble et docile, auprès
de Mlle Agathe, et celle-ci ne pouvait s'empêcher d'admirer des vertus qu'elle n'avait jamais pratiquées.

Peut-être faisait-elle à son tour des réflexions
salutaires et se promettait-elle de mettre plus
de douceur dans ses rapports avec la bonne
jeune fille...

Malheureusement, l'amélioration ne durait
pas longtemps. La force de l'habitude reprenant le dessus de nouvelles contrariétés pro-
voquaient bientôt un nouvel orage.

Quant aux maîtres de Mlle Agathe, ils appré-
ciaient hautement l'aimable caractère et l'iné-

puisable bonne volonté de la jeune fille, son adresse et sa probité connue de tous.

Ils avaient pour elle des bontés qui l'eussent rendue bien heureuse si elle n'avait craint, à chaque témoignage qu'elle en recevait, de voir se réveiller la malignité un peu jalouse de la vieille domestique.

Mlle Agathe, en effet, devinait un reproche à son adresse dans l'éloge des qualités qu'elle ne possédait point.

Elle eût dû se sentir reconnaissante envers ses maîtres de ce qu'ils n'employaient que ce moyen indirect pour faire arriver le blâme à son oreille.

C'était le contraire qui avait lieu... Il y avait des difficultés pour la pauvre Anne jusque dans les moments, assez rares du reste, où Mlle Agathe daignait condescendre à causer amicalement avec elle, à lui donner des conseils, — même à lui faire des offres de services ; — ou bien à lui en demander.

Tout ne semblait pas juste et droit à la jeune fille dans les discours et les avis de cette femme âgée.

« Comment faire ? se demandait Anne alors.

Je ne puis pas me permettre de lui donner des leçons; et pourtant, je ne ferai jamais ce que je ne croirai pas être bien ! »

Il est beaucoup plus difficile de résister aux paroles affables qu'à celles dont la forme est blessante.

Dans son embarras, Anne était toujours empressée de recourir à Mlle Augustine.

Une après-midi, elle lui arriva tout essouflée :

« Figurez-vous, mademoiselle, que me voici obligée, ou de désobéir à madame, ou de fàcher Mlle Agathe. Madame m'avait dit en sortant : « Anne, si vous avez le temps de me laver ces quelques cols et ces manches, cela me fera plaisir. » Naturellement j'ai promis que je les laverais. Mais j'avais compté sans Mlle Agathe ! Elle me voit préparer ce dont j'ai besoin pour ma petite lessive, et tout aussitôt elle me dit : « Anne, je ne veux pas que vous laviez aujourd'hui. Vous vous étiez plainte de mal de tête ce matin; une course vous fera du bien. J'ai justement des commissions à vous donner. Allez vite vous habiller pour sortir. — Mais, mademoiselle Agathe, je ne peux pas sortir, puisque j'ai promis à madame de laver ces cols et ces manches ! — Madame donnera ces objets à la blanchisseuse de fin, qui s'entend bien mieux que vous à ces sortes d'ouvrages. Quand je vous commande quelque chose, vous n'avez pas d'objections à me faire. D'ailleurs, vous seriez bien ingrate vraiment de vous récrier, justement quand c'est votre intérêt que j'ai en vue ! » Elle m'a presque arraché des mains les cols et les manches que j'allais jeter dans l'eau, et moi je suis sortie comme pour m'habiller. Mais j'ai pensé : « *Je consulterai d'abord* Mlle *Augustine.* »

— Puisque tu me demandes mon avis, je t'engage à t'habiller au plus vite et à sortir.

— Cependant j'avais promis à madame.....

— Remarque que Mme Dauchères ne t'a demandé de laver ces objets qu'à la condition que tu en aurais le temps. Or, tu ne l'as pas, du moment que Mlle Agathe, à qui tes maîtres t'ordonnent d'obéir, te commande autre chose.

— Je ne vous ai pas encore tout dit, mademoiselle. Les commissions que me donne Mlle Agathe sont inutiles et ne peuvent contenter madame. Il s'agit de m'envoyer chez un épicier qui demeure très-loin, mais qui vend ses marchandises un ou deux sous meilleur marché que dans les autres boutiques. Madame dit que le temps employé à cette longue course fait perdre toute économie. Et c'est vrai ! car si j ne sortais pas, il y aurait plus de bénéfice pour madame à donner pour deux livres de sucre deux sous de plus, qu'à payer un blanchissage de fin.

— Cela peut être, ma chère Anne ; et je suis aise de voir que tu penses aux intérêts de ta maîtresse ; mais encore une fois, ce n'est point à toi de décider. Borne-toi donc à obéir, et tâche de te persuader que Mlle Agathe a quelque bonne raison pour agir comme elle le fait.

— Oh ! mademoiselle, si vous saviez !... — Mlle Agathe a dans ce quartier-là sa petite nièce malade, et c'est pour en avoir des nouvelles qu'elle m'y envoie... Pourvu seulement qu'elle ne m'accuse pas auprès de madame de n'avoir pas voulu laver ces cols et ces manches!

— Tu as tort et grand tort d'exprimer cette crainte. — Non-seulement, tu manques à la charité, mais je puis te donner la preuve que tu te trompes.

— Comment cela ?

— La petite nièce de Mlle Agathe n'est plus à Paris. On l'a envoyée changer d'air à la campagne. Sa tante en a été informée hier matin. »

Anne rougit :

« Je regrette de l'avoir accusée, dit-elle. Mais, si souvent il y a eu des choses...

— Qui te dit que tu ne t'es pas trompée d'autres fois encore ? Crois-moi, ne soupçonne jamais légèrement les autres de faire ce que tu ne voudrais pas faire toi-même. Mlle Agathe ne t'accusera pas non plus auprès de ta maîtresse. D'ailleurs, ne seras-tu pas là pour répondre aux questions de Mme Dauchères ?

— Comment pourrais-je m'excuser sans accuser Mlle Agathe ? En expliquant à madame pourquoi je n'ai pas fait ce qu'elle m'avait demandé, il faudra bien que je lui dise que c'est la faute de sa bonne.

— Nous admettons, tu le sais, que Mlle Agathe a des motifs raisonnables pour te faire faire cette course. Elle les exposera donc à sa maîtresse ; c'est son affaire ; la tienne, à toi, est d'obéir. 18

— Alors, j'y vais. — Je vous remercie, mademoiselle Augustine ; car, sans vous, je serais probablement restée, et qui sait comment les choses se seraient passées ? »

En regardant Anne s'éloigner d'un pas actif et léger, Mlle Augustine se disait :

« Bonne petite ! Ah ! si toutes les jeunes filles avaient comme elle l'humilité de demander des conseils et de les suivre, que de discussions et de désordres seraient évités ! *Tout n'est pas roses dans le service*, il s'en faut... Mais avec la charité dans le cœur et sur les lèvres, nous pouvons bien facilement écarter les épines ! »

CHAPITRE XXIX

Une vieille bonne.

Il est essentiel, je le crois, de nous étendre davantage sur le compte de Mlle Agathe. Ce caractère de *vieille bonne* n'est point une rareté. On en rencontre souvent d'analogues.

Et ne nous en plaignons point plus qu'il ne convient! Les domestiques qui ont vécu dix, vingt, trente ans dans la même maison, doivent de toute nécessité, — de toute justice, — y obtenir des priviléges dont ne jouiront jamais des domestiques de passage.

Ils font partie de la famille; ils en acquièrent quelques-uns des droits. Ils le savent et le sentent. Mais ils devraient également comprendre que ces droits acquis ne les dispensent jamais de remplir les devoirs, auxquels les assujettit l'ordre établi de Dieu même.

Plus les maîtres abaissent les anciennes barrières, plus les serviteurs chrétiens ont l'obligation de rester respectueux et soumis.

En aucun cas, leur volonté ne doit se substituer à celle qui se tait par reconnaissance et bonté...

D'ailleurs, si les maîtres sont tenus d'être reconnaissants envers de bons domestiques, les domestiques ne le sont-ils point également d'être reconnaissants envers de bons maîtres? Fussent-ils demeurés tant d'années dans la même maison, s'ils n'y avaient été traités avec douceur et bienveillance?

Quiconque jugerait d'après le fait et sans en connaître les détails, prononcerait nécessairement devant les longues années écoulées dans ces difficiles rapports : *que, des deux côtés, le mérite doit avoir été égal.*

Si les domestiques ont supporté patiemment les défauts et les torts plus ou moins nombreux de leurs maîtres, les maîtres ont toléré, de même, ceux de leurs domestiques.

Il est vrai que Mlle Agathe m'arrêterait ici en me soutenant : — *qu'elle n'a jamais eu la moindre peccadille à se reprocher; que toute sa vie, elle a toujours fait les choses comme les choses doivent être faites*, etc., etc

Mais qui donc croira Mlle Agathe? Par quelle grâce, ou plutôt quel miracle de la Providence, aurait-elle échappé seule aux effets de l'humaine faiblesse?

Quand les plus sages sur la terre, les plus saints dans le Christianisme, gémissant sur leur fragilité, ont pleuré leurs erreurs ou leurs fautes, qui de nous oserait se déclarer infaillible et parfait?

Certainement, de même qu'il y a des maîtres meilleurs que leurs domestiques, il existe — je ne l'ignore point, — des domestiques meilleurs que leurs maîtres.

Mais la véritable vertu n'est-elle pas toujours accompagnée d'humilité?

D'ailleurs, Mlle Agathe s'était trouvée avoir des maîtres que l'on peut citer en toute vérité parmi les meilleurs.

M. Dauchères était aussi bon et presque aussi doux que sa femme. Il ne se mêlait jamais de ce qui concernait le service; et, ne demandant que le strict nécessaire pour lui-même, il se montrait content de tout, pourvu

que l'exactitude fût observée pour les heures
des repas.

Après le déjeuner, il partait pour se rendre
à son bureau. Après le dîner, c'était le moment de sa promenade. Tout retard dérangeait
ses habitudes.

Eh bien, pendant *trente ans*, Mme Dauchères
avait lutté en vain pour obtenir cette régularité
nécessaire !

Les domestiques n'aiment pas à s'entendre
répéter tous les jours les mêmes choses. Je
conçois que cela les ennuie en effet.

Mais est-il plus amusant pour les maîtres
d'avoir à faire perpétuellement des répétitions
de ce genre ?

A moins de supposer que ces derniers soient
essentiellement taquins, nous pouvons conclure de leur insistance à obtenir telle ou telle
chose, que cette chose est nécessaire.

Pourquoi donc ne pas la faire ?

Le moyen de s'éviter mutuellement des tra-
casseries ennuyeuses serait : — de la part des
maîtres, de n'ordonner jamais rien que de raisonnable ; — de la part des domestiques,
d'obéir sur-le-champ.

Je vais plus loin, et je dis : — Lors même
que la chose ne serait pas réellement utile, ce
n'est point aux domestiques qu'il appartient
d'en juger. Leur temps est à leurs maîtres ;
tant pis pour ces derniers, s'ils se trompent
sur l'urgence de tel ou tel ordre.

Il n'y a qu'un motif au monde qui pourrait
légitimement empêcher l'obéissance : c'est le
cas où ce que l'on nous demanderait serait
contraire à la loi de Dieu.

**Hors de là, le devoir des domestiques est
d'accomplir ce que veut leur maître,** — *quand*
il le veut, et *de la manière* qu'il le veut.

Anne s'était récriée un jour devant sa voisine de chambre, Mme Joseph, sur ce que
Mme Balaret recommençait tous les matins la
même série de recommandations ennuyeuses :

« Anne, vous savez bien qu'il faut d'abord
faire ceci ; vous ne passerez à cela qu'ensuite... — Anne, ne placez pas ce fauteuil
devant cette armoire ; je vous le défends tous
les jours ! — Anne, quand vous ouvrez les
persiennes d'une fenêtre, assujettissez-les donc,
afin qu'elles ne battent point, etc

Mme Joseph avait répondu :

« Voulez-vous l'em pêcher de vous répéter ces choses? — Faites-les avant qu'elle vous les redise. — Lorsque j'entrai en service, — presque aussi jeune que vous, ma petite Anne, car ayant perdu de bonne heure mon père et ma mère, il me fallut dès lors me suffire à moi-même; — il y eut des moments très-difficiles pour moi. J'étais fort orgueilleuse, et je croyais me grandir en résistant le plus que je le pouvais à ma maîtresse. C'était une folie et une bêtise; l'orgueil ne grandit personne, parce que c'est un péché et que l'on s'abaisse toujours quand on pèche. On se rend esclave de ses passions, au lieu de l'être de ses devoirs; c'est plus honteux et c'est coupable... — Puis, au lieu d'un ordre, on s'en fait donner dix. Le bel avantage! Obéir du premier coup est plus digne, plus méritoire et plus avantageux tout à la fois. En nous plaçant au service de telle ou telle personne, nous nous sommes engagées à faire sa volonté et non la nôtre. Lorsqu'il ne nous conviendra plus de lui obéir, retirons-nous. Cette liberté nous reste toujours. Mais, aussi longtemps que nous mangeons le pain d'un maître, et que nous acceptons son argent, ce n'est pas pour faire chez lui ce qui nous plaît, et ne lui convient pas. Il serait ridicule de prétendre savoir mieux que les autres ce qui leur est agréable. Nos maîtres peuvent avoir, pour nous demander ce qui ne nous semble pas pressé, des raisons que nous ignorons, et qu'ils ne sont point obligés de nous dire. — A moins qu'une objection réellement utile ne se présente à notre esprit, obéissons sans réplique. — Dans le cas où votre maîtresse ne vous ordonnerait une chose que parce qu'elle en ignore une autre qui lui ferait probablement changer d'idée, dites-lui simplement ce que vous savez. — Si elle persiste, vous n'aurez plus qu'à vous soumettre. Elle vous croira d'autant plus facilement, que vous aurez moins l'habitude de raisonner. »

Anne s'était trouvée bien d'avoir suivi ces avis.

Quant à Mlle Agathe, si elle en avait jamais reçu de ce genre, elle les avait rarement mis en pratique.

Depuis longtemps, personne ne hasardait plus des conseils qui eussent été fort mal ac-

ceptés ; et parce qu'on ne lui en donnait plus,
Mlle Agathe s'imaginait que chacun reconnaissait qu'elle n'en avait pas besoin.

Des *ordres*, n'en parlons point ! Mme Dauchères, la seule qui eût eu le droit d'en intimer,
ne se permettait rien qui y ressemblât... A
peine exprimait-elle *des désirs ;* et comment y
répondait-on !

Quiconque eût entendu certains dialogues
entre la maîtresse et la bonne, eût certainement pris la seconde pour la première, et se
fût dit encore que le ton de cette maîtresse
était vraiment arrogant...

Que de fois Mme Dauchères avait été sur le
point de s'écrier :

« Je ne vous demande, Agathe, que d'employer envers moi la politesse dont j'use à
votre égard ! »

La crainte d'affliger une si ancienne domestique retenait l'indulgente dame. Mlle Agathe
ne s'apercevait pas de son tort ; elle avait peu
à peu contracté ces habitudes regrettables
d'indépendance et de domination.

Toute conscience qui ne s'examine pas régulièrement aux saintes clartés de la loi di-

vine, perd à son insu le sentiment du juste et
du bon.

On devient aussi facile pour soi, que sévère
pour les autres. Et cessant de voir ses imper-
fections et ses fautes, on s'établit dans une sé-
curité orgueilleuse, pendant laquelle la nuit
se fait de plus en plus dans l'âme...

Quand reviendra la lumière, si on ne la
cherche pas?

Au tribunal de Dieu, il sera trop tard pour
réparer le long orgueil de toute une vie...
Dira-t-on au Seigneur :

« Vous nous commandiez l'humilité, mais
je l'ai trouvée trop difficile... Je devais obéir;
il m'a paru plus commode de commander...
Vous m'aviez faite servante; moi, je me suis
établie au-dessus de mes maîtres! Vous nous
aviez prescrit la confession de nos fautes
comme le moyen d'en obtenir le pardon; mais
moi, je n'ai jamais voulu avouer ni reconnaître que je me fusse seulement trompée en
la moindre des choses... Je prétendais avoir
toujours raison, et je forçais au silence
les gens qui se permettaient de me blâmer! »

Ce langage est insensé ; — puisse-t-il le
paraître à tout le monde !

Mlle Agathe rachetait par des qualités réelles
les mauvais côtés, dont nous nous plaignons.
Elle était active, propre, dévouée, et foncière-
ment honnête. — Malheureusement, jusque
dans ces qualités, se retrouvaient les traces de
l'orgueil, qui gâte tout bien...

Active et propre, elle avait entretenu aussi
longtemps, et le mieux qu'elle l'avait pu, l'ordre que souhaitaient ses maîtres dans leur
petit intérieur. Elle frottait, lavait, nettoyait
de façon à ce que meubles et vaisselle fussent nets et brillants.

Mais que, par un motif quelconque, elle né-
gligeât ceci ou cela, il ne fallait pas lui en
faire l'observation, — si l'on ne voulait pas
que cet objet cessât pour un temps indéfini
d'obtenir ses soins !

Elle se fatiguait quelquefois de façon à
tourmenter sa bonne maîtresse, qui la suppliait alors de se reposer, de remettre au lendemain l'achèvement d'une besogne qui n'a-
vait pas été demandée.

Nullement! — Mlle Agathe s'obstinait à la tâche. Elle y eût succombé plutôt que d'en retrancher un seul point. Mais, en revanche, que sa maîtresse, un autre jour, la priât de vouloir bien faire enfin tel petit ouvrage vraiment pressé, Mlle Agathe s'y refusait carrément. — Elle s'y mettrait quand elle le pourrait... Ce qui signifiait : *quand cela lui conviendrait.*

Avec des caractères semblables, demander une chose devient une raison de ne l'avoir jamais!

Dans le dévouement même dont elle avait donné à ses maîtres des preuves incontestables, Mlle Agathe suivait encore plutôt l'instinct du cœur que les lois de la charité. Dès qu'elle voyait souffrir quelqu'un, sa bonté naturelle la portait à essayer de soulager. Elle s'y employait avec zèle, intelligence et adresse.

Mais, pour cela encore, il fallait que l'on fît *tout* ce qu'elle voulait... — Les avis contraires au sien étaient mauvais, les autres soins maladroits. Le médecin en savait moins qu'elle. Le malade lui-même ne devait pas élever la prétention de connaître mieux que qui que ce fût ce dont il avait besoin.

Puis, dès que s'éloignait le danger ou que diminuait la souffrance, les preuves de sensibilité disparaissaient plus vite encore. Le ton reprenait sa brusquerie, les manières et la physionomie leur apparente indifférence. Il redevenait impossible de rien demander à la vieille bonne, dans un moment où l'on n'était cependant guère en état de se servir soi-même.

La douce charité a plus de persévérance dans la tendre pitié qu'elle ressent et témoigne !

Mlle Agathe avait une grande réputation d'honnêteté et de probité. Ses maîtres avaient toujours hautement protesté de leur estime pour elle sous ce rapport.

Cependant Mme Dauchères, *dans le tête-à-tête* avec sa bonne, lui représentait quelquefois : *Que peut-être, elle n'apportait pas tout à fait assez d'attention* aux intérêts pécuniaires de ses maîtres...

Certes, Mme Dauchères pouvait parler de la sorte sans être accusée d'avarice, elle qui

s'imposait de véritables sacrifices pour soulager sa vieille domestique !

Mlle Agathe était touchée jusqu'à un certain
point de l'effort qu'avaient fait ses maîtres
pour lui donner une aide ; pourtant, elle n'é-
tait pas éloignée de penser que, s'ils le faisaient, *c'est qu'ils le pouvaient*... Qu'elle avait
trop bien mérité cet allégement pour qu'on
eût le droit d'y mettre des conditions. Qu'il
était d'ailleurs *impossible* de faire mieux
qu'elle ne faisait...

Impossible ! C'est bientôt dit... Si nous y
réfléchissions avec sincérité, combien de ces
choses *impossibles* nous deviendraient, non pas
seulement *possibles*, mais *faciles*.

Il n'est pas impossible en effet de veiller aux
achats que l'on fait, de manière à ne pas se
tromper ou se laisser tromper, soit sur la
quantité, soit sur la qualité.

Il est moins impossible encore d'observer
une économie scrupuleuse dans l'emploi des
provisions du ménage, afin de les faire durer le
plus longtemps possible.

Mlle Agathe n'eût jamais mis dans sa poche
un centime provenant de l'argent de ses maî-

tres ; mais elle en dépensait beaucoup plus qu'il n'était nécessaire, parce qu'elle se refusait à rechercher ce qu'elle appelait avec dédain *les bons marchés!* Elle eût rougi de *marchander...*

Par amour-propre pour ses maîtres, si ce n'est pour elle-même, elle aimait à payer largement.

Elle se croyait grande et généreuse parce que tous les ouvriers, commissionnaires ou manœuvres qui avaient affaire dans la maison, recevaient, grâce à son influence, une gratification double de celle que l'on accorde d'ordinaire.

Les exigences des différents fournisseurs étaient presque toujours appuyées par elle. On eût pu croire qu'elle était chargée de soutenir les droits de tout le monde, à l'exception de ceux de sa maîtresse.

Protégeons l'ouvrier, le nécessiteux, le marchand, rien de mieux. Mais puisque nous avons reçu de nos maîtres la mission de défendre leurs intérêts, rappelons-nous que nous devons répondre à leur confiance, sous peine de manquer à notre devoir premier. Même pour faire une aumône, nous n'avons pas le droit de donner ce qui ne nous appartient point.

La règle qui doit nous guider en toute circonstance est celle-ci : « *Ne faites pas à autrui ce que vous ne voudriez pas qui vous fût fait...* »

Que les domestiques se supposent *maîtres*, — ce qui arrivera peut-être un jour... — ils ne voudraient point être trompés... Ils aimeraient que l'on ménageât leur bourse, leurs provisions ; qu'on ne leur fît rien payer au delà de ce qu'ils doivent rigoureusement ; que l'on fît durer le plus longtemps possible ce qu'ils ont acheté de leurs deniers.

Ils tiendraient à faire eux-mêmes leurs générosités.

La conséquence de ces désirs est facile à tirer...

Les domestiques, devenus maîtres, seraient moins contents encore d'être positivement volés, — comme on l'est par ces cuisinières qui, selon l'expression vulgaire, font danser l'*anse du panier...*

Ici, l'on s'aperçoit tout de suite que je n'ai plus en vue Mlle Agathe. D'autres qu'elle et

peut-être dans la même maison, avaient probablement la conscience plus chargée sous ce
rapport.

On ne vole pas seulement en prenant de
l'argent. Il y a bien des façons de se procurer
des bénéfices illicites.

Et ce n'est pas se justifier que de faire taire,
à force de cris, un pauvre maître infirme à qui
manque le courage de lutter.

Ah! si la grande voix du devoir était partout écoutée, aimée, que de peines l'on s'é-
pargnerait et que de richesses on amasserait
pour la vie où ne s'emportent point les biens
mal acquis !

CHAPITRE XXX

Un douloureux sacrifice.

Anne, aidée par les bienfaisants secours que nous savons, échappait aux dangers de l'exemple. Elle retirait même d'utiles leçons de tout ce qui eût pu, sans cette ressource providentielle, l'induire au mal ; ou, tout au moins, la scandaliser.

Ce que nous blâmons dans les autres, nous devons prendre garde à ne point le reproduire en nous.

Mme de Chambelle avait plus de peine à entretenir chez Anne les sentiments de la charité pour Mlle Agathe, qu'à la prémunir contre une influence mauvaise.

Du reste, Mlle Agathe elle-même n'aurait pas souffert qu'Anne s'autorisât d'un motif quelconque, pour manquer de respect ou d'obéissance à M. ou à Mme Dauchères.

Le fait est que la jeune fille n'aurait pu alléguer aucune des raisons qui militaient en faveur de la vieille bonne.

Mais, rassurons-nous, elle ne songeait qu'à se conduire de manière à contenter ses maîtres, sa conscience et Dieu !

Mme de Chambelle continuait à la faire étudier régulièrement chaque jour. Ce n'était pas que l'excellente dame voulût rendre *savante* une jeune fille destinée à gagner son pain par des travaux manuels ; mais l'intelligence a besoin d'aliments capables de la nourrir et de la développer.

Autant une demi-science est dangereuse quand c'est l'orgueil qui la recherche, autant certaines connaissances sont utiles dans tous les états de la vie et dans toutes les classes de la société.

Anne, grâce à sa bienfaitrice, écrivait correctement le français et possédait à fond les principes élémentaires du calcul. Elle avait retenu assez de géographie pour ne pas confondre entre elles les différentes parties du monde, ni même les contrées qui y sont situées. Elle avait reçu de précieuses notions sur l'histoire

de notre pays, après avoir appris celle du peuple
de Dieu et de l'Église. Mme de Chambelle s'é-
tait appliquée surtout à faire remarquer à
son élève combien le travail a, de tout temps et
chez tous les peuples, été en honneur et quels
avantages inestimables il a toujours rapportés
à ceux qui s'y sont courageusement livrés.

Anne avait vu le vice recevant tôt ou tard la
punition qui lui est due; la vertu, sinon récompensée, du moins toujours estimée. Elle
avait compris, au récit des grands événements
qui bouleversent la vie des peuples comme
celle des individus, que la justice de Dieu se
révèle un jour ou l'autre d'une manière frap-
pante et que sa Providence gouverne le monde.

M. Pigard, très-fier de la *belle éducation* de
sa fille, l'appelait à son aide quand il trouvait
dans le journal une citation historique ou géo-
graphique, dont il ne comprenait pas le premier mot.

Anne répondait simplement, selon qu'elle
savait ou qu'elle ne savait pas; qu'elle se rappelait ou qu'elle ne se rappelait pas les faits et
les noms. Elle avouait franchement n'en pas
connaître plus long, et rapportait toujours fi-

19.

dèlement à Mme de Chambelle l'honneur de
ce qu'elle avait appris.

La modestie sincère est une vertu très-rare.
Quelques personnes pourraient donc s'éton-
ner d'en voir tant de marques chez une enfant
élevée au-dessus de sa condition par des circonstances exceptionnelles ; mais leur surprise
cessera si elles considèrent : que les enseignements religieux contiennent le contre-poison
qui guérit de l'orgueil, et qu'ils avaient été la
base de l'éducation donnée à cette jeune fille.

Anne était humble parce qu'elle savait que
Dieu est tout, et que nous ne sommes rien.

L'humilité, c'est la vérité...

Cette simplicité qui paraissait dans ses manières et dans sa tenue, autant que dans ses
paroles, donnait un grand charme à toute sa
personne.

Elle plaisait à tout le monde, — à l'inverse
des jeunes filles hardies que l'on remarque
promenant à travers les rues leur air dégagé,
leurs yeux toujours levés et leurs toilettes pré-
tentieuses ; — que l'on entend rire bruyam-
ment et parler haut ; — qui n'inspirent aux
gens honnêtes que répugnance et dégoût !

Il semblait que quelque chose de la distinction de Mlle de Chambelle se reflétât sur sa jeune compagne.

Nous parlons peu de l'aimable Camille; nos lecteurs devinent aisément d'eux-mêmes, par le bien qu'avait fait Mme de Chambelle à notre petite Anne, ce que devenait, sous une telle direction, la propre fille de cette vertueuse dame.

Une affection profonde unissait les deux jeunes filles.

Camille, ainsi que nous le savons déjà, voyait presque une amie et tout à fait une sœur devant Dieu, dans la douce enfant qui avait grandi à côté d'elle, recevant les leçons de la même bouche vénérée.

De son côté, Mlle de Chambelle et sa mère étaient aux yeux d'Anne une représentation visible de la Providence. Elle leur avait voué une de ces tendresses fortes et saintes que Dieu met en nos cœurs ici-bas, comme une consolation et un soutien pour nous aider à traverser les jours de l'exil.

Toutes les joies que ressentait Camille, Anne les éprouvait avec elle. Camille n'avait elle pas partagé de même les tristesses d'Anne!

Il arriva un jour où ce ne furent plus des joies qu'envoya le Seigneur à Camille...

Tôt ou tard, mais inévitablement, le tour de chacun de nous arrive pour la souffrance. Les vertus ni les bonnes œuvres ne sauraient nous priver de la croix, qui est le cachet dont Dieu marque ses élus...

La santé de Mme de Chambelle avait toujours été délicate. Elle se fatiguait beaucoup, soit pour l'éducation de sa fille, soit pour de nombreuses œuvres de charité. Peut-être ne prit-elle pas à temps les précautions que commandait la prudence, quand une indisposition sérieuse fut venue compliquer ses lassitudes et ses malaises ordinaires. Elle avait si peu l'habitude de s'occuper d'elle!

Quoi qu'il en soit, la maladie marcha trop rapidement pour que le danger pût être conjuré, lorsqu'il fut reconnu. — Que l'on juge du désespoir de son mari et de sa fille!

Mais c'est à tort que j'emploie ce mot; il n'est pas chrétien...

Non ! Leur douleur fut immense, inexprimable; ce ne fut pas du *désespoir*.

Ils savaient que la mort ne nous sépare point réellement de ceux que nous aimons... que leurs âmes continueraient de communiquer avec l'âme si chère qui allait remonter au Ciel... qu'ils la retrouveraient un jour dans la bienheureuse Patrie!

Néanmoins que de déchirements, quelles angoisses, en voyant souffrir et partir celle qui n'avait jamais fait que le bien, devant eux et pour eux...

Elle, calme et paisible, malgré la douleur qu'elle éprouvait aussi à les abandonner, acceptait le sacrifice, — s'étonnant même d'y trouver tant de facilité...

Elle avait su d'avance que la mort n'est point amère pour l'âme pieuse, qui va trouver ce qu'elle a aimé et désiré par-dessus toute chose... Mais sa nature avait quelquefois frémi à la pensée du ténébreux passage. Son cœur surtout s'était troublé en songeant aux êtres chéris qu'il faudrait délaisser... Elle s'était toujours attendrie sur le sort des orphelins...

Et maintenant, elle sentait si bien que Dieu se fait le père et la mère tout à la fois des enfants privés de leurs soutiens naturels! C'était avec une confiance sans limite qu'elle remettait à ce Dieu bon sa fille bien-aimée.

Elle se promettait aussi de suivre encore du haut du ciel cette enfant chérie; de l'entourer de prières et d'amour; d'obtenir mille grâces à la fille et au père.

C'était la sainte mourante qui ranimait le courage de Camille; qui exhortait M. de Chambelle à la résignation...

Sa sollicitude ne se bornait point à ces affections premières. Ses bonnes œuvres commencées avec tant d'ardeur, elle les confiait à Dieu.

L'enfant qu'elle avait toujours protégée, la chère petite Anne, occupait sa pensée et son cœur. Elle la fit venir, l'entretint en particulier; résumant pour elle, dans une dernière exhortation, les enseignements tant de fois répétés et recevant ses promesses de rester fidèle toujours à ses recommandations suprêmes.

Anne, pénétrée d'admiration autant que de chagrin, croyait voir le ciel ouvert au-dessus de la couche funèbre... Elle eût souhaité suivre sa chère bienfaitrice! Ne le pouvant, hélas! elle pleurait et se désolait... Quel sacrifice Dieu demandait à son jeune cœur!

Soudain, elle eut une inspiration filiale qui suspendit un instant les naïfs témoignages de son affliction :

« Ah! madame, s'écria-t-elle; si vous vouliez bien donner des conseils à papa aussi! Je suis sûre que vous obtiendriez de lui ce que nous désirons inutilement depuis si longtemps... »

Une bonne action à faire encore, quand la possibilité allait en cesser pour elle !... La pieuse mourante ressaisit des forces :

« Mon bon monsieur Pigard; dit-elle d'une voix émue au concierge qu'Anne avait couru chercher; — ne trouvez pas étonnant qu'avant de partir pour le grand voyage d'où l'on ne revient pas... je vous recommande notre chère petite Anne! Elle était un peu *mon enfant*, à moi aussi; vous savez que je l'ai toujours aimée... Eh bien, au nom de cette affection, je vous supplie de respecter devant elle la foi que j'ai aidé à développer dans son âme. Vous

voyez ce que la religion a fait de cette enfant.
Anne est pour vous une fille respectueuse,
obéissante et dévouée. Elle ne cherche son
bonheur, ni dans les vanités ni dans le plaisir.
Laborieuse et simple, elle se plaît entre son
père et sa mère. Elle vous rendra heureux
toute votre vie. — Monsieur Pigard, jurez-moi
que jamais, par un mot, une raillerie, ni surtout par un ordre ou une défense quelconque,
vous ne jetterez le trouble dans cette âme innocente !

— Ne craignez rien, madame ; répondit-il
brusquement pour dissimuler sa vive émotion.
Je sais que tout ce que vous avez fait était
pour son bien et pour le nôtre, et je vous remercie de tout...

—Maintenant, mon bon monsieur Pigard, je
vais vous dire adieu jusqu'à ce que nous nous re-
trouvions là-haut... Car vous y viendrez aussi.
L'heure de la mort arrive plus vite que l'on ne
s'y attendait quand on était encore en bonne
santé... Est-ce que vous ne me donnerez pas la
joie de m'assurer que vous réfléchirez d'avance
à ce moment? que vous vous efforcerez de vous
y préparer en redevenant réellement chrétien?

Je demanderai pour vous à Dieu cette grâce.

« — Vous êtes trop bonne, madame, de vouloir bien penser ainsi à moi et prier pour moi aussi... Je vous promets que je n'oublierai jamais cela ! »

Il se retira, les yeux remplis de larmes. Un grand coup était frappé... Anne n'aurait plus guère de peine à obtenir la conversion souhaitée !

Le salut d'une autre âme préoccupait encore et bien ardemment Mme de Chambelle. La force de son zèle la soutint jusqu'au milieu des défaillances de la mort.

Auprès d'elle une jeune femme douce, timide et tendre, sanglotait en la soignant.

« Quelle épreuve nouvelle tu m'imposes, ô mon Dieu ! Cette voix éloquente et pleine d'une compatissante onction me soutenait dans ma faiblesse. Cette âme sensible me plaignait, et ma lourde croix me paraissait moins pesante, parce qu'elle m'aidait à la porter. A ses côtés, je respirais un air plus pur... J'entrevoyais des clartés célestes. — Seigneur, Seigneur, toi seul connais les pensées étranges et bienfaisantes tout à la fois qui me traversent

l'esprit, quand je vois et entends cette sainte.
Puis-je être dans la vérité, en croyant autre
chose que ce qu'elle croit? — Si c'est elle qui
se trompe, ah! que bénie soit l'erreur qui rend
si fort contre la mort, si calme au dernier jour,
si charitable pour tous!... »

Comme si la mourante *eût lu les perplexités*
de cet esprit troublé, elle prit entre ses mains
les mains de Mme Jacob appuyée contre le che-
vet du lit :

« Chère madame, lui dit-elle; donnez-moi
vos commissions pour votre ange, que j'espère
retrouver bientôt... Comme je prierai avec elle
pour sa malheureuse mère !

— Que solliciterez-vous de Dieu pour moi?
demanda Mme Jacob, voulant en quelque sorte
faire exprimer le vœu qu'elle devinait pourtant..

— Ah! ce que je solliciterai, c'est que vous
veniez un jour nous retrouver ; et que, pour cela,
vous preniez la voie qui conduit le plus sûrement au ciel !

— Hélas! comment saurai-je laquelle est
la plus sûre? Certainement, si j'en jugeais par
ce que vous êtes et par ce que je suis... — Mais
ce n'est point une preuve.

— Non, vous avez raison, car vous êtes bien meilleure que moi... *Et vous n'êtes pas cependant dans la vérité...* Laissez-moi vous le dire, chère, bien chère madame! A l'heure où je me trouve, on ne saurait employer aucun déguisement pour déclarer sa pensée. Vous n'êtes pas coupable, parce que vous ne saviez pas... Mais que de secours et de consolations vous manquent! — Oh! je vous en supplie, continua Mme de Chambelle, se soulevant de sa couche par un effort surhumain ; je vous en supplie, au nom de Jésus-Christ que vous aimez et servez aussi, faites-moi la promesse de chercher sincèrement la vérité... Lisez, consultez, étudiez sérieusement, et la lumière vous sera donnée... — Pourriez-vous croire que vous connaissez le Catholicisme, si vous n'entendez jamais que les arguments qu'on lui oppose? Si vous n'ouvrez que des livres qui lui sont hostiles et qui le dénaturent, pour mieux le combattre! Dans le cas où la vérité serait de notre côté, comme nous le croyons, ne seriez-vous pas condamnée un jour pour n'avoir pas essayé de la trouver?

— M. Jacob ne voudra jamais...

— Chère madame, l'autorité de Dieu passe avant celle d'un mari. Si Dieu a confié la vérité à l'Église catholique, c'est obéir à Dieu que d'écouter l'Église catholique... En vous suppliant d'étudier notre sainte Religion, je ne réclame rien que vous ne puissiez m'accorder sans inquiéter votre conscience. Mais cette promesse sacrée, je vous la demande avec larmes... Je veux la porter à votre petite Sidonie...

— Chère, chère madame, je satisferai à votre désir; je vous le promets! Ne parlez plus... Vous vous faites mal... Pour moi, vous abrégez vos jours...

— Vous me rendez bien heureuse; je ne regrette rien. Étudier la vérité, c'est l'accepter déjà... O Jésus, merci!...»

CHAPITRE XXXI

Nouvelles tristesses et douces espérances.

Anne, dans son inexpérience des épreuves de la vie, n'avait jamais eu la pensée que sa chère bienfaitrice pût lui être enlevée.

Cette perte, aussi inattendue que cruelle, la plongea dans une affliction inexprimable.

Non-seulement elle avait sa propre peine, mais elle voyait souffrir l'intéressante et malheureuse Camille, dont le cœur était déchiré, quoique la foi lui communiquât une admirable énergie.

La pauvre Anne n'eut point cette énergie. Plus jeune et plus faible, elle n'opposa pas une lutte assez courageuse aux accablements de la tristesse. Après avoir langui quelque temps, elle tomba gravement malade, et ses parents alarmés craignirent pour ses jours.

Alors on put voir combien une fille modeste
et bonne, — quelque jeune et quelque obscure
qu'elle soit ; — se fait estimer, aimer de chacun autour d'elle.

Il n'y eut pas un locataire de la maison, —
pas même Mlle Pélagie! qui ne s'informât plusieurs fois par jour de l'état de la malade.

La manière de s'exprimer variait selon le
caractère et les habitudes de celui qui parlait,
mais l'intérêt était réel chez tous.

« Eh bien, comment va-t-elle? demandait
d'une voix perçante Mlle Pélagie. — Vous de-
vriez bien exiger qu'elle se fasse une raison,
madame Pigard. — Elle ne pouvait pas espérer
que Mme de Chambelle vivrait toujours!

« La bonne petite est donc vraiment mieux
ce matin? disait avec satisfaction Mme Dauchères. Elle nous reviendra bientôt, je l'espère.
— Savez-vous qu'elle me manque tout à fait,
et à ma vieille Agathe aussi !

«Monsieur Pigard, je vous le répète une fois de
plus, et vous reconnaissez sans doute la justesse
de mes paroles : — vous avez eu le plus grand
tort de ne pas me confier l'éducation de votre
fille! J'en aurais fait une femme forte, qui ne se

fût pas laissé exalter l'imagination par les vaines sentimentalités dont se compose le Catholicisme...»

On reconnaît M. le pasteur Jacob! Heureusement, M. Pigard ne courait plus le danger d'être séduit par ces beaux discours. Il savait à quoi s'en tenir sur la sollicitude qui lui était témoignée.

Mme Jacob montait furtivement chez Anne, à côté de laquelle s'installait l'obligeante Mme Joseph, chaque fois que Manette était forcée de redescendre à la loge. (Mlle Augustine, occupée de soins nombreux, ne pouvait être aussi souvent qu'elle l'aurait souhaité auprès de sa chère petite amie.)

La jeune femme du ministre témoignait à l'affligée malade une affectueuse sympathie. Comme elles se comprenaient bien toutes deux! Le même nom ne leur échappait-il pas sans cesse, se mêlant à leurs larmes!

Les respectables habitants du quatrième étage ne restaient pas indifférents non plus. Ils regrettaient si sincèrement Mme de Chambelle. Sophie avait facilement obtenu la permission d'aller visiter Anne; elle essayait, pour la con-

soler, des mêmes raisonnements pieux qu'elle
tenait à Camille.

Quant à celle-ci, que dirons-nous de ses
soins à sa sœur d'affliction ? Nous avons vu que,
plus fortement chrétienne, elle portait mieux
sa croix. Mais la touchante faiblesse d'Anne
la pénétrait d'une sorte de reconnaissance. Il
lui était doux de voir sa mère ainsi pleurée.

Cependant, elle travaillait à lui inspirer plus
de résignation. Anne sentait revivre dans ces
encouragements onctueux l'accent et les leçons de Mme de Chambelle. Se reprochant ce
qu'elle craignait être un manque de soumission à la volonté de Dieu, elle fit des efforts
sur elle-même.

Sa santé se remit peu à peu ; mais une autre
secousse lui eût été fatale sans les progrès
qu'elle avait faits...

M. de Chambelle avait vainement essayé de
continuer à demeurer dans la maison devenue
pour lui vide et désolée. Trop de souvenirs
reportaient à chaque instant son esprit vers le
cruel malheur ! Il sentit que, pour conserver ses
forces et même ses facultés intellectuelles, il
devait abandonner ces lieux. Il le déclara donc

tristement, mais formellement, à sa fille.

Celle-ci n'éleva pas une objection. Et pourtant, tout était pour elle douceur et consolation dans ce qui lui rappelait sa mère.

Anne vit s'éloigner Mlle de Chambelle avec son père ; et la bonne, la secourable Mlle Augustine...

Quelle séparation pour la pauvre enfant ! Mais elle s'appliqua tellement cette fois à se dominer, qu'aucun de ses devoirs ne souffrit de son chagrin. La nuit seulement, elle donna plus d'une fois cours à ses larmes.

Presque tout avait disparu de ce qui lui rendait cette maison attrayante et chère... Elle ne pouvait passer, sans que son cœur battît à se rompre, devant cette porte du premier où tous les jours, joyeuse, et plusieurs fois par jour, elle accourait jadis...

Néanmoins, tant que l'appartement resta inoccupé, elle y rentra de temps en temps, seule et comme accomplissant un pèlerinage funèbre.

Agenouillée à la place où elle avait vu mourir sa bienfaitrice, elle priait pour elle, se rappelait ses conseils, les méditait et renouvelait

20

ses promesses à l'âme bienheureuse dont elle se croyait rapprochée.

Mais, trop tôt, des étrangers, des indifférents, vinrent occuper ces lieux qui lui semblaient sanctifiés... Et de ce jour la pauvre enfant se promit de n'y plus rentrer, à moins d'y être forcée par quelque devoir.

Un jour, elle montant et Mme Jacob descendant, se rencontrèrent sur le palier de ce triste premier étage. Des rires y retentissaient, s'échappant de l'appartement. On causait, on chantait...

La jeune femme et la jeune fille ressentirent la même commotion pénible.

« Oh! madame, s'écria Anne; que cela fait mal, n'est-ce pas?

— Oui, ma pauvre petite. Hélas, c'est la vie... Les uns s'en vont, les autres occupent la place laissée vide. Heureux quand on a mérité des regrets aussi vifs que ceux dont *sa* mémoire est entourée...

— Elle est au ciel! dit Anne, joignant les mains. Si je pouvais y aller bientôt aussi, en faisant tout ce qu'elle m'a recommandé de faire!

— Oui, faisons tout ce qu'elle nous a recommandé... répéta, comme involontairement, Mme Jacob.

— Elle vous a aussi recommandé quelque
chose, madame ? » ne put s'empêcher de demander Anne, surprise.

Mme Jacob eut un moment d'hésitation ;
puis, se penchant vers la jeune fille, elle lui
dit à l'oreille, avec précipitation :

« Je voudrais vous parler, Anne ; mais il faut
que nous soyons seules. M. Jacob va rentrer ;
l'instant serait mal choisi... Ne pourriez-vous
pas vous échapper demain, à l'heure où il a
l'habitude de sortir ?

— Oui, madame ; justement, je suis libre à
ce moment-là. De la loge, je le verrai passer, et je monterai tout de suite. »

Le lendemain, Anne ne manqua pas de
se rendre chez Mme Jacob à l'heure indi-
quée.

« Vous voilà, ma chère petite ! lui fut-il dit
avec un certain embarras. Je n'avais peut-être
pas assez réfléchi avant de vous demander de
venir me trouver. Je ne sais si je dois... —

Vous êtes si jeune, et ces choses sont si intimes !

— Je croyais, madame, répliqua Anne ingénument, que vous aviez voulu me parler de Mme de Chambelle ? »

Ce nom produisit un effet magique.

« Oui, c'est d'elle, en effet... Que je suis lente à faire ce qu'elle a tant souhaité ! — Ma chère Anne, vous n'êtes qu'une enfant, c'est vrai ; mais vous êtes plus instruite que moi sur ce que cette chère Mme de Chambelle aimait plus que la vie. Vous avez peut-être la vérité...

— Madame, madame ! s'écria Anne, hors d'elle ; est-ce que vous voudriez vous faire catholique ?

— Je ne dis pas cela, Anne. Ce ne sera peut-être jamais... Mme de Chambelle elle-même ne me l'a pas demandé. Ce que je lui ai promis, c'est d'*étudier la Religion catholique.* Je veux le faire. Mais pour commencer cette étude, je me trouve fort embarrassée. A qui m'adresser, puisque j'ai eu le tort de laisser s'éloigner Mlle Camille, sans la questionner ? Vous devez savoir quels étaient les prêtres qui venaient chez

Mme de Chambelle ? Si j'avais le nom et l'adresse de l'un d'eux, je le prierais ou plutôt je le ferais prier de me prêter un bon livre, que je lirais *très-secrètement...* — Vous me comprenez ?

— Oui, madame. Justement, j'avais plusieurs fois entendu Mme de Chambelle dire, en parlant de l'un de ces messieurs : « *C'est le prêtre que j'aimerais à donner pour guide à notre intéressante voisine.* »

— Elle s'occupait ainsi de moi ?

— Oh ! oui, avec le désir ardent de vous voir devenir catholique. Voilà plus de trois ans que Mlle Camille et moi, nous faisons tous les jours une prière pour que M. Jacob et vous, madame, soyez éclairés du bon Dieu.

— C'est donc Dieu lui-même qui m'a inspiré de m'adresser à vous, répondit la jeune femme émue. Il y a trois ans que vous priez pour moi, sans vous lasser ! Merci, ma chère enfant... Vous aussi, vous m'avez plainte dans ma grande douleur !

— Dieu vous consolera, madame, si vous vous faites catholique...

— Il m'entend et me soutient, quoique je sois protestante. Comment aurais-je pu, sans

20.

lui, supporter ce nouveau coup de la mort de
Mme de Chambelle?

— Oh! je vois bien qu'il vous aime, madame, car il a voulu que Mme de Chambelle
vous attirât vers notre sainte Religion, où
nous avons tant de bonheurs. Moi, quand j'ai
eu communié pour ma chère bienfaitrice, il
m'a semblé que je revenais à la vie. La communion, c'est si bon!.. »

Anne s'exprimait avec un tel accent de vérité que Mme Jacob en était remuée. Mais, ne
voulant point laisser paraître son trouble,
elle reprit :

« Je ne souhaite qu'accomplir mon engagement, en lisant et étudiant des ouvrages catholiques. Si vous pouvez m'en procurer, ma chère
petite, je vous en serai reconnaissante. »

Cette conversation remplit de joie le cœur
d'Anne. Elle alla trouver le vénérable ecclé-
siastique dont elle savait parfaitement l'adresse
et le nom. Elle lui exposa les faits.

Le bon prêtre conçut les meilleures espérances de cette confidence. Mais il trompa une
partie de celles qu'avait nourries notre enfant

trop pressée, parce qu'il lui refusa d'aller lui-même trouver la jeune femme, quoique Anne l'en suppliât.

« Patience ! lui répondit-il. La lumière se fera bientôt dans cette âme. Laissons agir en elle le Seigneur, nous bornant à lui envoyer le bon livre qu'elle réclame, et après lequel nous lui en choisirons d'autres, si elle le désire. Elle a demandé le premier par déférence et affection pour la chère mémoire ; elle aura besoin des autres pour achever la poursuite de la vérité, entrevue et goûtée. — Tenez, voici le livre, simple et profond, de l'*Abrégé de la Doctrine chrétienne*, par Lhomond. C'est l'*a*, *b*, *c*, *d*, ou plutôt, c'est le résumé des lectures les plus hautes et les plus saintes. Pendant qu'elle y puisera les connaissances nécessaires, nous, ma chère enfant, nous prierons Dieu d'ouvrir son esprit et son cœur aux bienfaisantes clartés qui ne manqueront pas de les inonder... Et vous savez quelle aide puissante nous avons là-haut !.. »

CHAPITRE XXXII

La servante du Seigneur.

Le temps avait marché pour Anne, comme il marche pour chacun de nous, emportant d'un pas uniforme et rapide nos jours et nos années. Au moment où nous la retrouvons en ce chapitre, elle venait d'accomplir ses dix-huit ans.

Toujours active et courageuse, elle avait continué sa vie de travail incessant, de sacrifices quotidiens sur sa volonté comme sur ses goûts ; amassant chaque jour de nouveaux mérites.

Soudain, elle reçut une proposition bien inattendue et qui lui sourit délicieusement.

Mlle de Chambelle lui demandait, avec autant d'affection que de confiance : *de* *venir remplacer auprès d'elle Mlle Augustine, qui allait la quitter pour se marier.*

« Ma bonne Augustine t'apprécie tellement, écrivait Mlle Camille, qu'elle te croit parfaitement en état de la suppléer en tout, dès que tu auras été mise au courant de la tenue de la maison. D'ailleurs, je t'aiderai, puisque je m'occupais avec Augustine des principaux soins du ménage. Mon pauvre père sera aise, lui aussi, de te revoir ; tu lui rappelleras doucement l'heureuse époque qu'il regrette toujours. Et moi, je ne puis me consoler de perdre ma bonne Augustine que par l'espérance de retrouver ma chère petite Anne ; d'évoquer avec elle mille souvenirs de ma mère chérie ; de nous exciter ensemble à mieux profiter de ses enseignements. Rapprochées comme nous le sommes, toi et moi, par les sentiments d'une affection de vieille date, nous n'aurons point l'une envers l'autre les rapports ordinaires entre maîtres et serviteurs. Les mêmes pensées de foi, les mêmes espérances pour un monde meilleur, nous placeront dans une situation plus facile et plus douce. Et rien n'en souffrira dans nos devoirs respectifs, puisque ce qui nous lie est justement ce qui nous fait aimer et remplir le devoir... »

Camille faisait dire à M. et à Mme Pigard qu'elle devinait bien la répugnance qu'ils éprouveraient à consentir au départ de leur unique enfant, leur chère petite Anne. Elle souffrait de leur demander ce sacrifice, mais elle espérait qu'ils s'y résoudraient à cause des avantages qu'en retirerait leur fille.

Ces avantages étaient de nature à satisfaire leur ambition pour Anne. Vu les capacités de la jeune fille pour le ménage, comme pour les travaux d'aiguille et les qualités qui faisaient d'elle une acquisition précieuse, Mlle de Chambelle lui offrait 400 *francs* de gages.

Anne, défrayée de tout, n'aurait presque rien à dépenser : logée, nourrie, même vêtue, elle pourrait mettre de côté une somme assez ronde ; elle qui depuis quelque temps n'avait plus guère gagné que *vingt francs* par mois, chez madame Dauchères !

M. et Mme Pigard comprirent trop bien de quel côté était l'intérêt de leur fille, pour s'opposer à son acceptation. Leur chagrin de la voir s'éloigner était bien adouci, d'ailleurs, par la certitude qu'elle serait aussi heureuse que possible auprès de Mlle de Chambelle.

Mais, le jour où la douce enfant quitta le N° 202 de la rue de la Félicité fut un jour de deuil pour ses parents. Les yeux de tous les locataires se mouillèrent devant les larmes de la pauvre Manette et le front attristé de François...

Tout le quartier fut en émoi à l'occasion de ce départ. Chacun regrettait la bonne jeune fille, si affable et complaisante pour tous.

Elle, la pauvre petite, pleurait aussi. Il lui semblait qu'elle quittait son pays, en même temps que sa famille.

Se séparer de son père et de sa mère est toujours bien dur. S'en séparer *pour entrer en service*, l'est deux fois davantage...

Quelque léger que s'annonçât le joug, c'était un joug ! Anne allait enchaîner complétement son indépendance, livrer totalement sa liberté. Elle comprenait trop bien l'importance du devoir, pour contracter à la légère un engagement de ce genre ; et justement parce qu'elle en acceptait les obligations, elle s'en effrayait un peu tout bas.

Elle savait que son temps ne lui appartiendrait plus ; qu'elle devrait l'employer exclusivement à travailler pour autrui, à faire la volonté d'autrui...à se dévouer aux intérêts d'autrui.

Sans doute, elle ressentait de la jouissance à la pensée qu'elle pourrait, par ses soins et son dévouement de tous les instants, payer à la fille orpheline une partie de la dette de reconnaissance contractée envers la mère.

Mais il existe en nous un fonds de mauvais instincts, dont ne triomphe pas toujours la vertu qui lutte sans trêve. L'orgueil produit l'aversion de toute dépendance ; l'amour-propre se soulève contre l'immolation de la volonté, des aises et des goûts. La mollesse, si ce n'est la paresse, s'effraie du travail obligatoire depuis le matin jusqu'au soir.

Quoique Anne se fût habituée de bien bonne heure au labeur quotidien, à l'obéissance et à l'humilité, elle n'embrassait pas sans un grand effort la vie active qu'elle avait vu mener à Mlle Augustine.

Heureusement, notre pieuse enfant savait

trouver en Dieu le secours et la force. Elle se confessa, elle communia, et son courage ne se démentit pas !

En embrassant son père, elle osa lui dire à l'oreille :

« Je m'en irais contente, si tu m'accordais ce que je demande à Dieu et à toi depuis des années !

— Qui te dit que tu n'es pas exaucée ? » répondit gravement M. Pigard.

Anne le regarda, étonnée.

« Je n'ai pas fait encore tout ce qu'il faudrait, reprit-il ; mais je suis décidé à ne plus reculer. Puisque tu reviendras tous les quinze jours passer le dimanche entre nous, je causerai sérieusement avec toi. Tu m'apprendras la manière dont je devrai m'y prendre, et tu me mèneras où tu voudras... »

Anne, ravie, se jeta dans ses bras :

« Oh ! papa, merci ! Merci, mon Dieu, » s'écria-t-elle, tandis que Manette, joignant les mains en silence, bénissait aussi la bonté divine.

Anne avait prié tant de fois pour la conversion de son père ! Elle avait souvent, avec

un cœur joyeux, entrevu la certitude désirée!
Et maintenant que le bienfait était, pour ainsi
dire, visible et palpable, c'était à peine si elle
pouvait y croire... Elle eût voulu interroger,
entendre encore et encore.

« Que n'avais-je plus tôt essayé de frapper
ce dernier coup! » se répétait-elle.

Mais les moments étaient comptés; elle ne
pouvait faire attendre Mlle de Chambelle,
qui était venue elle-même la chercher en
voiture.

« *Dans quinze jours nous causerons...* — Que
ma chère Mlle Camille va donc être contente! C'est sûrement à sa mère que je dois
cette nouvelle grâce... Malheureusement, pour
Mme Jacob, cela ne va pas vite. Je n'aurais
jamais cru qu'après tant de bonnes lectures
elle ne serait pas décidée... Elle a peur de son
mari, je le crois; et de sa fille aussi peut-
être, car Mlle Zulma tyrannise la pauvre
dame, trop bonne et trop faible. Il me semble que, lorsqu'on entend la voix de Dieu dans
sa conscience et dans de saints livres, on ne
devrait plus hésiter. Mais ce n'est pas à moi
à juger de ces choses; seulement, j'en par-

lerai à Mlle Camille pour qu'elle redouble de
prières. »

Anne fut accueillie dans la demeure de
M. et de Mlle de Chambelle avec une bonté
parfaite. Mlle Augustine commença dès aussitôt à la mettre au courant du service, bien
facile d'ailleurs.

Sa première soirée fut triste dans la jolie
petite chambre où elle n'échangeait point avec
sa mère un tendre bonsoir ; mais elle y trouvait
des marques si évidentes de l'affection dont
elle serait entourée, que son cœur se ranima.

Camille avait elle-même acheté les meubles simples et commodes, qui remplaçaient
ceux dont elle avait fait don à Mlle Augustine.
Elle avait tenu à ce que cette pièce eût un aspect agréable et même gai. En plus de l'ex-
quise propreté qui embellit les lieux aussi bien
que les personnes, on y remarquait, appendues
aux murs, quelques gravures pieuses, entourant l'image vénérée de la très-sainte Vierge.

Un crucifix était au fond du lit.

Une photographie de Mme de Chambelle
semblait sourire à la jeune fille...

Sur une table étaient préparés un coffre à ouvrage muni de tout ce qu'il fallait pour coudre, et un petit pupitre avec ce qui était nécessaire pour écrire.

Une jolie glace ornait la cheminée.

Mlle de Chambelle pensait avec raison que s'il est bon pour les maîtres d'avoir un intérieur *confortable*, cela est peut-être encore meilleur pour les domestiques, qui ont moins de ressources pour se distraire.

Anne, attendrie en face de ces attentions de toutes sortes et pénétrée de gratitude, se promit de répondre de son mieux à tant de bontés.

Elle le promit à Dieu, dont elle reconnaissait là encore la main providentielle.

Une véritable chrétienne ne manque jamais de s'examiner, au moment de sa prière du soir, sur la manière dont elle a rempli les devoirs de la journée.

Elle forme des résolutions plus fermes pour ceux du lendemain et de toute sa vie.

Anne, n'ayant à s'occuper que de ceux de l'avenir en ce qui concernait sa nouvelle situation, s'interrogea sur la manière dont elle s'y

prendrait pour bien les remplir. Elle repassa
dans son esprit les conseils que lui avaient au-
trefois donnés Mme de Chambelle et Mlle Augustine. Elle se rappela les fautes ou les manque-
ments que lui avaient reprochés, soit Mme
Balaret, soit Mme Dauchères et Mlle Agathe ;
soit même sa chère bienfaitrice, si indulgente
pourtant.

« Ce qu'il me faudrait, pensait-elle, c'est
de résumer en quelques mots, courts et faciles
à retenir, les obligations que je désire graver
dans ma mémoire. »

Un petit coup frappé à la porte l'interrompit dans ces sages réflexions. Mlle Augustine
venait, avant d'aller se livrer au sommeil,
s'assurer qu'Anne n'était pas trop triste et
qu'elle n'avait besoin de rien.

Anne, ouvrant son cœur à cette excellente
amie, lui exposa les pensées dont elle était occupée l'instant d'auparavant :

« Je souhaite si ardemment de satisfaire
M. et Mlle de Chambelle ! Et je suis un peu effrayée, je vous l'avoue, quand je pense à tout ce
que j'aurai à faire.... Vous remplacer est une
chose très-difficile !

— Veux-tu que je t'indique le moyen dont je me suis toujours servie pour m'exciter au bien ?

— Oh ! oui, car il vous a parfaitement réussi ; et tout ce que je puis désirer, c'est de vous ressembler de loin !

— Merci pour ces bonnes paroles, ma chère petite Anne ; mais, si j'ai pu pratiquer quelque bien, je n'y suis parvenue qu'en *imitant* moi-même.

— Qui donc connaissez-vous de meilleur que vous?

—Je me suis efforcée d'imiter Celle qui s'est nommée la *Servante du Seigneur*. La Sainte Vierge n'a pas trouvé de titre plus beau que celui-là. A son exemple, nous devons nous appeler et nous estimer heureuses d'être en effet : les *servantes* du Seigneur.

— Certainement, Mlle Augustine ; et cependant il y a une bien grande différence entre la sainte Vierge et nous. Elle était la servante du *Seigneur;* et nos maîtres, à nous, ne sont que des hommes. Il est plus difficile d'obéir aux hommes qu'à Dieu !

— Mais il dépend de nous de nous élever à

la même hauteur que la sainte Vierge ! Ne
voyons que Dieu dans la personne de nos
maîtres, et nous serons en toute vérité, nous
aussi, les servantes de Dieu même. Cette pensée enlève à la dépendance tout ce que nous y
trouverions de pénible. Si tu savais combien
de fois elle m'a soutenue, cette consolante
parole : *Voici la servante du Seigneur !* Je la ré-
pétais dans mes découragements, dans mes
ennuis, dans mes embarras ; demandant à la
sainte Vierge de m'enseigner elle-même à
bien remplir mes charges de servante.

— Elle vous l'enseignait ?

— Je recevais d'elle une réponse qui ren-
ferme, en quelques mots seulement, toutes
nos obligations.

— Oh ! dites-la-moi bien vite. Justement,
c'est ce que je souhaitais !

— La sainte Vierge donna ce conseil aux
serviteurs de la maison où se firent des noces,
que Notre-Seigneur avait bien voulu honorer
de sa présence : *«Faites tout ce qu'Il vous dira.»*
La perfection du service est là... Nous savons
que nos maîtres, chrétiens comme nous, ne
nous ordonneront rien de contraire à la loi

de Dieu ; donc, sans restriction, avec une obéissance entière, *faisons tout ce qu'ils nous diront!* Nous sommes sûres, en agissant de la sorte, de les contenter toujours ; tandis qu'en faisant ce qui nous paraîtrait le meilleur, à nous, mais qui leur déplairait, nous ne les satisferions pas et nous manquerions à notre devoir. Ma chère maîtresse m'avait répété quelquefois ces mots écrits, je le crois, par saint François de Sales : « Quand un domestique ferait des prodiges dans votre maison, s'il n'accomplissait pas votre volonté, vous trouveriez qu'il ne se conduit pas comme il le doit, et vous auriez raison. » Nous sommes *servantes*, ma chère petite Anne, mais *servantes de Dieu...* Aussi, ce titre qui paraît si humble et si bas sur la terre deviendra au Ciel notre gloire. Parce que nous aurons été les Servantes du Seigneur, le Seigneur se chargera de notre récompense ! »

CHAPITRE XXXIII

Anne était-elle devenue parfaite ?

A ceux qui s'étonneraient de trouver, chez une simple *servante*, tant d'élévation dans les sentiments et cette distinction de langage pour les exprimer, je répondrai : qu'en tout temps et en tout lieu, la piété a de la sorte ennobli les âmes.

Une paysanne parlant des vérités de la Foi est plus grande que les savants ou les politiques discourant des choses de ce monde.

On dit que les serviteurs de bonne maison se font aisément discerner entre tous, par le cachet d'une distinction que leur communique celle de leurs maîtres.—Qu'y a-t-il d'extraordinaire à ce que les serviteurs de Dieu empruntent de ce grand Maître une noblesse qui les fasse reconnaître comme Lui appartenant !

Anne, malgré sa jeunesse, était, elle aussi,

marquée de ce sceau ; et rien n'empêche toutes les personnes de sa condition de s'élever de même à l'honneur insigne de *servantes du Seigneur*...

Les deux paroles saintes que Mlle Augustine avait expliquées à notre jeune fille lui devinrent un talisman, qui la sauva des défaillances dans l'accomplissement de sa tâche quotidienne.

M. de Chambelle était excellent ; nous le savons déjà .Après la mort de sa femme, craignant que sa fille, si jeune encore, ne fût fatiguée par la direction du ménage, il avait pris sur lui une partie des soins qui s'y rapportent. Camille n'en avait pas été fâchée, par l'espérance que cette habitude nouvelle ferait diversion à la douleur qui accablait son père.

Mais les hommes ne sont guère propres à ces sortes de détails. Ils s'y perdent, pour ainsi dire, et l'ennui qu'ils y trouvent les irrite et les impatiente.

Mlle de Chambelle eût bien souhaité que son père abandonnât complétement une gestion, qui n'était qu'apparente et le fatiguait inutilement.

Mlle Augustine avait eu quelquefois à en souffrir, et il en fut de même pour Anne.

Ce n'était cependant point pour déserter un poste difficile que la dévouée femme de chambre s'était déterminée à quitter sa maîtresse. Des pensées généreuses, qu'elle avait d'abord combattues comme une espèce de tentation contre ses devoirs, lui avaient seules inspiré ce parti.

Une de ses amies était morte depuis deux à trois années, laissant deux enfants en bas âge, qu'elle lui avait instamment recommandés. Mlle Augustine avait fait pour eux tout ce qu'elle avait pu, afin de seconder leur père, brave et digne homme qu'elle estimait beaucoup.

Soudain, un nouveau malheur frappa celui-ci. Il devint *aveugle*, au moment où il venait d'acheter un fonds de commerce sur lequel il comptait pour assurer un sort à ses petits enfants.

Dans une situation aussi triste, il reçut comme une inspiration du Ciel le conseil qui lui fut donné : de *demander Mlle Augustine en mariage*.

« Intelligente et bonne comme elle l'est,
elle saura bien diriger vos affaires et soigner
vos petits enfants. Si elle accepte, vous êtes
sauvé... »

Se séparer de Mlle de Chambelle ! voilà ce
qui fit hésiter longtemps Augustine. Quant à
ce qu'il pouvait y avoir de pénible à unir sa
destinée à celle d'un pauvre aveugle, à accepter la charge de deux jeunes enfants, elle n'y
songea point ; ou plutôt, elle ne vit dans cette
situation que le côté séduisant pour son cœur
d'une belle œuvre de charité à remplir !

Quant à ce qui concernait sa maîtresse, le
souvenir d'Anne la rassura.

« Je ferai le bonheur de cette enfant en la
plaçant auprès de mademoiselle ; et ma chère
mademoiselle retrouvera aussi avec joie la
protégée de sa bonne mère.... »

Quinze jours ne s'étaient pas écoulés depuis
l'entrée d'Anne dans la maison, que la jeune
fille, dressée à ses nouvelles fonctions, les
remplissait à merveille. Cela n'empêchait pas
les difficultés de surgir au moment où elle s'y
attendait le moins.

Rien n'est jamais complétement bon ici-

bas, ni dans les hommes, ni dans les choses...

« Si je ne dépendais que de mademoiselle! se
répétait Anne quelquefois. Si je pouvais ne pas
me trouver exposée aux remarques de tous les
autres domestiques de la maison, qui m'épient
et se moquent de ma manière d'agir... Si je
n'avais pas affaire à tous ces fournisseurs... »

— *Si* ! Ah ! certes, si nous étions libres
de tout arranger à notre guise, tout irait
bien...

Nous le croyons ? — Eh ! bien, cela ne serait
pas. Infailliblement, quelque autre obstacle
succéderait à celui que nous aurions écarté.
Les peines ne nous viendraient pas d'autrui,
que nous en trouverions en nous-mêmes.

Pourquoi ?

— Parce que la terre n'est pas le Ciel...
Parce que nous ne devons connaître ici-bas
que le travail et la souffrance, en attendant la
récompense.

Dieu nous accorde parfois un peu de repos
et même de bonheur; c'est afin de réparer
nos forces pour la continuation de la lutte.

Anne ne se découragea pas de rencontrer

sur sa route des épines qu'elle n'avait pu pressentir.

On avait appris, dans la maison qu'habitait Mlle de Chambelle, que sa jeune domestique était pieuse. Mlle de Chambelle s'étant ingénument vantée de posséder *un trésor*, ce mot avait passé de bouche en bouche, commenté par chacun avec une certaine malice.

La *servante-modèle*, comme on se mit à l'appeler, fut étudiée de tous les côtés. On se racontait ses actes, on se redisait ses paroles. On attaquait jusqu'à ses intentions.

Il fut bientôt connu qu'elle avait refusé nettement les avantages, par lesquels certains fournisseurs s'attirent la clientèle des domestiques, au détriment des maîtres.

Anne n'avait pas caché sa surprise au boucher qui lui avait offert le *sou par livre*, ou je ne sais quelle autre combinaison.

Elle avait rougi, ce dont on avait conclu qu'elle était scandalisée. Quelques bonnes du voisinage tentèrent de lui prouver : que cet arrangement et d'autres du même genre n'avaient rien que de très-légitime, puisqu'ils étaient passés en usage.

Anne ne trouva pas que cette raison fût suffisante. « Si tout le monde volait, pensait-elle; en serais-je moins coupable de voler aussi ? »

Elle demanda si elle serait libre, du moment que ces avantages lui étaient accordés, d'en faire profiter sa maîtresse ?

On rit de sa naïveté.

Chez les marchands, elle refusait d'acheter les denrées qu'elle reconnaissait n'être pas de bonne qualité. Elle ne se laissait tromper ni sur le poids, ni sur la quantité, veillant à tout cela comme s'il se fût agi de ses intérêts propres; — que dis-je, bien plus que s'il se fût agi des siens !

Elle ménageait avec un soin scrupuleux les provisions faites pour la maison. Elle recherchait les bons marchés.

Si quelqu'un des fournisseurs habituels avait espéré regagner, grâce à l'inexpérience d'une jeune bonne, une partie des bénéfices qu'ils n'avaient pu réaliser du temps de Mlle Augustine, il se trouva bien déçu.

On se dit d'abord que ce beau zèle ne durerait pas :

« Les commençants veulent toujours faire des merveilles ; — attendons ! »

On attendit en vain. Jamais Anne ne se départit de l'économie et de la probité dont elle s'était fait une loi rigoureuse.

Jamais une seule fois elle ne se prêta aux conventions, tacites et louches, par lesquelles se réalisent dans l'ombre de petits profits, que l'on n'oserait avouer en plein jour...

La délicatesse de sa conscience l'obligeait de même à prendre bien garde à ne tromper aucun marchand ; si elle s'apercevait qu'une erreur à leur désavantage avait été commise dans leurs comptes, elle s'empressait de les en avertir.

Pour rien au monde, elle n'eût glissé à leur insu dans ses payements une pièce de monnaie qu'elle craignait être fausse. Elle la leur faisait remarquer au contraire, afin qu'ils ne la reçussent qu'en pleine connaissance de cause.

« Une ou deux fois il arriva qu'on lui remit plus de marchandises qu'elle n'en avait payé, ou quelque objet plus beau que celui dont elle avait donné la valeur. Dès qu'elle s'aper-

çut de l'erreur, elle courut reporter ou échanger ce qu'elle sentait ne lui point apparte-
nir.

Nous ne parlerons pas de sa modestie, de
sa réserve dans ses rapports avec les gens du
dehors. Toujours polie, mais prudente et
ferme, elle imposait le respect malgré sa jeunesse.

Anne était-elle donc devenue parfaite ?

Hélas ! non... Et personne ne le savait mieux
qu'elle-même, parce qu'elle recherchait et
se reprochait impitoyablement les moindres
manquements.

Elle avait encore beaucoup à faire pour être
servante du Seigneur véritablement humble et
soumise...

L'amour-propre avait toujours été son plus
terrible ennemi. Il n'était pas mort encore,
et Camille l'en avertissait de temps en temps,
charitablement:

« Sais-tu, lui dit-elle un jour, que je t'ai
trouvée tout-à-fait en tort, tantôt, ma chère
Anne ? Comment ! tu brises, en époussetant sur
le bureau de mon père, la statuette à laquelle

il tenait le plus, parce que c'était le dernier
cadeau que lui avait fait ma mère ; et tu ne
trouves pas une parole de regret à lui en dire !

— Mais, mademoiselle, j'ai moi-même
avoué ma maladresse, quoique cela me coûtât
beaucoup. Qu'avais-je à faire de plus ? Je ne
pouvais pas demander pardon d'un accident,
comme d'une faute.

— Tu n'avais pas à demander pardon, en
effet. Seulement, tu n'ignorais pas que mon
père allait être affligé de perdre un objet auquel il attachait du prix, et je suis persuadée
que tu éprouvais toi-même du regret d'être
cause de cette peine. Pourquoi donc ne lui
as-tu pas montré ce regret, au lieu de lui dire
brusquement : « *Monsieur, j'ai cassé l'une
des statuettes de votre bureau.* » La contrariété qu'il a eue était bien naturelle ; mais tu
l'aurais adoucie, en t'exprimant d'une autre
manière.

— Quand on fait tous les jours le ménage,
il est bien difficile de ne rien casser.

— Je le sais, Anne ; mais ce n'est pas une
raison de ne point regretter d'avoir fait quelque
tort au prochain.

— Oh! mademoiselle, pouvez-vous dire que je vous fais du tort, moi qui ne suis occupée qu'à soigner vos intérêts! »

Anne comprenait à merveille que Mlle de Chambelle ne l'accusait pas de négliger ses intérêts; mais elle déplaçait la question afin de pouvoir, à son tour, se plaindre de sa maîtresse.

Ainsi, l'orgueil l'avait, le matin, empêchée d'adresser une excuse; et maintenant, l'orgueil encore lui faisait refuser de reconnaître qu'elle n'avait pas eu raison.

De même, en d'autres circonstances, elle se laissait entraîner à une sorte d'impolitesse, ne répondant pas sur-le-champ à l'appel de monsieur ou de mademoiselle; ou ne répondant que par monosyllabes aux questions qu'ils lui adressaient.

« Un franc aveu désarme si vite! lui répétait quelquefois Camille. Si tu disais simplement à papa : *Oui, monsieur, je me suis trompée;* » il n'aurait plus la force de te faire même une observation. »

Il arrivait cependant qu'Anne laissait supposer qu'elle s'était trompée; mais c'était seulement lorsqu'*il n'en était rien*. Je ne sais quel mauvais instinct jouissait en elle, de voir son maître la reprendre pour un tort imaginaire...

Heureusement qu'avec une nature aussi droite que la sienne, ces légers écarts ne duraient pas longtemps. Sa conscience parlait vite; son cœur s'oppressait alors d'une véritable douleur, voyant combien elle était loin de suivre les conseils et l'exemple de la sainte Mère de Dieu.

« *Faites tout ce qu'Il vous dira!* se redisait-elle; et moi je m'étudie souvent à faire le contraire de ce que me demandent mes maîtres, dans lesquels je devrais voir et entendre le Seigneur! — Et le peu de bien que je fais est entaché, parce que j'y mêle encore des sentiments ou des actes répréhensibles! »

Ce dernier reproche s'appliquait à la générosité naturelle que nous lui connaissons et qui la portait à soulager, à donner, à prêter toujours.

Plus d'une fois, il lui était arrivé d'oublier que, puisque le bien de ses maîtres ne lui appartenait pas, il lui était interdit d'en disposer,

même dans les vues de la charité la plus dé-
sintéressée.

Certes, pour donner, elle ne prenait pas,
dans le sens ordinaire de ce mot. Elle ne se
fût même jamais permis les légères indélica-
tesses, que d'autres accomplissent sans le
moindre scrupule ; comme de *faire rafraîchir*
un parent, des visiteurs quelconques, avec le
vin de ses maîtres. Mais en faisant la part du
pauvre sur le restant d'un repas, — ainsi que
le lui permettaient ses maîtres, — elle allait
souvent jusqu'à sacrifier ce qu'elle eût pu *et
dû* garder à ceux-ci.

Ajoutons qu'elle y joignait une grande moitié de sa propre portion, la bonne enfant !

Pour rendre service aux uns et aux autres,
elle prêtait tel ou tel ustensile du ménage, si
souvent que ces objets se trouvaient bientôt
hors de service ; ou que ses maîtres ne les
avaient jamais sous la main, quand ils en
avaient besoin.

Tout le monde louait l'obligeance de la
bonne, et ces éloges mêmes auraient dû la
mettre en garde contre ces excès de complaisance : car, où l'amour-propre reçoit d'agréa-

bles chatouillements, la vertu a rarement son compte.

Anne, éclairée par un sage directeur, finit par comprendre que personne n'a le droit d'être obligeant et charitable aux dépens d'autrui. Elle ne donna, ni ne prêta plus qu'avec la permission de Mlle de Chambelle, si complaisante elle-même !

Elle ménagea plus consciencieusement le temps que lui payaient ses maîtres.

S'offrir à soigner un malade, à faire une commission, un travail pour quelqu'un, c'est très-bien, — si nous pouvons le faire sans manquer à des obligations, qui sont *nos devoirs !*

Une des choses qui coûtaient le plus à Anne, c'était celle-ci : Ne pas être libre de suivre l'élan de son cœur en tout et pour tout...

Et de ce regret, si noble en lui-même, naissaient des révoltes intérieures qu'elle eût été impuissante à combattre, si la grâce de Dieu ne fût venue à son aide.

« *Esclave !* s'écriait-elle quelquefois, dans la solitude de sa petite chambre. Pauvres domestiques que nous sommes, quelle différence y'a-t-il entre nous et de malheureux esclaves ! »

Un jour que Mlle de Chambelle avait deviné en elle ces amères pensées :

« Viens, lui dit-elle ; que je te lise un passage de l'un des plus beaux sermons prêchés à Notre-Dame par l'éloquent père Lacordaire. Il te fera du bien, comme il m'en a fait. Maîtres et domestiques peuvent également y apprendre la manière de se rendre doux et faciles leurs devoirs. — Écoute ! — Voici d'abord cité cet admirable précepte de Notre-Seigneur Jésus-Christ : — *Si quelqu'un d'entre vous veut être le premier, qu'il soit le dernier ; et qui veut être le plus grand, qu'il soit votre serviteur ; à l'exemple du Fils de l'Homme qui n'est pas venu pour être servi, mais pour servir...*

— Vous vous plaignez d'être esclaves ! — Vous ne savez pas ce que vous dites... On est esclave quand on sert *malgré soi*. Servez de votre propre gré, l'esclavage sera détruit. On vous a dit que le plus grand malheur et la plus grande honte, c'était la servitude ! — Et moi, je vous dis : — *Faites de la servitude un acte d'amour...* Ce qui était ignominie devien-

dra gloire. Ce qui était esclavage deviendra
dévouement. Ce qui était la dernière chose
deviendra la première... Ce qui était le comble de l'infortune deviendra de l'extase ! Ne
savez-vous pas qu'il n'y a rien de plus doux
que d'aimer? Et quand on aime, on se donne ;
quand on se donne, on sert ; et quand on sert
par amour, on est heureux ! Servez donc *en aimant ;* que vous manquera-t-il? — Il est vrai
que l'ordre a été interverti, parce que c'est
l'amour qui précède le service, et qu'ici le
service a précédé l'amour... Mais que vous importe ! Rétablissez l'ordre en aimant... Pourvu
que le service et l'amour soient ensemble, le
mystère de la béatitude est accompli ! — Vous
donc, ô vous tous, mes frères les esclaves, faites une sainte république d'amour ; aimez-vous
les uns les autres, et aimez vos maîtres dans
l'amour commun que vous vous portez...

Rien n'est contagieux comme la vertu arrivée à l'état d'amour...

— Ne le sens-tu pas, ma chère Anne !
poursuivit Camille après cette lecture, qu'Anne
avait écoutée avec une émotion visible. Du
moment que nous ouvrons nos cœurs à l'im-

pression de la divine Charité, rien ne nous paraît plus pesant, ni pénible. — Oui, tu as des moments difficiles, malgré l'affection si réelle que nous te portons. Mais tu nous aimes, et nous t'aimons ; cela ne te console-t-il pas ?

— Pardonnez-moi, je vous en supplie ! répondit Anne, en laissant couler les larmes qu'elle ne pouvait plus retenir. C'est ma mauvaise nature qui se révolte contre le joug. Mon cœur l'accepte...

— Et tu n'es réellement pas malheureuse avec nous ?

— Oh ! Mademoiselle !..»

Anne se jeta dans les bras que lui tendait Camille.

Cet instant d'épanchement les soulagea toutes les deux...

Et que l'on ne suppose pas la dignité de la maîtresse amoindrie par ce témoignage fraternel ! Ces deux âmes vraiment chrétiennes n'en reprirent qu'avec plus d'élan la voie de leurs obligations respectives.

Camille ne craignait pas davantage de s'humilier, lorsque sa conscience lui représentait un tort, quelque léger qu'il fût, dont elle croyait s'être rendue coupable envers sa jeune bonne.

« Je me suis trompée en telle et telle chose, lui disait-elle ; et je tiens à le reconnaître devant toi. »

Ou bien :

« Je crains de t'avoir causé de la peine en te disant ceci, ou cela ; pardonne-le moi. »

Le respect d'Anne pour sa maîtresse en augmentait, autant que son affection.

Il était vraiment touchant d'observer leurs rapports, tout empreints de l'esprit évangélique.

La maîtresse ne croyait pas avoir payé tout ce qu'elle devait à sa domestique, parce qu'elle lui remettait exactement ses gages.

La domestique ne pensait pas avoir accompli tous ses devoirs envers sa maîtresse, quand elle avait fait aussi régulièrement que possible ce qu'il y avait à faire pour la cuisine, le ménage, la couture.

— Rien n'est contagieux *comme la vertu arrivée à l'état d'amour*...

Que la contagion provînt du cœur de

Mlle de Chambelle ou de celui d'Anne, toujours est-il que l'on ne savait laquelle en était
le plus atteinte.

D'une part comme de l'autre, la bonté, les
prévenances, les attentions témoignaient hautement que *cette servitude n'était plus qu'un
acte d'amour*, attiré, mérité par l'amour!

Ainsi notre Anne, sans être encore parfaite,
tendait chaque jour à la *perfection*... — **C'est
tout ce que Dieu demande de nous!**

CHAPITRE XXXIV

Triomphe de la Vérité.

Anne, que ses bons maîtres envoyaient régulièrement tous les quinze jours passer le dimanche avec son père et sa mère, avait très-activement employé ces heureux loisirs pour achever et consolider la conversion de son père.

M. Pigard s'était laissé facilement convaincre. Comment aurait-il pu résister à sa fille? Elle parlait le langage de la Vérité, et le parlait si bien !

Son père la trouvait bonne, tendre, et devant son éloquence, à elle, la sienne se taisait humblement... Sa conscience, d'ailleurs, lui rappelait cruellement les beaux discours qu'il avait tenus autrefois, pour défendre le mensonge.

Il rougissait en se souvenant qu'il s'était proclamé *libre-penseur*.

Libre-penseur! c'est-à-dire libre de ne croire que ce qui convient aux passions; ou plutôt, libre de ne croire à rien du tout!

Mais en vain, durant de longues années, avait-il essayé de se persuader à lui-même qu'il avait tué la foi dans son cœur. En dépit de ses efforts, il avait toujours cru à Dieu!

Le brave jeune homme qui l'avait tiré de la misère, en lui trouvant une place et en répondant de lui au patron, l'honnête et pieux Vincent, lui disait un jour:

« Comment serions-nous assez aveugles pour nier l'existence de Dieu? En créant le monde, Il y a partout apposé *sa marque de fabrique*. »

Nous la retrouvons dans notre âme en lettres de feu, cette marque ineffaçable... C'est elle qui nous empêche d'oublier jamais entièrement ni notre origine, ni notre fin.

. « Dieu existant, continuait Vincent, a dû nécessairement donner des lois à ses créatures; et nous sommes tenus à les observer, pour peu que nous voulions rester des êtres raisonnables ! »

En effet, Dieu a établi la Religion ; et, pour la faire observer dans le monde, Il a institué des Ministres qui nous la prêchent et nous l'expliquent, en la pratiquant les premiers.

Cette organisation si simple et si grande, dont Anne révélait à son père le plan avec une clarté parfaite, — François Pigard la comprenait enfin... Et la comprenant, il se sentait pénétré de confusion, en même temps que d'admiration.

Lui, nain ! il avait osé se poser en face de l'édifice de granit qui s'appelle l'Église et s'écrier, dans son orgueil insensé :

« Nous la renverserons !...»

Repentant et soumis, il tomba à deux genoux devant un ministre de cette Église de réconciliation et de salut.

Le pardon du Ciel lui rendit la paix, et avec la paix le bonheur ; car il put alors s'approcher de l'autel et recevoir son Dieu.

Fut-il plus heureux que sa fille, — je ne saurais le dire, tant la joie d'Anne était vive et délicieuse...

Cependant, — notre jeune fille était bien ambitieuse, n'est-ce pas? Mais cette ambition-là nous est permise; elle nous est même commandée... — Anne n'avait pas encore tout ce qu'elle désirait.

Elle avait imploré *deux* conversions. Elle en avait une, — la plus chère! C'était beaucoup...

Oui, mais l'autre !

Elle ne manquait pas de rendre visite de temps en temps à la douce Mme Jacob, dont les lenteurs l'étonnaient.

Elle avait plusieurs fois inutilement essayé de découvrir où en était l'importante affaire.

Elle n'osait pas se rendre importune ; elle voulait encore moins renoncer à poursuivre ses désirs.

Un jour enfin, Mme Jacob lui dit :

« Ma chère enfant, je suis plus agitée que jamais... Cela me soulagera de vous parler de mes tourments. Il y a plus de trois ans que j'endure l'indicible souffrance de sentir que Dieu me demande un changement de Religion, et de lutter sourdement contre ses inspirations, que je voudrais me persuader être une illusion... Il y a eu un

moment où j'ai été si ébranlée que j'allais céder,
je vous l'avoue franchement. Sur les entrefaites,
mon mari se douta de ce qui se passait dans
mon esprit. Il avait, d'ailleurs, surpris un livre
catholique entre mes mains... — Dieu, quel
orage! s'écria Mme Jacob, frissonnant encore à
ce souvenir. — Comprenant bientôt pourtant
qu'il ne réussirait point à me soumettre par les
menaces et par la crainte, il a changé de procédés. Il m'a témoigné tout à coup beaucoup
de douceur et de confiance, s'est mis à causer
religion avec moi et m'a fait promettre de lui
exposer toutes les objections qui m'arriveraient
désormais contre le Protestantisme. J'ai tenu
fidèlement ma parole; mais je dois dire avec
la même sincérité que les réponses ne m'ont
presque jamais satisfaite. Il m'a menée entendre
les sermons de Ministres renommés pour leur
science. J'ai parfois été éblouie; mais ces impressions ne duraient pas. Aussitôt que la réflexion succédait à cette espèce de fascination, je
trouvais que tout était bien vide sous ces mots
sonores. Je me retournais du côté du Catholicisme, et là je retrouvais les grandes vérités qui
résistent à l'examen, à la critique; qui répon-

dent à tous les besoins du cœur comme à ceux de l'intelligence. Je me sentais subjuguée. Les sollicitations et les reproches de ma conscience recommençaient. Un matin, — il y a de cela quelques semaines ; j'étais enfin déterminée à me rendre... — Je reçus la visite d'une ancienne amie, femme aussi d'un Ministre protestant. Nous avions peu à peu cessé de nous voir, parce qu'elle et moi différions d'opinions sur des points importants de notre religion... Je ne sais trop comment elle avait eu l'idée de chercher à renouer nos relations rompues ; je m'imagine que mon mari me l'aura envoyée. Elle amena très-adroitement la conversation sur le terrain que je redoutais d'aborder ; et m'ayant bien facilement conduite à lui laisser voir mes hésitations, elle mit tout en œuvre pour me convaincre que j'étais le jouet d'une tentation. Elle n'y réussit pas absolument ; néanmoins, elle me troubla... — Je fus ébranlée d'une autre façon et bien plus fortement quand, passant à un autre ordre de considérations, elle me parla de mon mari dont j'allais saper la position ; de ma fille dont je compromettrais l'avenir. « Pensez donc, me disait-elle avec chaleur; au mauvais effet que produirait parmi nous l'apostasie de la femme d'un Pasteur! Très-certainement, M. Jacob en perdra sa place; comment voulez-vous qu'un prédicateur qui n'a pas su retenir sa femme dans les voies de la réforme évangélique, puisse inspirer désormais de la confiance! — Or, une place comme celle de M. Jacob n'est point à dédaigner, madame, vous le savez. Celle de mon mari n'est pas aussi lucrative, il s'en faut; pourtant je demande au Ciel de la lui conserver, et je me reprocherais comme une faute toute action qui serait de nature à nuire à son avancement. Le devoir d'une femme est de seconder son mari; de l'aider dans tout ce qu'il entreprend pour préparer un sort heureux à ses enfants. Et vous, chère amie, vous travailleriez au contraire à ruiner M. Jacob, à détruire tout ce qu'il a fait déjà pour l'avenir de votre Zulma!.. » — Ma petite Anne, ces mots ont percé mon pauvre cœur d'un glaive à deux tranchants; je me suis vue mauvaise épouse et mère dénaturée... J'ai frémi de la faiblesse qui avait failli me faire manquer à mes principaux devoirs. En même temps, la Vérité ou ce que je prenais pour elle, cette Vérité qui m'était apparue si claire, si splendide, s'est obscurcie tout à coup. Je me suis trouvée replongée dans les ténèbres d'autrefois, et je ne sais quoi pourtant me pousse encore à en sortir ! Il me semble éprouver ce que ressentirent les Mages, quand ils eurent perdu l'étoile qui les guidait vers Bethléem.

— Cette étoile reparut devant eux, madame, répondit Anne avec chaleur ; vous la reverrez aussi. Seulement, ils consultèrent... Oh ! si j'étais plus instruite ! Ou si vous pouviez causer avec Mlle Camille ! Savez-vous ce qu'il faudrait faire ? Allez voir M. l'abbé, je vous en supplie, madame ! Il vous conseillera...

— J'irai ! s'écria Mme Jacob. Je ne puis rester plus longtemps dans cette affreuse perplexité. C'est la lumière que je cherche, Seigneur, Tu le sais ! On calomnie mes sentiments, quand on prétend que je penche vers le Catholicisme par le motif tout humain de mon affection et de mes regrets pour Mme de Chambelle. Que nos ministres me donnent des raisons meilleures que celles de vos prêtres, et je n'abandonnerai pas la religion dans laquelle je suis née. Mais si le Catholicisme est la Vérité, me voici prête à l'embrasser... — Ce qui serait humain, et par conséquent indigne d'une chrétienne, ce serait de demeurer volontairement dans l'erreur, par la crainte de faire perdre à mon mari et à ma fille des avantages terrestres. — Je travaillerai pour eux nuit et jour, s'il le faut ; mais je ne leur sacrifierai pas ma conscience. Et Dieu, qui ne me punira pas pour avoir écouté Sa voix, Dieu aura pitié d'eux et de moi... »

Anne promit que sa mère s'informerait auprès de M. l'abbé du jour et de l'heure où il pourrait recevoir Mme Jacob.

Mais quand notre jeune fille radieuse confia à sa mère cette mission, M. Pigard, qui était présent, éleva certaines objections... Il n'était pas très-instruit en matières de religion. Sa foi de fraîche date n'avait pas encore le zèle qui anime à faire briller devant les autres le flambeau sacré.

« Pourquoi nous mêler, ma fille, de ce qui ne nous regarde pas ? Ne va-t-on pas nous accuser de faire exactement ce que nous reprochons à M. Jacob ? Que nous importe, à nous, que Mme Jacob soit catholique ou protestante ?

— Oh! papa, s'écria Anne; est-ce que si vous voyiez auprès de vous quelqu'un souffrant de la faim, de la soif; ou malade, ou affligé, est-ce que vous ne chercheriez pas à le secourir et à le consoler?

— Sans doute; mais ces souffrances n'ont aucun rapport avec la situation de Mme Jacob.

— Si, papa; car elle est pauvre, puisqu'elle n'a pas les secours de notre sainte Religion; son âme est malade, parce qu'elle a faim et soif de la Vérité, et qu'elle ne trouve rien qui la rassasie...

— Ce que tu me dis-là est fort touchant, petite; mais je crois qu'avec les meilleures intentions du monde, tu dénatures les choses en te les exagérant. Mme Jacob n'est pas ce que j'étais : aveugle, hostile à Dieu que j'offensais continuellement. Elle a une religion, tandis que je n'en avais pas. Elle est bonne, charitable. Certainement, Dieu ne peut rien voir en elle de condamnable...

— C'est justement parce qu'elle est si bonne, la chère dame, interrompit Manette; qu'elle mérite de connaître la Vérité! Écoute, François,

23

ce qu'il y a de sûr et certain, c'est qu'il ne saurait exister *deux* religions *vraies*... Si elles disaient toutes les deux les mêmes choses, elles ne feraient qu'une religion, n'est-ce pas? Si elles disent des choses différentes, il y en a une qui se trompe, et l'autre seulement dit juste. *Oui* et *non* ; le *blanc* et le *noir* ; le *jour* et la *nuit*, ne seront jamais, en aucun temps ni en aucun pays, une seule et même chose... Est-ce clair, cela ?

— Tu ne raisonnes pas mal, femme. Mais quand on a été élevé dans une religion, pourquoi donc en changerait-on ?

— Les protestants qui se font catholiques ne changent pas de religion, papa, fit observer Anne très-judicieusement. Ils retournent à leur ancienne religion, celle de leurs pères. Vous savez bien qu'autrefois, il n'y avait pas de protestantisme.

— J'ai entendu dire quelque chose comme cela... Mais en est-on bien sûr ?

— Oh! papa, c'est de l'histoire! Je demanderai à Mlle Camille de vous prêter des livres qui vous éclairciront ces questions et qui vous intéresseront beaucoup. Quand vous saurez bien les différences qui existent entre le Catholicisme et le Protestantisme, vous comprendrez que c'est pour le bonheur de Mme Jacob que nous souhaitons sa conversion.

— Et nous n'imitons en rien son mari, continua Manette ; car ses efforts, à lui, ont un but tout à fait intéressé. Puis, ce n'est pas par de bonnes raisons, c'est par de belles promesses et de l'argent qu'il tâche de gagner des catholiques. Nous, au contraire, nous demandons qu'on s'instruise, qu'on examine, et nous nous bornons à prier Dieu de défendre la Vérité. Tôt ou tard, ce triomphe-là vient toujours ! Il est venu pour toi, mon homme, et le voici qui arrive pour Mme Jacob !.. »

CHAPITRE XXXV

Une demande en mariage.

Ceux-là mêmes qui se moquent des gens vertueux les estiment intérieurement. — Anne l'apprit tout à coup d'une manière irréfutable.

A sa vive surprise, elle fut un jour demandée en mariage... Par qui ? — Par l'un des fournisseurs qui s'étaient le plus raillés de ses scrupules d'honnêteté, ou plutôt *de sa façon étroite d'entendre les choses...*

Les parents de ce jeune homme, nouvellement établi, lui conseillaient fortement d'épouser une femme qui fît entrer dans sa maison l'ordre, l'économie, la sagesse et le travail.

Avec la réflexion, ces avantages se personnifièrent à ses yeux. Chaque fois qu'il y songeait, l'image, très-attrayante du reste, de Mlle Anne Pigard se présentait à lui.

« Si vous me voyez un jour une femme comme elle, déclara-t-il à son père et à sa mère ; vous pourrez dormir tranquilles sur mon compte. Ma maison sera toujours bien tenue ; mon commerce marchera merveilleusement ; vous ne sauriez rien me souhaiter de mieux... C'est propre ! C'est honnête ! C'est gentil !.. Enfin, c'est juste ce qu'il me faut, ou je ne m'y connais pas... »

Bref, monsieur le jeune épicier donna tellement à ses parents le désir de lui assurer ce trésor, que madame sa mère s'en alla sans plus tarder trouver Anne.

Comment douter qu'une proposition aussi brillante ne fût point acceptée d'emblée !

Une simple domestique devenir la femme d'un commerçant, dont les débuts heureux semblaient promettre qu'il réaliserait facilement de beaux bénéfices ! N'était-ce pas une chance inespérée ?

La bonne dame manqua tomber de son haut en s'apercevant qu'Anne n'était nullement éblouie, puisqu'elle ne répondait pas affirmativement et qu'elle demandait le temps de réfléchir.

« Réfléchir ! Réfléchir, mademoiselle ! Faut-il donc tant y penser, pour s'apercevoir que la position de mon fils lui permet de choisir qui il voudra? Je doute que vous en trouviez qui le vaillent... A vingt-neuf ans, se voir à la tête d'une boutique aussi forte que celle que lui a laissée son père ! Son intelligence est peu commune, j'ose le dire. Vous le connaissez; je ne vous apprendrai donc rien, en vous disant qu'il est fort beau garçon. — Et vous hésiteriez?..

— Je suis très-reconnaissante à lui et à vous, madame, de vos bonnes dispositions à mon égard. Mais je ne puis prendre aucune détermination sans avoir consulté mes parents et ma maîtresse.

— Ne pourriez-vous me dire, au moins, que vous êtes favorable à nos désirs ?

— Je n'avais jamais encore songé au mariage, madame; je suis trop jeune, et je me trouve si bien auprès de ma chère maîtresse !

— Mlle de Chambelle se mariera sans doute, avant qu'il soit longtemps; qui sait si vous pourrez demeurer auprès d'elle ? Ne vaudrait-il donc pas mieux assurer votre sort, en profitant d'une chance qui ne se représentera peut-être jamais ?

— Vous êtes trop bonne, madame, de vouloir bien vous intéresser ainsi à mon avenir, répondit Anne, avec une certaine dignité. Quant à moi, je ne m'en préoccupe pas encore, et je ne souhaite aucunement sortir de ma condition...

— Vous m'avez promis de consulter ?

— Je communiquerai vos propositions à mes parents et à ma maîtresse, par déférence pour eux.

— De vous-même, vous refuseriez ?

— C'est probable, madame, répondit Anne en souriant. Je vous le répète, je me trouve trop jeune pour penser encore au mariage. Je n'en resterai pas moins très-reconnaissante à M. votre fils et à vous d'avoir bien voulu songer à moi. »

Anne ne pouvait ressentir la moindre sympathie pour le bel épicier. Ne l'avait-elle pas entendu plusieurs fois plaisanter de la probité, de la Religion, de tout ce qu'elle aimait et respectait le plus ?

N'avait-il pas osé lui proposer de ces petits arrangements dont nous avons parlé, qui offusquent une conscience délicate?

Sa mère et Mlle de Chambelle approuvèrent fortement son refus. M. Pigard fut moins affirmatif dans son approbation. Son amour-propre paternel eût été flatté de voir sa fille établie en maîtresse dans une riche épicerie.

Heureusement, il devenait tous les jours plus éclairé et plus ferme dans la Foi; et les sentiments de la nature cédaient le pas à ceux de la grâce. Il comprit facilement qu'une jeune fille pieuse ne doit pas unir sa destinée à un homme dont les principes sont en opposition avec ceux de l'Évangile.

Anne était vraiment bien jeune pour entrer en ménage. Une boutique à tenir n'est pas une mince besogne; aurait-elle eu la force nécessaire pour supporter tant de fatigues?

M. Pigard se le demandait, et le doute à ce sujet diminua ses regrets.

Un autre motif l'aida puissamment à se consoler: les économies de sa fille (tout en formant une somme assez ronde) ne consti-

tuaient pas une dot en rapport avec le parti
qui lui était offert.

Or, M. Pigard eût souffert de penser, qu'aux
yeux de tout le monde, Anne aurait passé
pour être de la catégorie des jeunes filles auxquelles on fait un véritable honneur en les
épousant. — Comme si la pauvreté diminuait
quelque chose au mérite !

Il eût bien souhaité pouvoir doubler d'un
seul coup le montant du livret.

Pour Anne, c'étaient des vues désintéressées
qui lui inspiraient le désir d'augmenter sa petite fortune. Le sort de ses parents l'occupait
bien plus que le sien propre.

Les épargnes qu'elle avait vues lentement
grossir avec les années, elle ne les avait jamais
séparées de celles de sa mère; parce que
c'était pour sa mère, pour son père, qu'elle les
mettait de côté.

Toucher à ce trésor, avoir un *chez elle*,
s'établir enfin, avant d'avoir donné à ses vieux
parents la retraite rêvée par eux depuis si
longtemps au pays natal, — cela lui eût semblé un crime contre la piété filiale...

Ah ! qu'elle serait bien plus heureuse, le jour

où son vieux père, où sa bonne mère, fatigués par tant d'années de travail, atteindraient le but souhaité !

Ils n'en étaient plus bien loin. Mille francs ayant été complétés à la caisse d'épargne, avaient été placés en rentes sur l'État. Encore quelques centaines de francs, et l'on pourrait *choisir* au village une maison avec jardin. Qui sait même si l'on n'y ajouterait pas un petit champ !

M. Pigard cultivant le jardin en retirerait facilement les légumes nécessaires au ménage.

Manette, soignant la basse-cour, aurait des œufs autant qu'elle en voudrait. On achèterait une vache pour avoir du lait à discrétion, et peut-être même en vendre.

Les gages d'Anne, envoyés à ses parents presque en totalité, leur permettraient de se procurer tout ce dont ils se trouveraient avoir encore besoin.

« Mais *toi* ? demanda Manette à sa fille, un jour que celle-ci venait de lui apporter *cinquante francs* d'un seul coup. Crois-tu donc que nous accepterons toujours ainsi le fruit de

ton travail, pour en jouir à l'aise, tandis que tu
continueras de te fatiguer?

— Nous penserons à moi plus tard, maman.
D'ailleurs, je jouirai avec vous quelquefois de
votre propriété; car j'irai vous y voir, mademoiselle me l'a promis.

— Notre propriété sera la tienne, ma fille;
non-seulement parce que nous te la laisserons
un jour, mais parce que c'est à toi que nous
la devrons... C'est égal, si le bon Dieu permettait qu'un honnête homme, un homme religieux sincèrement, te demandât en mariage,
je voudrais être sûre que tu accepterais. Sais-tu
qu'il en est un auquel je pense souvent pour
toi?

— Vraiment! Et qui donc? demanda Anne,
rougissant un peu.

— Tu ne devines pas? Tu sais pourtant aussi
bien que moi comme il mérite notre estime.
C'est notre brave ami Vincent... Tu le trouve-
rais peut-être trop âgé? Pourtant, il n'a guère
de plus que toi que dix à douze ans, je crois.
Et quel bon cœur! quelle honnêteté! quelle
ardeur au travail! Mais aussi, il est chrétien,
celui-là! S'il n'a pas d'économies par-devers

lui, c'est qu'il donnait tout ce qu'il gagnait à sa vieille mère infirme, qui vient de mourir. Nous lui devons bien de la reconnaissance, tu le sais ; il est venu à l'aide de ton père, que ses prétendus amis avaient abandonné. Depuis ce temps, il nous a rendu une foule d'autres services ; et cela si simplement, avec tant de cœur ! Je ne sais pourquoi je te parle de la sorte, car il n'a jamais donné à entendre qu'il pensât à toi. Probablement, il y a quelque chose en moi qui me dit que c'est le mari qu'il te faudrait... Qu'en penses-tu ?

— Je l'estime beaucoup, maman ; mais comment me demandez-vous cela, puisque vous dites vous-même qu'il ne pense pas à moi ?

— Il se pourrait qu'il n'osât pas s'expliquer, à cause de la différence d'âge et aussi de position ; car tu es *riche*, comparativement à lui. Je me suis imaginé, l'autre jour, qu'il avait l'air mortifié, lorsque nous avons causé devant lui, ton père et moi, de la proposition que l'on t'avait faite.

— Je regrette que vous en ayez parlé devant lui, maman... Mais je vous assure que je ne

pense vraiment pas au mariage... Tant que le
bon Dieu ne m'aura pas manifesté d'une manière quelconque Sa volonté sur ce point, je
ne quitterai pas la place où je crois qu'Il m'a
mise Lui-même, et où je Le remercie tous les
jours de m'avoir mise !.. »

CHAPITRE XXXVI.

Courage chrétien.

Transportons-nous un instant dans le modeste salon d'un très-modeste appartement; nous y verrons avec intérêt, auprès d'un vénérable personnage, une jeune femme qui semble en proie à une vive émotion. Sa physionomie, douce et ferme à la fois, annonce quelque grande détermination.

Tout en elle révèle la fin d'une lutte longue et pénible.. Pourtant, elle interroge encore; car l'on ne saurait s'instruire assez profondément avant d'accomplir un acte aussi solennel que celui qu'elle médite.

« Ma raison, dit-elle enfin, est pleinement convaincue, comme mon cœur... Oui, je sais; oui, je crois que la Religion catholique, apostolique et romaine est la Vérité révélée de

Dieu ! M. l'Abbé, j'en prends l'engagement devant vous, qni êtes le Ministre de cette Religion et le représentant de Dieu même : *Je me ferai catholique!*.. Mais, ajouta-t-elle avec un sanglot qui lui brisa la voix; comment l'apprendre à ?..

— Dieu vous aidera, ma fille. Il est la force des faibles ! Vous l'éprouvez déjà, vous qui surmontez généreusement tous les obstacles pour vous rendre à l'appel de sa grâce. Ouvrez, dès ce soir, votre cœur à monsieur votre mari. Parlez-lui avec douceur et fermeté tout à la fois. Qu'il sente inébranlable votre détermination ; mais qu'il comprenne aussi que l'obéissance à Dieu peut seule vous faire prendre une voie différente de celle où marche votre époux...jusqu'à ce que la lumière divine l'éclaire à son tour. »

Ces derniers mots ranimèrent la pauvre femme :

« Oh ! si je pouvais espérer ! — Mais non ; il me considère comme étant trop au-dessous de lui...—Il m'est vraiment bien supérieur en intelligence... Et pourtant, il n'a su résoudre aucune de mes objections. Il ne l'aurait pu, puisqu'il ne possède pas la vérité !

M. l'Abbé, priez pour iui, priez pour moi.
Je vais lui parler ce soir même. J'eusse préféré faire mon abjuration auparavant ; car il
s'y s'opposera, j'en suis sûre.

— Vous le gagnerez à force de patience et
de charité ! »

Hélas ! le digne Prêtre ne connaissait pas le
Pasteur. Mme Jacob, par un louable scrupule,
n'avait pas voulu laisser deviner jusqu'à quel
point son mari poussait l'orgueil et la colère.

Pâle et tremblante, mais courageuse comme
une chrétienne allant au martyre, elle commença la terrible confidence aussitôt que Zulma se fut retirée pour aller se coucher

« Mon ami, dit-elle en joignant les mains ;
pardonnez-moi, car je vais vous faire de la
peine ; mais je ne veux pas vous cacher plus
longtemps que je suis fermement résolue à
embrasser la Religion catholique.

— Vous ! s'écria M. Jacob, devenant aussi
pâle qu'elle-même. Vous osez me déclarer en
face une telle infamie ! Et vous ne craignez
pas.... »

Il s'était levé, menaçant, hors de lui.

« Je ne crains rien, parce que j'obéis à ma

conscience et que je suis prête à tout supporter.
D'ailleurs, continua-t-elle ; vous qui êtes pasteur, Francis, vous devez savoir que ce n'est jamais la violence qui persuade et qui gagne...

— Je suis *pasteur !* répéta-t-il avec une ironie
mêlée d'amertume. Le moment est bien choisi
pour me le rappeler, quand vous désertez mon
bercail, vous, *madame Jacob !*

— Je vous ai entendu répéter quelquefois,
lorsque vous prépariez vos sermons : que
l'homme ne vit pas seulement de pain, mais de
toute parole qui sort de la bouche de Dieu. Cette
parole du Christ, les catholiques me l'ont re-
dite aussi ; mais chez eux, elle n'est pas vide
de sens, car ils m'ont fait trouver vraiment ce
pain de la Vérité qui nourrit l'âme. Que de fois,
— vous devez vous le rappeler, mon ami ? —
que de fois je vous ai avoué mes anxiétés, quand
vous m'avez interrogée sur ce qui m'avait portée à lire des ouvrages catholiques ! Et vous
ne m'avez rien dit qui me calmât. J'étais tourmentée par une faim que rien, dans la religion protestante, ne rassasie jamais. — J'avais
faim de calme, et le calme fuyait loin de moi,
parce que j'ai péché et que rien ne m'assu-

rait du pardon de mes fautes... J'avais faim
de certitude, et tout était doute et crainte
dans ce que je voyais et entendais. — Où est
la Vérité, quand un ministre explique d'une
façon et son confrère de l'autre? D'où vous
vient, d'ailleurs, votre autorité pour nous instruire et nous répondre, vous qui proclamez
que chacun est libre d'interpréter à sa guise les
livres saints!—Enfin, je suis affamée de bonheur et d'amour....O Francis, j'ai tant souffert!.. Vous avez cru, parce que je restais craintive et silencieuse devant vous, que je n'avais
pas de cœur, ou que ce pauvre cœur se suffisait à lui seul... Que m'avez-vous donné en
retour de mon dévouement, de mes sacrifices?
— Je ne dis pas : *que m'avez-vous donné de
votre cœur?* — Je me suis toujours reconnue
bien inférieure à vous. Je n'avais rien de ce
qu'il fallait pour vous inspirer de la sympathie.
Mais, ô Francis! que m'avez-vous donné vous,
Ministre, vous Pasteur, qui remplît ma pauvre
âme des consolations du Ciel?.. Vous le savez, quand nous perdîmes notre douce Sidonie, — Ange, cher ange, qui veille sur nous
du Paradis ! — écrasée par ma douleur, je

serais morte sans qu'un mot, un seul mot de ce Protestantisme qui dessèche et qui glace eût essayé de panser la plaie inguérissable...

— Et que vous a donné le Catholicisme, madame? interrompit le Pasteur, avec autant de curiosité peut-être que de colère.

— Ce que donne le Catholicisme, ô Dieu ! répondit la jeune femme, les mains jointes, les yeux rayonnants d'une flamme surnaturelle.— Il me donne la vie... Il me donne l'espérance... Il entr'ouvre devant moi des perspectives où tout est certitude, consolation, bonheur !...— Vous vous le rappelez, Francis, ce fut un de ses anges qui se pencha sur moi dans mon angoisse... Avec quelle pitié ! Avec quelle tendresse !...»

La voix de la jeune femme s'éteignit dans les larmes.

« Sentimentalité que tout cela ! prononça solennellement M. Jacob. C'est bien là le Catholicisme. Il vous séduit par les yeux, par l'imagination, par le cœur. Mme de Chambelle, — femme très-distinguée, je ne fais aucune difficulté de le reconnaître, — vous a subjuguée par sa compassion d'abord ; puis, par le charme

de son esprit et de ses connaissances. Sollici-
tée par elle à son lit de mort et poussée à la
satisfaire par une reconnaissance aveugle, vous
lui avez fait une promesse que votre honnêteté veut tenir... Et voilà tout le secret de vos
prétendues convictions !

— Vous vous trompez, mon ami. Je me
suis méfiée de mes impressions naturelles ; je
les ai sondées, approfondies. J'ai fait davantage, et vous ne l'ignorez pas, puisque vous
avez surpris entre mes mains des livres catholiques : — j'ai lu, étudié. Je me suis instruite
à fond....

— Vous êtes bien en état vraiment de discerner la vérité de l'erreur ! Qui peut vous
avoir inspiré cette folle présomption ?

— Quelque simple que je sois, Dieu en me
créant a dû me donner, comme Il l'a fait réellement, assez d'intelligence au moins pour que
je pusse distinguer ce qui est de Lui, de ce qui
n'en vient pas... Je vous ai interrogé, Francis ;
je vous interroge encore. Si vous daignez
prendre la peine de me démontrer en quoi et
sur quoi je me trompe, je vous dirai aussi ce
que j'ai appris et compris.

— Vous auriez peut-être la prétention de me convertir? s'écria M. Jacob; moi qui convertis les autres ! Apprenez, madame, que j'ai trouvé, et dernièrement encore, deux nouveaux adeptes ! Pensez-vous que si ce n'était pas la Vérité que je prêche, j'obtiendrais aussi souvent ce résultat encourageant ?

— Permettez-moi, mon ami, de vous déclarer là-dessus toute ma pensée. Chaque fois que vous m'avez parlé de ces succès, — peu nombreux, vous en avez gémi plus d'une fois ; — je vous ai demandé quelques détails sur ces prétendus convertis, ou j'en ai recueilli par d'autres voies. Je les ai, du reste, quelquefois vus et entendus moi-même. Eh! bien, je ne vous apprendrai rien en vous rappelant que ces hommes, ou ces femmes, étaient de tristes sujets; que vous ne les eussiez jamais accueillis, si vous pouviez concevoir l'espérance de trouver mieux. Ce sont des gens sans foi, le rebut du Catholicisme. J'ai toujours remarqué, et tous les esprits sincères en conviendraient avec moi, que les protestants les plus pieux sont ceux qui se trouvent le plus près du Catholicisme; et qu'au contraire, ce sont les mauvais catholiques qui se trouvent tout naturellement être à moitié protestants. »

Le trait était d'autant plus acéré qu'il était lancé presque involontairement ; avec une simplicité qui naissait d'une conviction profonde. M. Jacob se sentit profondément blessé, reconnaissant bien la justesse de l'observation.

. « **Madame, vous oubliez, dit-il, que je suis protestant et pasteur** ; bien déterminé à défendre ma religion contre tous et même contre ma femme. Que vous n'ayez plus la Foi, c'est un grand malheur sans doute ; mais vous resterez protestante, convaincue ou non. Je suis votre mari, votre maître ; et je vous défends absolument d'écouter désormais aucune de ces inspirations catholiques. La tête vous tourne, parce que l'on vous a fait des avances. L'orgueil vous persuade que, pour avoir retenu les dissertations de Mme de Chambelle, vous êtes devenue capable de passer docteur, à votre tour !

—Je serais bien fâchée que vous me crussiez orgueilleuse, Francis ; car le Catholicisme est l'adversaire déclaré de l'orgueil .... Ce **que** j'admire surtout dans la Religion catholique,

c'est qu'elle s'adresse aux plus faibles in-
telligences, aussi bien qu'aux plus magnifiques. Les plus petits et les plus grands y
trouvent ce qui leur est nécessaire, parce que
c'est le propre de la Vérité de se faire toute
à tous et de n'exclure personne ; de rayon-
ner comme le soleil pour toute la Création !
N'accusez donc pas la seule Mme de Chambelle de m'avoir persuadée par ses exemples
et ses leçons. D'autres encore m'ont fait sérieusement réfléchir. Je vous l'avouerai sans
détour : — Anne Pigard, malgré sa jeunesse,
n'a pas peu contribué à me donner l'estime
et l'amour de sa sainte Religion. Sa foi si
vive et le zèle que lui communique la charité
lui ont plusieurs fois inspiré des raisonnements
d'une force irrésistible...

« *Anne Pigard !* » répéta tout bas le Pasteur. Quelle souffrance et quelle humiliation !
Ainsi cette enfant, dont il avait voulu faire la
première pierre de son école et de son église,
cette enfant se trouvait avoir travaillé avec
succès contre lui !

Son irritation ne connut plus de bornes,
lorsque, ayant voulu exiger de Mme Jacob la

promesse formelle *qu'elle renoncerait à se
faire catholique*, elle lui répondit : — Que,
entre la volonté de Dieu et celle d'un mari,
elle ne pouvait hésiter. Elle s'était engagée
devant Dieu à renoncer au Protestantisme ;
elle tiendrait sa parole, quelque douleur
qu'elle éprouvât à se séparer de son mari et
de sa fille sur un point aussi important. Elle
leur resterait dévouée et tendre ; elle prierait
Dieu jour et nuit de les éclairer aussi... Mais
elle ne résisterait point à la voix de sa conscience !

Si M. Jacob avait écouté les ouvertures de
sa femme avec plus de calme que l'on n'eût
pu s'y attendre, c'est qu'il avait été subjugué,
à son insu, par le charme touchant de ce langage élevé, de ces accents si nobles.

Chose étrange ! Il s'était un instant senti
plus fier qu'humilié de se trouver vaincu par
sa femme...

La physionomie transfigurée de celle-ci
lui prêtait une beauté dont il était frappé.
Cette intelligence qu'il avait niée et qui se
révélait soudain à lui exerçait tout à coup
sur la sienne une sorte de magnétisme.

Malheureusement, l'impression salutaire dura peu ; dissipée par la honte, elle fit promptement place à la colère.

Le Pasteur reprit le dessus, au détriment du mari. Et Mme Jacob se retrouva esclave sans défense devant un tyran mécontent.

Mais *esclave* comme le furent jadis les chrétiens dont la Vérité émancipait les âmes ; esclaves libres dans leurs chaînes, — de la liberté des enfants de Dieu !

Elle obéissait, humble et soumise, à tout ce qui n'était pas contraire aux commandements divins.

Elle se fût laissé traîner au supplice, plutôt que de renier un seul point de sa Foi...

CHAPITRE XXXVII

Le retour au pays.

Quel est celui ou celle d'entre nous qui, s'il habite la ville, n'éprouve pas, au bout d'un certain temps, un besoin irrésistible de revoir la campagne ?

Pour les personnes surtout qui avaient passé dans les champs leur enfance et leur jeunesse, n'est-ce point un véritable supplice que de se sentir emprisonnées entre les rues étroites et les hautes maisons qui nous cachent le ciel bleu, les larges horizons, les prairies verdoyantes ; tout ce qui sourit le plus joyeusement au cœur de l'homme...

O bonheur de retourner au pays natal après vingt à trente ans peut-être d'une absence, pendant laquelle le travail et la souffrance nous ont incessamment tenus sous leur joug austère !

François et Manette avaient regretté souvent, nous ne l'ignorons pas, d'avoir abandonné leur village pour la grande capitale.
Mais peut-être s'imagine-t-on qu'en voyant
grossir leur fortune, ils s'étaient peu à peu
persuadé qu'après tout, ils n'avaient pas eu si
grand tort...

Au village, eussent-ils pu réaliser ces
jolies économies, les gains y étant moindres
des deux tiers? Auraient-ils pu en arriver à
devenir propriétaires, comme ils l'étaient
enfin ?

M. et Mme Pigard se posèrent cette question,
et la réponse fut : qu'avec la moitié moins
de tourments et de fatigues, ils eussent recueilli les mêmes bénéfices en quinze ans,
au lieu de vingt-cinq...

Se trompaient-ils? — Je ne le sais. — Es-
sayons de récapituler.

Les premières années de leur séjour à Paris
s'étaient écoulées dans la misère et l'inaction
forcée; parce que, n'étant connus de personne,
ils avaient dû chercher longtemps la possibilité de s'employer.

Ensuite, habitués qu'ils étaient à travailler

pour une clientèle de village, ils n'avaient, ni
l'un ni l'autre, ce qu'il fallait pour satisfaire
les gens de la ville.

Ils eussent été forcés, pour continuer leur
premier état, de recommencer en quelque
sorte un apprentissage. François s'était vu
dans l'obligation de renoncer au sien.

Enfin, les tentations nées de la privation
et du spectacle de tant de jouissances autour
d'eux s'étaient ajoutées à leurs mauvaises
chances en les détournant, principalement
François, de la ligne droite de la sagesse et
du devoir.

Si la Providence, avec la plus miséricor-
dieuse bonté, n'avait une à une réparé leurs
fautes et ne les eût comblés de ses faveurs,
dans quel abîme de misère ils seraient demeurés !

Mais cette Providence divine eût-elle été
moins libérale pour le jeune ouvrier et sa
femme restés dans leur humble village ?

Tout leur eût réussi plus vite, très-probablement...

Manette gagnant tous les jours ses trente
sous et François ses deux francs et plus, au-

raient commencé plus tôt et continué plus régulièrement à mettre de côté.

Avec le temps, le travail de leur fille les eût aidés, à peu près comme à Paris.

Que l'on calcule, seulement pour quinze ans, les bénéfices qui fussent résultés d'une épargne de *deux francs* par semaine, et l'on trouve plus de *quinze cents francs* !

L'on objectera que deux francs par semaine, c'est énorme pour des ouvriers vivant uniquement de leur travail ?

C'est beaucoup, j'en conviens ; mais au village, la vie est moins chère que dans les grands centres. On a presque toujours en location, si ce n'est en propriété, un petit coin de terre qui donne les légumes nécessaires ; ou bien, on les achète à bon compte.

Une vache et des poules ne coûtent pas énormément à nourrir et fournissent amplement aux besoins de chaque jour.

Donc, je crois qu'avec de l'ordre et une bonne conduite, le ménage Pigard se fût assuré plus promptement une petite aisance, et surtout qu'il eût vécu plus heureux qu'à Paris.

Certes, François Pigard ne fût pas devenu à soixante ans le *vieillard* qu'avaient fait de lui, depuis longtemps déjà, l'intempérance et les soucis rongeurs !

Il ne fût pas retourné au village si courbé, si blanchi, que personne de ceux dont il avait été connu jadis ne le reconnaissait.

A l'ombre du clocher de son église, près du vénérable Pasteur qui lui avait donné quelque instruction, il n'eût jamais commis la honteuse faute de renier le Dieu de ses pères...

Mais silence ! puisque ce Dieu d'amour a tout pardonné.

Hélas ! je ne puis cependant m'empêcher d'ajouter une autre considération à celle des regrets...

Combien allaient-ils retrouver des parents et des amis qu'ils avaient abandonnés si brusquement ?

La mort, toujours triste pour ceux qui survivent à des êtres chers, laisse moins d'amertume quand on a pu jouir jusqu'au dernier moment de leur présence et de leur affection ; quand, du moins, on ne s'était jamais séparé d'eux volontairement... Quand surtout, on les a entourés et soignés jusqu'à l'heure suprême.

Mais s'être éloigné d'eux dans leur vieillesse et leurs besoins, lorsque ce n'était pas le devoir qui nous appelait ailleurs... S'être privé soi-même, par ambition ou par orgueil, de la famille, de l'amitié, du pays... Et ne plus rien retrouver quand on revient enfin au foyer paternel, c'est deux fois triste!

François et Manette l'éprouvèrent. Ils avaient perdu, lui, son père et une sœur; elle, deux frères; tous les deux bien des amis, durant leur longue absence.

Leurs cœurs, oppressés par ces souvenirs, n'étaient pas sans remords...

Heureusement, l'accueil cordial qui leur fut fait par tout le monde dissipa peu à peu ces impressions pénibles.

On est si bon au village! Il semble que chacun y comprenne tout naturellement la grande loi de la fraternité évangélique.

Dans les grandes villes, on se bat quelquefois au nom de cette fraternité, mal entendue et jamais exercée...

Nos paisibles paysans n'en parlent pas,
mais ils la pratiquent !

Donc, François et Manette entourés et
choyés, croyant revoir partout des amis et
des parents, se trouvèrent bien heureux.

D'ailleurs, ils se restaient l'un à l'autre; et
leur vieille affection s'était resserrée depuis
qu'ils avaient repris, avec leurs anciennes
croyances, les mêmes sympathies.

Mais ce qui leur manquait, ce que personne
ne pouvait leur rendre, ce que leurs cœurs de
père et de mère appelaient sans cesse, c'était
leur fille, leur chère Anne, tendre et dévouée !

Ils la reconnaissaient néanmoins dans tout
ce qu'ils découvraient d'utile et de commode
autour d'eux.

Après que M. Pigard avait fait au pays un
premier voyage, pour visiter la petite propriété
à vendre, et lorsque l'achat en eut été conclu,
Anne, conseillée et guidée par sa jeune maîtresse, s'était occupée, elle, de meubler la
maison.

M. de Chambelle avait généreusement aidé
à cette dépense.

Anne s'était mise en relations avec une

payse obligeante, qui avait bien voulu recevoir le modeste mobilier et le faire placer d'avance dans la maisonnette, ainsi que la batterie de cuisine.

Le linge, donné en partie par Mlle de Chambelle, avait été expédié de même et rangé dans la grande armoire, ornement principal de la plus belle pièce.

François et Manette n'avaient eu à s'occuper que de quelques accessoires.

Et maintenant, ils étaient chez eux!

La maison n'était pas grande, mais elle était propre, gentille. Plus tard, quand Anne mariée viendrait voir ses parents; qui sait même, quel doux rêve ! — habiter avec eux... — on ferait élever un étage à la place du grenier, au-dessus des deux pièces qui composaient tout le rez-de-chaussée.

Le jardin était vaste. François souriait à l'idée d'y faire pousser à foison carottes et potirons.

Pour Anne, il faudrait des fleurs. — C'est si gai, les fleurs !

« Elle les aime tant, la mignonne... répétait Manette, avec un sourire d'ineffable ten-

resse. — Cela lui parle du bon Dieu ! Nous
lui en mettrons partout, n'est-il pas vrai,
mon homme ? pour qu'elle se plaise bien
ici... »

Le vieux ménage rentrant au bercail avait
voulu revoir tout d'abord l'église, où les avait
unis le vénérable Pasteur mort aujourd'hui.

Avec une émotion profonde, ils s'age-
nouillèrent aux mêmes places que jadis ; là
où la bonne mère de Manette avait béni
le Ciel de les voir prier tous deux à ses côtés.

Ils la nommèrent à Dieu avec des larmes,
ainsi que le père, les frères, les sœurs, les
amis disparus...

Eux aussi s'en allaient vers leur Éternité !

Avant de les y appeler, Dieu leur accordait
un temps de repos et de réflexions salutaires.
Mais ils ne tomberaient pas, ils en prirent
l'engagement sacré, dans le tort d'une mul-
titude de gens qui se croient solidement éta-
blis sur notre pauvre terre, parce qu'ils en ont
acheté quelques arpents...

Hélas ! le seul coin que nous devions habiter longtemps, c'est celui où nous dormi-

rons notre dernier sommeil, le sommeil de l'attente...

François et Manette le savaient ; aussi n'oublièrent-ils pas, dans leurs visites de retour, le cimetière où reposerait paisiblement leur dépouille mortelle, auprès de celles de leurs ancêtres.

Ils y entrèrent sans tristesse, les yeux levés au Ciel et l'âme pleine d'espérance.

Sur la tombe de leur vénérable Curé était une croix, où l'on avait gravé ces mots :

« *Ici repose jusqu'au grand jour de la résurrection...* »

« Mon Dieu ! s'écria Manette ; faites, je vous en supplie, que tous ceux qui furent ses enfants l'entourent et le suivent, ce jour-là !

— Amen ! dit François. — Puis, le front caché dans ses deux mains, et comme se parlant à lui-même, il continua : — Et dire qu'il y a des gens qui essaient de persuader au pauvre monde que nous mourons *comme des chiens...* Où en serais-je, si j'étais resté libre-penseur? Aurais-je osé seulement venir sur la tombe de mes parents, regarder cette Croix, penser à la mort. Merci, mon Dieu ! merci...

Merci aussi à toi, ma bonne femme ! Merci surtout à la fille que le bon Dieu nous a donnée; car c'est à elle, après Lui, que je dois d'être chrétien ! Elle a été notre ange gardien... »

CHAPITRE XXXVIII ET DERNIER

Madame Vincent Hollier.

Sept ans s'étaient passés. Anne, toujours aussi laborieuse, aussi économe, avait, tout en continuant d'aider son père et sa mère, — reconstitué et grossi le chiffre des épargnes absorbées par l'achat de la maison.

Sept ans! Il faut moins de temps souvent pour amener de notables changements dans le sort des individus et de leurs familles.

Dans celui d'Anne, rien d'important ne s'était produit.

Heureuse dans son humble condition, elle avait vécu soumise à sa chère maîtresse; lui obéissant comme à Dieu même et s'appliquant, tous les jours davantage, à copier dans sa conduite les exemples sacrés de la mère et de la servante du Seigneur.

Mais au moment où nous reprenons son histoire, un grand événement allait s'accomplir dans sa destinée.

Les instances pressantes de son père et de sa mère, se joignant à celles de l'honnête Vincent Hollier, l'avaient déterminée à échanger la vie sans soucis de la jeune fille contre l'existence plus agitée de l'épouse.

Anne allait se marier...

François et Manette ne voyaient que bonheur pour leur enfant dans cette union : — Vincent s'engageait si fermement à tout faire pour lui rendre l'existence douce et facile !

Il avait continuellement travaillé, lui aussi ; et, maintenant, il possédait de fort jolies économies.

Le jeune ménage eût pu s'acheter une petite propriété ; mais les bons parents d'Anne demandaient avec tant de supplications que l'on vînt s'établir chez eux !

La vie en commun offrirait tant de ressources, avec tant de charmes !

L'étage que devait faire bâtir M. Pigard fut commencé le jour même où l'on apprit qu'Anne avait enfin dit *oui* au joyeux Vincent.

Les travaux iraient vite, activés par la surveillance anxieuse d'un père et d'une mère.

Comme elles seraient jolies, ces deux pièces construites et ornées tout exprès pour Anne !

Eh bien, malgré ces perspectives souriantes, je doute que notre bonne jeune fille se fût résignée à quitter sa maîtresse, si cette dernière ne l'eût quittée elle-même.

Monsieur de Chambelle était mort... Après une longue maladie, dont il avait supporté les souffrances avec une admirable patience, il avait été rejoindre sa chère compagne, toujours regrettée.

Camille avait soigné son père avec tendresse et dévouement, aidée par Anne, qui ne regardait jamais ni à sa fatigue ni à sa peine.

Et maintenant que Mlle de Chambelle n'avait plus de devoirs qui la retinssent dans le monde, elle suivait l'attrait que, depuis sa plus tendre enfance, elle s'était senti pour la vie religieuse.

Le jour où Anne, comblée des témoignages de la reconnaissance et de l'affection de sa maîtresse et amie, prenait le chemin du village,

Mlle de Chambelle entrait dans le cloître choisi.

Là, toutes ses heures s'écouleraient uniquement partagées entre la prière et les bonnes œuvres.

Là, elle continuerait, avec la perfection que font atteindre les conseils évangéliques, la vie à la fois active et pieuse dont sa sainte mère lui avait fait contracter l'habitude.

Anne pleurait sa bonne et chère maîtresse ; mais elle se réjouissait de lui voir une si belle destinée...

Peut-être l'eût-elle suivie au couvent, sans la pensée que son père et sa mère avaient absolument besoin d'elle. Son travail leur était encore nécessaire ; sa tendresse et ses soins embelliraient leurs vieux jours.

Puis, — disons-le franchement ; — c'était une affection aussi profonde que son estime, qu'elle avait vouée à M. Vincent ! Elle se sentait heureuse d'unir sa vie à une vie aussi honorable ; de se dévouer à lui...

Elle savait que Dieu bénit les époux chrétiens, et qu'en pratiquant devant tous et pour tous les enseignements de l'Évangile, on rend de grands services à l'Église et à la Religion.

Aucun de ceux qui connaissent Anne maintenant ne croira donc ce qu'avait charitablement
insinué à son de trompe une bonne langue du
voisinage (on raconte que c'était celle d'un
prétendant éconduit), à savoir : « *que l'obligation de chercher une autre place et la crainte d'y
souffrir beaucoup, ayant coulé des jours si doux
chez Mlle de Chambelle, avaient influé considérablement sur l'acceptation qu'avait faite Mlle Pigard de la main de M. Hollier.* »

Non ! Anne avait trop de courage et de foi
pour reculer devant l'effort ; si elle consentait
à se marier, ce n'était point qu'elle se fît illusion sur les difficultés qu'elle pourrait rencontrer dans cette nouvelle carrière.

Le bonheur parfait ne peut pas, ne doit pas se
trouver sur la terre ; Anne en était convaincue.

Seulement, elle se disait que son rapprochement de ses parents l'aiderait à tout supporter.

« M. Vincent les aime déjà. Il les soignera
avec moi... Lui, qui a tant fait pour les siens,
ne me reprochera jamais de m'occuper beaucoup des miens... »

Elle ne se promettait point de se reposer,

mais au contraire de tirer l'aiguille du matin
au soir; car, devenue très-habile ouvrière sous
la direction de Mlle Augustine, c'était à cet état
qu'elle demanderait des ressources, probable-
ment lucratives; — on le lui prédisait.

Vincent recevait d'avance des offres d'emploi dans son village, où il était justement appré-
cié. Les ouvriers habiles et honnêtes trouvent
partout et toujours de l'ouvrage.

Notre Anne, cependant, regrettait un peu la
grande ville où elle était née; dont elle n'avait
jamais connu, grâce à sa prudence, que les bons
côtés.

Elle s'était fait quelques amies parmi les
jeunes filles, associées comme elle aux bonnes
œuvres ou aux confréries religieuses de la
paroisse. Toutes lui témoignaient un vif chagrin
de son départ.

Mais on s'écrirait; on prierait les unes pour
les autres!

La prière est la meilleure des consolations,
la preuve la plus vraie d'une amitié sincère.

Avant de s'éloigner, Anne voulut revoir son
ancienne maison.

Le nº 202 de la rue de la Félicité lui semblait être son *coin natal...*

Elle visita, après chacun des locataires du bon vieux temps, la cour, le jardin, tout remplis aussi de souvenirs...

Et repassant rapidement sa jeune vie ; comparant avec les souffrances de son enfance, les bénédictions et les joies du présent, elle remercia une fois de plus le Seigneur d'avoir ainsi veillé sur elle !

Elle pria pour sa vénérée bienfaitrice. Elle nomma la pauvre Mme Balaret, qui peut-être avait encore besoin d'intercessions...

Au moment où, quittant le petit jardin solitaire, elle allait remonter dire un dernier adieu à Mme Jacob, elle se trouva, fort surprise, face à face avec Mlle Pélagie.

Celle-ci n'habitait plus la maison. Son maître était mort, lui laissant de petites rentes. Elle avait loué une chambre dans les environs, afin de ne pas quitter le quartier ; et, ce jour-là, elle revenait chercher quelques objets laissés en garde à la concierge.

Quelque charité que contînt le cœur d'Anne, ce ne fut pas précisément de la joie qu'elle ressentit en voyant la vieille fille morose.

Mais, chose étrange ! Mlle Pélagie au contraire, — cela ne manqua pas de toucher
beaucoup Anne; — Mlle Pélagie parut très-
satisfaite :

« Tiens ! c'est vous... dit-elle d'un ton presque cordial. — Je vous croyais déjà dans votre
village. Et, voulez-vous que je vous le dise ?
cela m'avait fait *quelque chose* de penser que
vous ne m'aviez pas dit adieu ! — Vous êtes
étonnée de cette confidence ? Je le suis moi-
même de vous la faire... Dame ! on n'a pas
demeuré tant d'années sous le même toit sans
qu'il en reste une certaine mémoire. D'ailleurs,
je ne suis pas aussi méchante que vous vous
l'imaginez sans doute, Anne. Je sais estimer
les gens qui sont honnêtes, et quoique j'aie eu,
— je le confesse — des préventions contre
vous, j'ai fini par reconnaître qu'il y a du bon
en vous comme dans bien d'autres...

— Je vous remercie beaucoup, mademoiselle Pélagie, répondit Anne tout émue.
(Mlle Pélagie ne l'avait pas habituée à être difficile en fait de compliments...) Je suis très-
aise, je vous l'assure, de vous avoir rencontrée.

— Mais vous ne seriez pas venue chez moi ?

— Oh ! non... Je ne l'aurais jamais osé.

— Je vous demande pourtant d'y venir avant votre départ. Je vais vous donner mon adresse. »

Anne promit volontiers cette visite.

S'il y a de grandes douceurs pour le cœur dans l'affection des personnes que l'on a toujours aimées, il y en a aussi de réelles à découvrir qu'à force de patience, de bienveillance et d'indulgence, on est parvenu à triompher d'antipathies et de préjugés injustes.

En recueillant ainsi les fruits promis à la bonté persévérante, on jouit de voir le prochain rentré dans les sentiments de la Charité !

L'excellente Mᵐᵉ Joseph avait aidé à l'heureux changement ; car, sans se lasser des brusques écarts de cette humeur acariâtre, elle l'avait peu à peu adoucie. Elle n'était pas sans espoir d'achever la transformation en persuadant à Mˡˡᵉ Pélagie, devenue *rentière*, que *le temps ne lui manquait plus* pour aller à la messe le dimanche et se faire instruire des vérités du Christianisme.

Anne s'engagea de bon cœur à prier tous les jours pour cette conversion.

« La prière est si puissante ! dit-elle avec effusion à Mme Joseph. Ah ! quand je pense que la chère Mme Jacob est si bonne catholique maintenant, et que sa fille va le devenir aussi ! Lorsque Mlle Camille et moi commençâmes à demander cette grande grâce, nous n'osions pas espérer que les choses marcheraient si bien. Depuis cela, je ne doute plus de rien et je demande plus hardiment la conversion de M. Jacob lui-même. Comme sa femme prie pour lui bien mieux encore que moi, le bon Dieu ne pourra pas résister...

— Êtes-vous sûre, ma petite, que Mlle Zulma se fasse catholique aussi ? Cela me paraît si fort ! M. Jacob ne consentira jamais...

— C'est Mme Jacob elle-même qui m'a annoncé très-positivement cette bonne nouvelle. M. Jacob, vous le savez, ne voit que par sa fille. Il lui laisse faire tout ce qu'elle veut, surtout depuis que celle-ci est devenue plus aimable et plus affectueuse pour lui. Eh bien, ce progrès n'est dû qu'aux dispositions favorables de la jeune demoiselle pour notre sainte religion. Elle s'applique à réformer son caractère, parce qu'elle sait que ce travail est obligatoire pour nous, et parce qu'elle désire ardemment être des nôtres bientôt... L'exemple de la mère, — sans paroles, sans efforts de la part de celle-ci, — a complétement persuadé la fille. Comment n'aurait-on pas admiré la résignation angélique de cette pauvre femme, dans les durs traitements que lui a fait subir son mari! Mais ce qui a le plus vivement impressionné Mlle Zulma, c'est le bonheur que paraissait éprouver sa mère, au milieu même des souffrances. « *Vous me faites l'effet, maman,* lui a-t-elle avoué un jour, *d'avoir trouvé un trésor ; est-ce que vous n'avez pas le désir de le partager avec moi ?* » Sa mère l'a serrée dans ses bras avec des larmes de joie ; l'a instruite... A présent, on n'attend plus qu'un moment propice pour tout dire au père...

— Et le père sera entraîné lui-même avant qu'il soit longtemps, dit Mme Joseph, en s'essuyant les yeux. Je conçois maintenant votre espoir !

— Mlle Sophie Valdès n'a pas peu contribué à convertir Mlle Jacob. Elle causait quelquefois religion avec elle, observant une extrême prudence, mais en disant assez pour donner à réfléchir à un esprit naturellement sérieux.

— Bonne Mlle Sophie ! Savez-vous que c'est elle maintenant qui soutient toute sa famille? Encore une, celle-là, qui mérite bien les récompenses du ciel, et qui les obtiendra ! Cela réjouit le cœur de voir tant de vertu, de courage et de piété dans la jeunesse... Comme ils sont coupables, les gens qui cherchent à renverser la religion ! »

Ayant pris congé des locataires (en particulier de ses anciens maîtres, M. et Mme Dauchères et de leur vieille Agathe, qui la regrettait tous les jours, ne pouvant trouver à la remplacer avantageusement), Anne ne s'occupa plus que de ses préparatifs de voyage.

Avec quelle impatience l'appelaient son père et sa mère !

Ils avaient loué une chambre pour les jeunes époux, en attendant que fût achevé l'étage. Mais les premiers jours, si pleins et si bons, leur fille les passa entre eux. On devine le bonheur de tous trois...

Puis s'accomplit la touchante cérémonie du

mariage. La jeune femme et son mari placèrent leur avenir sous l'égide des prières et des sacrements de l'Église.

Ils implorèrent de Dieu la grâce de ne faire que le bien aussi longtemps que durerait leur vie. Soyons tranquilles sur eux! Dieu ne repousse jamais de telles supplications.

L'histoire de *la petite concierge* eût dû s'arrêter le jour où Anne avait changé de condition. Mais comment résister au désir de satisfaire l'intérêt qu'excitait la bonne enfant !

Je veux même ajouter encore que, mère de famille aujourd'hui, elle est aussi heureuse que possible.

Elle a grand soin d'inspirer à ses jeunes enfants l'amour de Dieu et la fidélité à pratiquer les vertus de leur état. Son amie Augustine a fait dernièrement le voyage de Paris à J***, pour la voir et lui confier le plus jeune des enfants de son mari, dont la santé nécessite l'air de la campagne. Dans leurs conversations intimes, Anne, parlant de ses propres enfants dont Augustine admirait la gentillesse et l'obéissance, disait à cette pieuse amie :

« Je leur apprendrai à se plaire dans notre humble village; et, dans ce but, j'écarterai d'eux tout ce qui pourrait éveiller dans leurs cœurs l'ambition et la vanité. Rien ne me désolerait davantage que de leur voir souhaiter le dangereux et malsain séjour des grandes villes. Oh ! je ne regrette plus Paris, il s'en faut ! Mes enfants aimeront, comme leur père et moi, notre tranquille village. Mais je leur donnerai assez d'instruction pour qu'ils deviennent intelligents et capables. C'est la fausse science qui perd. Le véritable savoir reste toujours modeste et ne s'élève jamais contre le bon Dieu, de qui nous viennent tous les biens... »

Madame Vincent a raison, nous le sentons tous. Nous nous disons qu'en suivant ces sûrs sentiers, les enfants et les parents obtiendront, en plus des félicités passagères de la terre, les récompenses éternelles !

FIN

TABLE DES CHAPITRES

TABLE DES CHAPITRES.

FIN DE LA TABLE DES CHAPITRES.